佐藤春夫と大逆事件

山中千春
YAMANAKA Chiharu

論創社

序　「春夫文学」の出発期

辻本雄一

若い気鋭の女史、山中千春氏の『佐藤春夫と大逆事件』が上梓されたことは、まことに慶ばしい。

熊野・新宮という所は、不思議な所である。明治期の大石誠之助の時代から、いろいろな人々が新宮を訪れ、さまざまな「文化」の芽を蒔いて行ってくれる。彼女もまた、そういう人のひとりである。

学生時代から、長時間の夜行バスでやってきて、佐藤春夫記念館等でフルに調査して帰ってゆかれる。本書では、熊野・新宮での地元資料、学校史なども丹念に読み込み、それを濾過するかのように、中央での資料と比較点検する作業が十分に行き届いているのも、何度か新宮に足を運んだ成果であって、頼もしいかぎりである。

山中さんには、二〇一二年に記念館で『「愚者の死」発表百年』展を企画した時、貴重な資料を大量にコピーして送ってもらい、大いに助けていただいた。

さらに、来日中であったフランス・ボルドー大学のクリスティーヌ・レヴィ先生を、僻遠の地・新宮まで案内してくれて、その企画展を紹介してもらった。レヴィ先生が、実は私の弟が中上健次の翻訳をしていまして、とおっしゃる。中上の作品『奇蹟』のフランス語訳で野間文芸翻訳賞を受賞したジャック・レヴィさんであった。これも奇な縁で、弟を通して新宮の地に関心があったとおっしゃる。ドレフュス事件を専門とする先生であるだけに、「大逆事件」ももちろん強い関心をお持ちであった。わが国の知識人の「弱さ」みたいなものへの指摘も、鋭いものがあった。

さて、本書は、一言で言えば、春夫の詩「愚者の死」から、好評であった「美しき町」への道程、その間の諸作品、まさに「春夫文学」の出発期の詳細な分析の成果が盛り込まれている。その後景に、「大逆事件」の衝撃による深い翳が揺曳しており、春夫は自己崩壊の危機を抱えながら、そこから「表現」の糧を汲み取っていったという指摘である。

スバル同人の連作である「街上夜曲」での春夫作品を、「抒情詩」に分類、腑分けして読み解く視点は、「傾向詩」と「抒情詩」との狭間を行き来する春夫の姿を浮き彫りにさせ、この作品を単に時間的な経緯からのみ「傾向詩」に分類して済ませてきた私にとっては、目から鱗の感、反省を強いられる。さらに「犬吠岬の旅情」の詩に、「大逆事件」の波紋として喚起された南北朝正閏論争と、その痕跡を読み取る視点なども、興趣をそそられる個所である。

随所に窺える傾向詩群にみる春夫の、「反語性」を超えるものとしての、「巧妙なレトリック」を、春夫の創作方法の根本的な態度とも位置づけている。これまで「傾向詩」と言われるものが、とかく思想、思念の方向からのみ捉えられがちであったことに対して、一石を投じる役割をはたしているのもたしかだ。それは春夫を、簡単に「詩人」として片づけられない複雑さを炙りだしているとも言えよう。

「日本人ならざる」という、大石誠之助への共感、それは春夫自身の内部にも通ずるという認識は、後の「日本人脱却論の序論」から遡及させて、作品「愚者の死」の解釈に反映させ、「日本人ならざる」という意識が、その時代にあっても、あるいはその時代だからこそ、狭いナショナリズムの枠を超えて、現代にまでつながる日本人の精神性の問題として摘出して見せてくれている。そうして「日本人ならざる」とする世間の批判の眼を逆手に取って、それだからこそ「日本人ならざる」ことが、普遍性へと繋がる道筋を付けてくれていて尊いのだということを強調している、そんな「読み」を可能にしてくれる。

山中さんの春夫研究への出発が、当初専攻した美術研究から入って行かれたと聞き及んでいるが、多くの図版を駆使しての「美しき町」論は、春夫のこの作品にいっそう幅と拡がりとを示唆する「読み」を可能にしてくれている。この作品が、ユートピア志向に連動した夢物語ではなく、「愚者の死」を書いた詩人が、「大逆事件の死刑報道に戦慄した、人間性の奥深くに食い入る底知れない闇の中からしか生まれえない、潔癖なまでの美意識の結晶」とする評価も、春夫がニーチェや森鷗外から受けた影響を踏まえつつ、自己崩壊の危機を乗り越えて、文明批評家として「日本近代」を撃つ、その早熟な歩みとしての評価にもつながってゆこう。

ただひとつ心残りなのは、春夫のほぼ同じ時期を考察していて示唆に富む指摘も多い、『立教大学日本文学』に連載されている石﨑等氏の論考に触れられていない点である。時間的に併行して論じられていた関係で、やむを得なかったのだろうが、若い感覚で、石﨑論考に対する言及があれば、一層この時期の春夫研究が実り豊かなものになったのにと惜しまれる。

最近、私も少し係わって『佐藤春夫読本』(河野龍也編著・二〇一五年一〇月、勉誠出版)が刊行され、幸い好評を博していると聞く。山中さんにも、「無名時代の佐藤春夫と大杉栄の周辺」という文章を書いてもらった。

作家の池澤夏樹氏が、この書に触れながら、「作家は死んでも作品は残る。そして評価はまず下がる。これについて、死んだ作家は一度忘却の煉獄に入るという言いかたがある。復帰する者は少ない。／ぼくは佐藤春夫という人がずいぶん好きなのだが、どうも彼は煉獄から戻って来なかったらしい。(略)「傾向詩」を書いていた反抗的な若者が作品ごとに、あるいは恋の一つ一つを足場に、円熟した人格になっていって、最後は文壇の大御所に至る。少しは疎まれたかもしれない。／大事なのは書かれたものであって書いた人ではない。しかし、作家の人生と作品の絡み合いは謎解きを誘うおもしろいミステリなのだ。」（「週刊文春」2月11日号・「私の読書日記」）と述べてくれている。

若い研究者諸氏が、春夫文学への関心を高め、多様な「読み」を提供してくれるのはありがたいし、多くの刺戟を与えられるものである。本書と相俟った相乗効果で、「春夫文学」への関心がさらに深まり、高まればとも願う。

本書と同じテーマを課題としてきた私自身にとっては、「先を越された」の念がないわけではないが、それは老いの繰り言というべきものと心の中に仕舞いこんで、山中女史のこれからの望み多き研究生活へのエールとして拙文をお届けし、その船出を祝福したいと思う。

（二〇一六年二月記）

（新宮市立佐藤春夫記念館館長）

序　「愚者の死」の新解釈

山泉　進

文学には縁遠い私が、いつ山中千春さんに会ったのか、あまり確かな記憶がない。こう書くと、ほぼ黒一色の個性的な服装で、とりわけ酔うと存在感を発揮する、あの山中千春さんの強烈な外形的な印象を知っている人からすれば、何と不遜な言葉だとお叱りを受けそうな気もする。が、私にとっては、山中千春さんは、むしろ繊細で、言葉と表現に緻密な解釈を施す、内向的な文学研究者であるとの印象が強い。そうだからこそ、彼女との外形的な出会いについての印象は弱いのかもしれない。私は、一九八三年以来、「大逆事件の真実をあきらかにする会」の事務局長を大原慧さんから引継ぎ、また同年に「初期社会主義研究会」を立ち上げ、この二つの会を自分の研究活動の拠点としてきた。このことからすれば、この二つの会のいずれかの会合で会ったのが山中千春さんとの出会いの最初ということになろう。これは記録で確認できるのであるが、山中さんが「あきらかにする会」の会員になったのは二〇一〇年一月、毎年恒例で東京代々木の正春寺でおこなわれている大逆事件追悼会に参加された時であった。その翌年、初期社会主義研究会の機関誌『初期社会主義研究』（第23号、二〇一一年九月）に「〈日本人ならざる者〉という葛藤―大逆事件前後の佐藤春夫」を執筆されている。もちろん、この論文を読んで感心してのことであるが、今度は「あきらかする会」の年一回発行する機関紙への執筆をお願いした。『大逆事件の真実をあきらかにする会ニュース』（第51号、二〇一二年一月二四日）の巻頭論文として掲載されたタイトルは、本書と同じ「佐藤春夫と大逆事件」であった。

本書は、佐藤春夫という著名な作家の精神性と表現性の原点を「大逆事件」との接点に求めて探求した、文字通りの文学研究書である。したがって、あるいは専門性が強すぎるという不満があるかもしれない。そこで、文学研究には素人である私から、「大逆事件」についての一般的な説明をしておくのも、序文を依頼された人間としての役割かもしれない。一般的に、大逆事件というのは、戦前の刑法に規定された大逆罪に違反する事件を指している。維新後の近代的な刑法に大逆罪が規定されたのは、一八八二（明治一五）年に、ボアソナードのもとで作成され施行された刑法が最初で、一九〇七（明治四〇）年一〇月に全面的に改正されて施行された新刑法に「皇室ニ対スル罪」として引き継がれた。その第七三条は、「天皇、太皇太后、皇太后、皇后、皇太子、皇太孫ニ対シ危害ヲ加ヘ又ハ加ヘントシタル者ハ死刑ニ処ス」と規定していた。新政府は、一八六八年一〇月（旧暦九月）に慶応から明治へと元号を改元するとともに一世一元の制を定めた。この制度のもとでは、天皇の在位中には父や祖父は存在しないことから、天皇の祖母、母、妻、長男、長孫らを対象とする罪が規定された。一八八九年に大日本帝国憲法が制定されて以後は、天皇は立法、行政、司法、軍事などの統治権を総攬する元首であり、その地位は、「神聖」にして「侵ス」ことが許されない存在として神格化された。そこに大逆罪の根拠があった。大逆罪に対する裁判は、当時の裁判所構成法や刑事訴訟法において大審院（現在の最高裁判所）の特別権限に属するものとされ、特別法廷においてただ一回の審判により判決が下された。もちろん、「危害」を加えた者のみならず、加えようとした者、つまり未遂、予備、陰謀を企てた者も有罪と認定されれば、死刑とされた。大逆罪は、戦後、天皇の人間宣言後の一九四七年一〇月に刑法から削除されたが、それまでの間に四つの大逆事件を数えた。明治末期の幸徳秋水ら二六名が被告された事件、関東大震災直後の朴烈・金子ふみ子事件、難波大助の虎ノ門事件、一九三二（昭和七）年の李奉昌の桜田門事件である。しかし一般には、大逆事件といえば、最初の幸徳秋水を首謀者として明治天皇あるいは皇太子に対する暗殺の陰謀がなされた事件をさして使われるので、ここでは他の事件と区別するために括弧を付して表現しておきたい。

「大逆事件」は、石川啄木が弁護士・平出修から聞いた結論を「A LETTER FROM PRISON」のなかで記録しているように、管野須賀子、宮下太吉、新村忠雄、古河力作の四名による天皇暗殺計画、内山愚童による皇太子暗殺計画、さらに幸徳秋水を中心にして、新宮の大石誠之助、熊本の松尾卯一太、岡山の森近運平らが賛同したとされる官庁街の占拠と皇居への攻撃計画、以上の三つの異なる事件から構成されている。判決文によれば、それを一つの事件としてリンクさせていたのが首謀者・幸徳秋水ということになり、その動機は被告たちの「無政府共産主義」という「信念」にあったとされた。そのストーリーを描いたのは、社会防衛論という新派の刑法理論を利用した、平沼騏一郎らのエリート検事たちであったというのが私の主張である。つまり被告たちが理想とする「無政府共産主義」という思想は権力と権威の象徴である天皇の存在を否定するものであり、理想を実現するための手段としての「直接行動」論は「暴力革命」と「暗殺」を肯定するものと解釈された。そして、それらの考え方は、自由と平等を求める「社会主義」という思想から派生していて、「社会主義」は、その原理において天皇を中心に組み立てられた政治体制と道徳規範である「国体」を否定する思想であり、「国体」という国家基盤を維持するためには「社会主義」という思想そのものを根絶しなければならないというのが、桂太郎を首相とする藩閥政治家とエリート官僚たちの国家的使命感であった。「大逆事件」は、一九一〇(明治四三)年五月二五日、長野県明科において爆発物取締罰則違反で宮下太吉らが逮捕されたことに始まり、六月一日には大逆罪容疑により幸徳秋水が湯河原で逮捕、新宮へと飛び火して六月三日には大石誠之助が家宅捜索をうけ五日には予審請求(起訴)された。七月七日に高木顕明・峯尾節堂・崎久保誓一、一〇日には成石勘三郎が起訴された。成石平四郎は、はじめは爆発物取締罰則で逮捕されたが、七月一四日あらためて大逆罪で起訴された。こうして「紀州・新宮グループ」の六名が被告とされた。そして全国では二六名が被告となった。裁判(公判)はその年の一二月一〇日から開始されたが審理は公開されることなく、また一人の証人もよばれることもなく、同月の二九日には終了、翌一九一一年一月一八日二四名の被告に死刑、二名に有期刑が言い渡された。翌日には死刑判決をうけた二四名のうち半数の一二名が天皇による恩赦により無期懲役に減刑、残りの一二名は、一月二四日・二五日、東京監獄において処刑された。

ところで、佐藤春夫に関係する新宮関係者についてみれば、この事件の中心人物は大石誠之助とされている。判決文によれば、大石は一九〇六年の上京の折に幸徳秋水に合って以来、親しく手紙のやり取りをするようになった。成石平四郎、高木顕明、峯尾節堂、崎久保誓一の四人は普段から「誠之助ニ親炙シテ其持論ヲ聴キ頗ル之ヲ崇信」し、「無政府共産主義」を信奉していたこと、また成石勘三郎は、弟である平四郎の影響をうけて「無政府共産主義ノ趣向」があったとされている。そして、赤旗事件後、一九〇八年七月の上京途上、幸徳秋水が新宮を訪問した折に勘三郎を除く五人が面会したこと、同年一一月東京、巣鴨平民社において、幸徳が「赤旗事件連累者ノ出獄ヲ待チ決死ノ士数十人ヲ募リテ富豪ヲ劫奪シ貧民ヲ賑恤シ諸官衙ヲ焼キ当路ノ顕官ヲ殺シ進テ宮城ニ逼リ大逆ヲ犯スヘキ決意アルコト」を告げたところ、大石は「賛助ノ意ヲ表シ帰国シテ決死ノ士ヲ募ルヘキコト」を約束したというのである。そして、翌年一月、帰郷した大石が自宅に勘三郎を除く四名を招集し、幸徳と「相図リタル逆謀」を話して同意を求めたところ、一同は同意したというのである。これにより大逆の謀議が成立したとされた。また、勘三郎は弟からの依頼をうけて爆弾の製造を試みたとされ、仲間に加えられた。巣鴨平民社で行われたされるこの天皇暗殺の謀議は「十一月謀議」と呼ばれているが、これにより新宮をはじめ岡山の森近運平や熊本グループたちが被告とされたのであり、「大逆事件」をデッチアゲ事件へと拡大させた要因になっている。このようにして、「紀州・新宮グループ」六名の被告全員に死刑判決が下され、うち四名は恩赦により無期懲役に減刑、大石誠之助と成石平四郎は絞首刑に処された。

大逆事件から五〇年、一九六一年一月に被告、坂本清馬と森近運平の妹、森近栄子を請求人として「大逆事件」再審請求がなされた。そして、この再審請求を支援する市民団体として、前年に「大逆事件の真実をあきらかにする会」が結成された。森長英三郎が主任弁護士となり、「あきらかにする会」の事務局長を務めた。再審請求自体は、一九六五年一二月、東京高等裁判所において棄却され、最高裁判所へ特別抗告をおこなったものの、一九六七年七月最高裁大法廷において棄却の決定がなされた。つまり、法律的にみれば、「大逆事件」は百年を経過した現在でも有罪であり、「十一月謀議」は存在したと判断されているのである。その後、一九九六年に、僧侶であった真宗大谷派の高木顕明、臨済宗妙心寺派の峯尾節堂について、宗門内部での擯斥(ひんせき)処分の取消しと名誉回復がなされ、さらに、二〇〇一年に「紀州・新宮グループ」の六名について新宮市議会、翌年には本宮町議会での名誉回復と顕彰決議がなされた。このような市民的な名誉回復の動きは、「大逆事件百年」を契機にして、全国の名誉回復・顕彰運動と連動して、「大逆事件サミット」の開催へといたっている。

戦前、「大逆事件」の内容に言及することは厳しく禁ぜられ、戦後になって事件の解明がなされてきた。以後の「大逆事件」研究の分野と方法とは多岐にわたっているが、その一つに「大逆事件の文学（者）への影響」という問題設定がある。徳富蘆花の「謀叛論」のこと、石川啄木への思想的影響などは早くから知られてきた。また、「佐藤春夫と大逆事件」も一つのテーマであった。山中千春さんは、本書において、このテーマに関する従来の研究に十分な目配りをしながら、独自の見解を展開している。

私には、その成果を十分に評価ができるほどの力はないが、森長英三郎の「愚者の死」の解釈については一言触れておきたい。森長は、戦争直後に自由法曹団の一員として、戦後まで生き延びた坂本清馬や崎久保誓一たち四名の公民権回復のために尽力し、さらには再審請求の主任弁護人として「大逆事件」の真実を究めてきた。大石誠之助については『大石誠之助の情歌』（一九六五年一一月）を刊行、また被告遺家族の名誉回復のために『風霜五十余年』（一九六七年三月）を私家版として出版し、裁判事件としての「大逆事件」研究についての第一人者であったことは間違いがない。その森長が『禄亭大石誠之助』（岩波書店、一九七七年一〇月）のなかで「大石と与謝野寛、佐藤春夫」の項を設けて、「愚者の死」における反語説を否定した。「少年佐藤は、まだ国家権力のカラクリにかかる事件を批判する眼を持たなかったのである。そしてこの少年の先入観は、結局、死ぬまでそれから脱却できなかったのではあるまいか」と書き、さらには「大石らの一味ではないことを示すための身のあかしとして草したものでなければよいのであるが」とまで言及している。ここでのポイントは二つある。一つはこの時代の佐藤春夫を「少年」と捉えていること、いま一つは「死ぬまで」と表記しているように、その後の佐藤の作品と人生に共感できなかったということである。一例をあげれば、一九六〇年に佐藤春夫が文化勲章を受けていることである。もちろん、森長がそのことに言及しているわけではないが、再審請求のためにあらゆる犠牲を覚悟した森長からみれば、天皇から授与される勲章を諾々と受け取る佐藤春夫は許せなかったはずである。もし一八歳の時に、この事件の本質を見抜くほどの認識力があって反語的表現をもって「愚者の死」を作詩したと主張するのであれば、再審請求に協力するくらいの意地があってもいいのではないか。森長にとっては、一四歳ほどの年長ではあるが、同時代を生きた戦後の佐藤春夫のなかに俗物性を読み取り、そこから遡及した「少年」の佐藤春夫までもが許せなかったのではないか。大石誠之助の人生をけっして反語であれ、「愚者の死」とは呼ばせたくはなかったのである。私は、この森長さんの文章を初めて読んだときには、正直にいって驚いた。あの森長さんほどの人が……、とちょっと絶句した覚えがある。しかし、「大逆事件」の残酷さと長年にわたって向き合ってきた森長さんからすれば、あの程度の反語は許してはおけなかったのである。私は、いまになって初めてそのことが理解できるような気がする。そのことは「大逆事件と佐藤春夫」という二つの語句を入れ替えて問題設定してみると、少し解りやすくなるかもしれない。私は、「大逆事件」研究者であった森長英三郎が、反語説を否定する見解を後世へと残したことを、佐藤春夫研究者たちへの警告を含めた〈呪縛〉と考えているが、山中千春が、佐藤春夫研究者として、その〈呪縛〉と格闘し本書にまとめたことを評価したい。

（明治大学教授）

佐藤春夫と大逆事件　目次

第三章　〈美しい町〉のユートピア

佐藤春夫と大逆事件

凡例

●本文中の年次記載は、明治・大正・昭和の時代状況の差異を明確にするため、原則として節の初めに出てくる年のみ元号と西暦を併記し、それ以外は元号を採用した。
●参考文献については、研究史の推移を明確にするため、西暦で統一した。
●使用頻度の高い書誌データは【引用文献】（巻末）とし、本文中は省略記号とページ数のみ表記した。
●参考文献は、各章で重複するものが多いため、重複するものはそのままにし、本書の最後に章ごとにまとめた。
●資料の引用に関しては、単行本、雑誌は『　』、作品は「　」に統一した。
●絵画作品名は、《　》に統一した。
●参考図版や写真は、（図…）とし、それぞれに通し番号をふった。
●ルビを補う場合は、〔　〕で括り、原文中のルビと区別した。
●章ごとに頻出する語を用いる場合は、〈　〉で括り、キーワードを明確にした。
●引用資料の旧字体、旧仮名遣いは、適宜、新字体、新仮名遣いにあらためた。
●佐藤春夫のテキストは、とくに断りがない限り、『定本佐藤春夫全集』（臨川書店）に拠った。

第一章　大逆事件の衝撃

第一節　「愚者の死」をめぐる諸問題

佐藤春夫は明治二五［一八九二］年、和歌山県東牟婁郡新宮町（現、新宮市）に生をうけ、文学に開眼し、青春を生きた。明治四三年、当時一八歳だった春夫は、故郷を追われるように東京に出る。その頃、新宮は、近代化の波に煽られて過剰に振幅し、変容しつつあった。

明治末期の新宮では、医師・大石誠之助を中心に、社会主義的な風潮が漲っていた。誠之助を頼って東京から著名な社会主義者も訪れた。また、与謝野寛ら新詩社の一行が訪問し、新宮の文壇に明星派的なロマンティシズムが吹き込まれ[1]、様々な主義、思想、宗教がこの地に入り乱れる。そうした過程で新宮は、大逆事件に巻き込まれ、警察当局によって事件策謀の地としてフレームアップされた。さらに、大逆罪を企てた〈紀州・新宮グループ〉として、誠之助のほか五名が事件に連座させられる。中でも、高木顕明、成石勘三郎、峯尾節堂、崎久保誓一ら四名が無期懲役、誠之助と成石平四郎の二名が処刑された[2]。春夫宅も大逆事件の家宅捜索を受け、そのときの佐藤豊太郎（春夫の父）の狼狽ぶりは甚だしいものがあったという[3]。その後、新宮の町は一種の集団ヒステリーに陥り、長い年月、苦難の道を歩む[4]。こうした状況下、春夫は、明治四四年三月、雑誌『スバル』に「愚者の死」を掲載する。この詩は、明治期の春夫を代表する作品の一つであり、同年一月二四日、死刑に処された大石誠之助について詠っている。

大岡信は「佐藤春夫と堀口大學」（『日本の近代詩』一九六七年、読売新聞社）の中で、当時の春夫を「『明星』の新しい社会批判派の若き少年詩人」と評し、その表現は「全部裏返しの表現、反語であって、実は心で泣いている」のであり、新宮という同じ郷里を持った「新知識の中心人物の一人」である誠之助の死に多大な衝撃を受けたのだと指摘する。たしかに、「愚者の死」は春夫における大逆事件の衝撃を探る上で重要なものである。それは、春夫の自伝小説『わんぱく時代』（一九五八年、講談社）や、中村光夫によって、「『商人の町』の中学生の反抗児が、数年のあひだに、その反抗の対象を、我国の国家権力と国民感情の中核にむけるまでになつたのは注目すべきこと」と高く評価されたことを含めて（中村・一九六二）、誠之助の死を悼み、国家権力に憤る反語の詩であるという解釈が定説となっている。

しかし、こうした従来の解釈に疑問を呈し、字面通りに解釈すべきであって反語ではないとする、森長英三郎（森長・一九七七）、野口存弥（野口・一九八九）らの見方も存在する。[5] また、春夫と同じ新宮出身の作家である中上健次は、大逆事件によって春夫は「文学者としての最初の出発点で、転向せざる」を得なくなり、「紀州新宮出身をひとまず身の内側に」かくしたのだと、強い口吻で苛立たしげに指摘している（中上・一九七九）。[6] ここで中上の言う「転向」とは、「出身をかくす」という意味である。同郷出身という立場にある中上は、春夫に一種独特の苛立ちを抱えているのだが、大逆事件から時を経ず「愚者の死」を発表し、その後、乃木希典の殉死までの期間、多くの詩を発表している事実について目を向けるとき、こうした中上の評価は、果たしてどの程度の妥当性を持つのだろうか。

ともあれ、こうした意見や解釈についての考察は後に譲るとして、「愚者の死」が、受け手側の捉え方によって、様々な解釈や問題を導いていることが確認できる。本章では、その要因が、当時の社会状況に配慮した、この詩の高度な表現方法にあると考え、その視点から「愚者の死」新しい解釈を提示したい。

近年、「愚者の死」は、内田隆三（内田・二〇〇二）のように、「紀州新宮」という土地の現実と抽象的な運命共同体（国土）とのズレの観点から考察された。佐藤嗣夫も、ナショナリズムとの接点から考察している（佐藤・二〇〇七）。しかし、事件の持つ歴史的重みのために、春夫の文学的営為の中での「愚者の死」の位置付けや表現方法に関しては、ほとんど注意が払われていない。そこで、あらためて作品の表現方法に注意を向けて、再度、「愚者の死」を当時の状況の中に置き、そこに刻み込まれている問題を抽出してみる必要があるだろう。

佐藤嗣夫は、次のように述べている。

春夫にとって、〈新宮の大逆事件〉とは彼の内と外とを問わずその生活に打撃を与え破壊する、その意味でも「身近かな事件」であった。（中略）〈わが内面の生活〉にとっても、「思想的にも身近かな」人であった。その大石が「殺された」のである。それは〈わが生活〉への国家権力による破壊のダメ押しでもあり、〈わが内なる生活〉への国家権力の介入でもある。天皇制絶対主義国家の前にその否定者（社会主義者）として抹殺された大石への「慟哭の声」はもとより、個々の内面生活にまで踏み込んでくる国家に向けての、そしてその国家（「規約」「民俗の歴史」「国の歴史」）を盲目的に受けいれる「恐懼」する「多数者」と「教師ら」に対しての憤りの声が春夫の口を衝いて出てくるのである。／おそらく草稿の段階では大石の死を悼む心情の吐露により傾斜していたであろうものが、発表詩の段階では大石を迫害したものがまた自分たちを迫害するものであったことを知ったところに生まれてくる怒りの発露として詩われたもの（「渠が郷里」は同時に「わが郷里」なのである）となっている。

（佐藤・二〇〇七、六八―九頁）

ここで佐藤嗣夫は、「愚者の死」が、春夫の内外の生活に踏み込んでくる国家権力と、その国家権力を盲目的に受け入れる故郷の「教師ら」、そして、その「教師ら」を含む国内の「多数者」たちへの憤りであり、それが、作品を発表する段階で、大石を迫害した権力が、春夫を含めた紀州新宮を迫害するものであったことを知るところに生まれていると見ている。この指摘から、「愚者の死」の中に、いくつかの力関係が折り重なっていることをうかがわせるが、この点については、内田隆三によって、既に指摘されている。

春夫の詩は、①土地の習俗と国家の法という二つの力の差異を認識すること、②とりわけ日本という国からくる抽象的な拘束力のはたらき方に注意を喚起している。紀州新宮にある習俗の現実が、そのまま日本という国土のなかに統合されているわけではなく、そこには紀州新宮という地域の現実をどこかで「逆立」させなければ国家の現実につながらない、ねじれた鎖のような構造が横たわっている。「大逆」というのもこの逆立の一つの表現にすぎない。春夫の郷里である商人の町はそのことを嘆き、そのことに恐懼し、また春夫自身はその哀れむべき刻印を一篇の詩に描くほかはなかったのである。／春夫からすれば、自身の存在を育んだ紀州新宮という「土地の規約」が、日本という国の規約、つまり「多数者の規約」に敗れ去ったのであり、その敗北と従属を重く受け止めねばならない。若い春夫の「主義」に走った傾向詩も多数者の規約を裏切るような死を賭した遊戯であるとすれば、そのとき彼の詩的言語の成立平面は、近代日本という国土への服従意識によって痛々しく浸食されたのである。そこで春夫にできたことといえば、鷗外の主人公のように賢明であるのではなく、ただ「愚者」である可能性のまえに立ちつくすことでしかなかった。

（内田・二〇〇二、三二頁）

内田は、春夫、誠之助を「紀州新宮」という土地のレベルで捉えて、大逆事件に関しても、その文脈から「紀州新宮」を逆立ちさせた表現とし、さらに、春夫の傾向詩が、多数者の規約、つまり、国民、国家を裏切る行為であり、その行為が大石誠之助と同様の「死を賭した遊戯」であるとする場合、春夫の傾向詩の言語は、「国家への服従意識」に侵蝕されているのだと見ている。要するに、ここで内田は、春夫の詩が、当時の時代状況によって歪曲され、制限された言語の中で詠われているのだと指摘しているのである。

ここで「愚者の死」が発表された当時の状況を概観するなら、日露戦争後の混乱した国内の状況をうけて、明治四二年前後から明治政府は、思想言論統制の強化に踏み出している。自由民権運動以来のこうした政府の動きは、発禁の続出や講演会、社会運動の制限というかたちをとり、表現や思想の自由を奪い、文学者や社会主義者らへの弾圧を強めた。文学者が社会的に一つの職業として認知されるようになるのは大正期に入ってからのことであることを想起するなら、明治期の文学者がいかに経済的に不安定な立場に置かれていたかは想像に難くない。同様に、社会主義者らも、相次ぐ機関誌、書物の発禁、宣伝活動の禁止によって、経済的に困難な状況に追い込まれて行った。

こうした中でも、第二章で触れるが、森鷗外のように官僚としての地位を固めていた者は、ある程度まで闘争的な姿勢を保ち、文学（表現）や思想の自由を主張することが可能であった。しかし、多くの文学者、社会主義者たちは、活動の場が狭められる危険に晒され、新たな表現方法や主義・思想の伝播方法を模索しなければならない局面に立たされていたのである。そのため、先の内田の指摘は、春夫を含む当時の多くの文学者、或いは社会主義者らと、国家権力の関係を広く見渡す際に慎重に考慮していかねばならない問題であると言えよう。

こうした観点から「愚者の死」と、その前後の春夫の作品群について考えるとき、中村光夫の指摘する「中学生の反抗児」から国家権力の批判への〈飛躍〉、そして、「愚者の死」の表現方法が、思いのほか重要な問題を孕んでいることが見えてくる。その点については、磯田光一の見解が一つのヒントを与えてくれるだろう。

この「愚かなる者」が反語であり、詩の全体が暗黒裁判への批判であることはいうまでもないが、大石誠之助を「日本人ならざる者」と呼んでいるあたりに春夫の「日本人脱却論」の思想が感じられる。そして「死を賭して遊戯を思ひ」の一句は、ニーチェの「危険と遊戯を愛する者」のほとんど直接の引用である。大逆事件の被告にみられる明治人の〝正義〟への信仰は、ここでは、〝風狂〟の精神にちかいものとしてとらえられている。春夫の『「風流」論』にちなんでいうならば、大逆事件の被告たちもまた、固陋な日本の風土にそむいた〝風流人〟のうちに入るのである。

（磯田・一九八二、一一九頁）

磯田は、「愚者の死」と「『日本人脱却論』の序論」（明治四四年五月、『新小説』）の関連について、ニーチェの引用という点を指摘しつつ、「大逆事件の被告」たちにおける「明治人の〝正義〟への信仰」が、「愚者の死」の中で「〝風狂〟の精神にちかいもの」に捉えられているとしている。「『風流』論」的な「〝風狂〟の精神にちかいもの」とニーチェの引用を同一レベルに置きながら、春夫の大逆事件に関する見解に接続させる意見には疑問が残るものの、[7] ニーチェの哲学が、伝統的諸価値の転換と歴史批判を含み、諷刺や寓意、アフォリズムなどの高度な表現方法によって描き出されていることを勘案した場合、磯田の指摘は重要なヒントを提示する。なぜなら、春夫におけるニーチェの影響については、ここで磯田が触れている「愚者の死」と「「日本人脱却論」の序論」の二作品のみに限られたものではなく、既に「若き鷲の子」(明治四三年三月『中学校校友会』)を執筆した前後から現われており、思想言論統制が強化されて行く時期に並行しているからである。それは、春夫の文学活動と大逆事件の関連について考えるときに、春夫の詩が、どのような形で、内田の指摘する「国家への服従意識」に侵蝕されているのか、そして、そこから春夫がどのような突破口を見出して行くのか、という点を見極める際の糸口になるだろう。さらに、この問題を辿ることによって、中上が投げた春夫の「転向」問題の輪郭も浮かび上がるのではなかろうか。

第二節　新宮中学校停学処分と精神的危機——「若き鷲の子」前後の時代状況

明治四一［一九〇九］年十月一三日、戊申詔書が発布される。

朕惟フニ方今人文ニ就リ月ニ将ミ東西相倚リ彼此相済シ以テ其福利ヲ共ニス　朕ハ爰ニ益々

国交ヲ修メ友義ヲ惇シ列国ト與ニ永ク其慶ニ頼ラムコトヲ期ス　顧ミルニ日進ノ大勢ニ伴ヒ文明ノ恵沢ヲ共ニセムトスル固ヨリ内国運ノ発展ニ須ツ　戦後日尚ホ浅ク庶政益々更張ヲ要ス　宜シク上下心ヲ一ニシ忠実業ニ服シ勤倹産ヲ治メ惟レ信惟レ義醇厚俗ヲ為シ華ヲ去リテ実ニ就キ荒怠相誡メ自彊息マザルベシ　仰々我カ神聖ナル祖宗ノ遺訓ト我カ光輝アル国史ノ成跡トハ炳トシテ日星ノ如シ　寔ニ克ク恪守シ淬礪ノ誠ヲ輸サバ国運発展ノ本近ク斯ニ在リ朕ハ方今ノ世局ニ処シ我カ忠良ナル臣民ノ協翼ニ倚籍シテ維新ノ皇猷ヲ恢弘シ祖宗ノ威徳ヲ對揚セムコトヲ庶幾フ　爾臣民其レ克ク朕カ旨ヲ體セヨ／御名　御璽[8]

この詔書は、教育勅語（明治二三年十月三〇日）に継ぐ重要な詔勅で[9]、日露戦争後に活発化した社会主義運動や労働運動によって動揺した民心を鎮めるために、皇室と国民の心を一致団結させる意図をもつ。橋川文三は「三代の詔勅のうちもっとも空疎な印象を与え」、「曖昧で統一性を欠」き、「なんど読んでもただ暗い脅かすような調子をしか感じない」と指摘している（「『大逆事件の場合』など」）。この詔勅は、国土全体にゆるやかな鎖を放ち、その後、次々と打ち出される国家政策の背後で、絶対的な力を発揮することになる。

同年十月、小松原英太郎文相は、全国高等女学校校長会議で演説し、「国家の基礎である家族制度を維持するのに女子教育はとくに重要」で、女子教育の目的を〈良妻賢母〉におくことを力説。明治四二年一月九日には、学校主催の記念会や運動会などが浮薄に流れないよう文部省から訓令が出され、さらに、五月六日には、新聞紙条例の廃止に伴い新聞紙法が公布される。その第二三条では、安寧秩序を乱したり風俗壊乱と認められる新聞の発売を禁止するとされ、文学作品や社会主義関連の書物は相次いで発禁の憂き目を見、また、それに準ずるとみなされた外国の書物までもが危険思想として避難された。九月一三日には、文部省が直轄学校に対して、修身を重視し、教育勅語と戊申詔書の趣旨を貫徹するよう訓令を出し、東京帝国大学は訓令に従い、図書館内の自然主義関連の文学、社会主義系の書物、及び、それに準じた書物の閲覧を禁止する。それに伴い、国内の中学、高校においても書物の閲覧が規制された。こうして政府は、国民意識を皇室へ収斂させるため、新聞雑誌メディアや教育機関を利用した統制を開始し、詔書の力は、強度を増して行った。

こうした状況の中、明治四二年八月一九日、与謝野寛は、生田長江、石井柏亭らを率いて「熊野夏期講演会」のために新宮を訪れ、二一日には新宮の新玉座で講演会を開く。その内容は八月二日の『熊野新報』の広告によると、「文芸と女子教育」与謝野寛／「ハイカラ精神を論ず」生田長江／「裸体画論」石井柏亭／其他当町有志数名、という予定であった[10]。午後八時過ぎに開会。閉会は一一時前。聴衆は約二〇〇名ほどだった。このとき、春夫は前座として「偽らざる告白」の題で講演し、自然主義文学について気焔を挙げた。その後、懇親会を催し、春夫は大石誠之助と論争を起こして長江に仲介に入ってもらっている[11]。

八月二六日、新詩社の一行は新宮を後にして奈良へ向かう。長江と懇意になった春夫は、長江を連れて那智勝浦へ向かい、那智大滝などを見学し、奈良で新詩社の一行に合流する。春夫は一行を見送った後、京都へ向かい、歯の治療のため、しばらく姉の家に滞在した。[12] この間に、講演会での前座が危険思想とみなされて、春夫は停学処分となる。この時の春夫の講演内容については、詳しい記述が残されていないものの、当時の新聞によって大まかな内容を知ることができる。

明治四二年八月二四日『熊野新報』には、次のような記事が掲載されている。

佐藤春夫君、中学時代に於ける学科成績を忌憚なく告白し、吾々の眼中には何物もない、唯其悲劇とするところは境遇にあらず性格である。而して世界に於ける学問は論理的遊戯として見て居る、そして吾人の信仰はといへば現実を以て充分ならずと雖も唯自己である。無理想無主義無目的で空虚である吾人は吾人の信ずるところに向つて進むのみ、自己を知る者は自己なりと結論せしが言極端の嫌ひなきに非ずと雖も覇気に富みたり、併し聴衆間には這麼人の教育も困つたものだと囁く者もありき

この記事をうけて、同年九月六日『熊野実業新聞』に、次のような記事が掲載される。

佐藤春夫氏の偽らざる告白は極めて大胆なるもので虚無主義の傾向はありながら尚ほどこ

かに何ものかを求めつゝある形跡が見えるのである。斯の如きは到底不健全なる思想たるを免れ得ないのではあるが決して不真面目なものといふことは出来ない。真に偽らざる告白といふべきものであらふ。若し夫れ現代の青年中宗教的信念なき而かも真面目なるものをして大胆なる告白をなさしめばその斯の如き自白の意外に多数なるものがあるかも知れない。また確かに増殖しつゝある傾向が見えるのである。熊報（注・『熊野新報』）には傍聴者のうちにこんな人の教育には困ったものだと嘆息をもらされた人があったらしく伝へて居るが実際それには困るのである。（中略）予輩は切に佐藤君に同情し且つ斯の如き人を教育するに困らざるを得ない人々を憐むのである。

ここに引用した二誌の記事によって、春夫の講演内容が、「吾々の眼中には何物もない、唯其悲劇とするところは境遇にあらず性格である」といった、「大胆なるもので虚無主義の傾向」を持つものであったことがわかる。この二誌の記事は、おおむね好意的、或いは同情的に春夫を見ているが、『熊野新報』の記事にあるように、聴衆の中には反撥を覚える者もいた。『新高八十年史』（「明治大正編」一九八三年、和歌山県立新宮高等学校同窓会）では、この時の春夫の講演は自然主義の影響が濃いと指摘されているが、「自己を知る者は自己なり」といった個人主義的な発想を軸とした「虚無主義の傾向」が自然主義だけではなく、社会主義・アナキズムと結びつけられた結果、危険思想とみなされた可能性が高いだろう。それは、遡れば、明治三八年にも「十月三十日事件」と呼ばれる博物教師の授業ボイコットの際に春夫は参謀となって教師を退職させた事件や、明治四一年九月三日、中学校校友会主催の談話会において「近世の大問題」という演目で弁舌を奮っていたこととも無関係ではあるまい。こうした言動によって、春夫は教師らから〈危険思想〉をもつ学生として目をつけられ、講演会を契機に停学処分を食らったものと見られる。

春夫は当時の心境を次のような短歌に詠んでいる。(便宜的にA、Bに分類した。)

A――
思ひ屈しなぎさに踞して煙草吸ふ七月の海に白き帆のゆく
ふる郷の牟婁の郡に落葉すとさびしきさまの消息を聞く
そのむかし南蛮宗の信徒らが得たるなげきをいまわれも知る

(『全集・春夫』二巻、三一〇頁)

この歌は、明治四二年十月『趣味』に発表されたものである。短歌としての出来は、ここでは問わない。しかし、「思ひ屈し」て「煙草吸ふ」鬱屈した様子と、広い海を行く「白い帆」の対比、郷里からの消息を「さびしきさま」と聞く心理的距離感、そして、「南蛮宗の信徒」の「なげきをいまわれも知る」と詠う異端者意識の裏には、故郷や学校から一方的に〈危険思想〉をもつ学生とみなされ、疎外されてしまった嘆きと孤独が滲んでいる。
さらに、その年の一一月、新宮中学校のストライキ事件、不審火事件などが矢継ぎばやに起こり、講演会での前座が尾を引いていた春夫は、事実関係が明確にならないうちに、この一連の事件の首謀者とみなされてしまう。ふたたびここで、故郷や学校から、一方的に疎外されてしまったのである。新宮に身をおくのは危険と判断した春夫は、生田長江を頼って上京し、明治四三年二月、『スバル』誌上に次のような歌を発表した。

B――
『我』の無き人きね歌をよむことにまされる恥を未だ知らなく
『金次郎』"HARAKIRI"を説く教師等に咀はるるこそ嬉しかりけれ
この國の歴史の中に天幕の若き異端のおもしろきかな
（『全集・春夫』二巻、三一〇―三一一頁）

Bの三首で注目したいのは、Aの短歌に表れていた感傷的な嘆きと孤独が消えて、自分を疎外する「『我』の無き人」を「恥」と見て、「『金次郎』"HARAKIRI"を説く教師等」といった、旧道徳を教える学校から「咀はるる」ことを「嬉しかりけれ」と達観し、さらに、そのような自分を「若き異端」と捉えて「おもしろきかな」と詠うことにより、孤独な状況を誇る余裕を見せていることである。AとBを比較すると、「個人」と「故郷」・「教師等」の間の力関係が逆転しており、「さびしさ」や「なげき」が、ある種の侮蔑へと飛躍している。Bの短歌が、生田長江の元に身を寄せた後に詠われた作品であることを勘案すれば、ここに見られる〈飛躍〉は、生田長江との接触が、何らかの契機になっていると推定できる。

先行研究では、A、Bの短歌は、大逆事件以後の傾向詩における国家権力批判との関連で引用されることが多い。しかし、A、Bの作品が詠まれた時点では、停学処分によって顕在化した〈故郷・学校〉と〈個人〉との間に横たわる精神的葛藤に主眼に置かれている。こうした葛藤からの克服を、短歌の創作によって試みていたとすれば、後に書かれるの傾向詩との関連よりも、春夫の自我形成という観点から捉えて行く必要がある。その視点から作品を辿ると、Bの後に書かれる「若き鷲の子」の重要性が見えてくる。

辻本雄一は、この時期の春夫の作品について、「春夫自身の精神的危機を乗り超える模索の姿」であり、「新宮中学在籍時の、例の講演会登壇事件、無期停学と続くなかでの疎外感と、〈表現〉の自立を求めての軌跡」は、「若き鷲の子」に「余す所なく語り尽くされている」と指摘する。[13]

「表現の自立」と「精神的危機」の克服は、この時期の主要な作品テーマであったと言えよう。

第三節　精神的危機からの脱却――「若き鷲の子」とニーチェ『ツアラトウストラ』

「若き鷲の子」は、明治四二［一九〇九］年一二月の執筆と推定され、翌四三年三月『中学校校友会誌』に発表した作品である。この作品では、短歌という表現形式を超え出て、詩と散文の中間をとる表現に移行し、更なる精神的〈飛躍〉が目指される。次に主要な箇所を引用する。

（一）
父は何処にか行きけん、母は何処にか去りけん。下界に近く、海近く、巌の上に鷲の子は置かれたり、しばし翼を養へと情篤き親のこころなめり。／子は親のこころを深くは知らざりき、若き鷲は天上を夢みぬ、然して飛び去らんとしぬ、然も彼が翼はあまりに弱くありき。

（二）
巌近く飛び来る鳥は小さきあはれむべき鳥、鳶の輩のみなりき、かの若き鳶とともに天上界を語るべき友にあらざりき。／（中略）／斯くして永く、若き鷲はほこるべき孤独を得て彼は歎かざりき。

（三）

然も彼がこのほこるべき孤独を慰むるものは多くあらざりき、亦、彼も多くは求めざりき。／唯あるのみ、偉なる日輪と、黒き雲の色と壮なる高潮の歌と、血の如き花躑躅との。／かくして数星霜は経たり、若き鷲の翼は甚しく肥えたり。／然も、彼は終日巌頭に立ちて澄めること明星の如く鋭きこと刃の如き瞳を見ひらきて雲の行方をのぞむ外、時には波をおそるる千鳥の群れを嘲笑ふ外他に何ごとをも為さざりき。／『敏き烏と鳶と』は、彼等が友の傲慢と無為とを嗤うて曰ひけらく――／『若き王子よ、臣等とともに偕にかけり給はずや』と。然も若き鷲は答へざりき。／ただ、黙然として巌頭に立てるのみ。

（四）

一日、彼が若く鋭き瞳は今日も雲の行方に視線を投げたり。／雲の色はいたく黒かりき、雲の歩みはいたく早かりき。／若き鷲は叫びぬ、冷かに言葉短かに／『今ぞ、わが時来る』と。／言葉未だ終らざるに忽然として嵐は彼が前に起りき、然して若き鷲は今や既に巌頭のものにあらざりき。／高潮は荒く男性の歌をうたへり。

（五）

幾日かの後嵐は凪ぎぬ。／烏と鳶とはかの傲慢なる友が嵐の為めに敗れたる姿を嘲らんとして巌頭を訪ぬ。／然かも若き鷲はまたあらざりけり。／『敏き鳶』は烏に告げぬ、曰く『見よ、わが友。憐れむべし、傲慢なるものの末路を、水底にありて今にして、彼は何を学びけん、呵々』と。／（中略）焉ぞ知らむ、若き鷲は、今や日輪のかたへにありて小さきものの愚かなる勝利をあわれめりとは。

（（六））

友よ、わが友よ。若き鷲の象徴を問ふ勿れ。

われ自らも知らざる也。

（十二月九日夜稿）

（『全集・佐藤』二巻、一〇六―一〇七頁）

「若き鷲」と「烏」「鳶」との対立が表れている点に着目したい。まず、「若き鷲」は、父母から離れた巌に置かれ、「天上界を夢み」ている。こうした「若き鷲」の孤独な様子を「烏」「鳶」は揶揄するが、「若き鷲」は、むしろ「ほこるべき孤独を得て」歎かない。「烏」「鳶」は、「若き鷲」の傲慢と無為を笑うが、「若き鷲」は超然とした態度を保っている。時が満ちると「若き鷲」は「今ぞ、わが時来る」と叫び、嵐に向かう。「烏」と「鳶」は、「かの傲慢なる友が嵐の為めに敗れたる姿を嘲らんとして巌頭を訪」れるが、「若き鷲」の姿は、最早そこにはなく、「鳶」は「烏」に「憐れむべし、傲慢なるものの末路を、水底にありて今にして、彼は何を学びけん」と告げる。しかし、彼らは、「若き鷲」が、「今や日輪のかたへにありて小さきものの愚かなる勝利をあわれ」んでいることを知らない。つまり、この作品では、「天上界」を夢見ることで自らの孤独を超然と誇る「若き鷲」が、自ら嵐へ向かう危険を犯して水の底に沈み、その様は「烏」と

「鳶」の目に「敗れたる姿」として映るが、「若き鷲」にとっては、「烏」「鳶」の知る由もない「天上界」の「日輪のかたへ」にいるという、逆説的な勝利を描いた歌なのである。

この作品の発表された場が『中学校校友会誌』であり、短歌における作風の変化を視野に入れると、「若き鷲」と「烏」「鳶」の対立は、学校（故郷）と春夫との関係に重なる。つまり「若き鷲の子」は、自然主義と社会主義を一様に「危険」と見なし、排除して行く、学校や故郷の一部分の人々の無知を諷刺した作品なのである。

このように、短歌に見られた変化が、諷刺という表現形式を得たことで、先にみたBの短歌よりも一層、精神的な〈飛躍〉が可能になっていることがわかる。熊野の荒々しい自然を思わせる背景の中に展開される、「若き鷲」の逆説的な勝利は、自我形成と表現の確立というテーマの一つの到達点を示している。こうした変化が、生田長江との接触以後のことである点を勘案すれば、明治四四年、新潮社から刊行された生田長江訳、ニーチェ『ツアラトウストラ』（*Also sprach Zarathustra*）の影響が予想される。

生田長江が『ツアラトウストラ』の翻訳を行っていたのは、明治四二年五月から明治四三年末までの間である。それは、長江が与謝野寛と共に新宮へ訪れ、はじめて春夫と知った時期と重なる。春夫の回想文「長江先生の思い出」によれば、明治四三年四月、春夫は『ツアラトウストラ』翻訳中の生田長江の下に入門。そこで長江から口頭でニーチェについて学んだ。春夫は後年、「この大批評家（長江）はわたくしにとっては無二の文学教育者」であり、「詩情を豊かに養わなければ決してよい散文も書けないし、批評精神がなければ自分を養えない」そして「詩と批評とを文学者として大成する二大要素だ」と教えられたと回想している。さらに長江は、「近ごろの自然主義の小説などはヘタクソな随筆のできそこない」であると教えた[14]。

そこで、生田長江訳『ツアラトウストラ』の次の箇所に注目したい。

我が海の底は静かなり。何人がよく、その中に諧謔の怪物あることを想見するものぞ。／我が海の深き処は動揺せず。されど浮遊するところの謎と笑とをもて燦爛たり。／この日我は荘厳なる者を見き。粛然たるもの、精神の悔恨者を見き。嗚呼、我が魂は如何に彼の醜悪さを笑ひしかな。／其気息を吸い込める人々の如く胸を高めて、荘厳なる者彼は、黙然として其処に立ちき。／(中略)／彼は常に虎の如く、将に飛躍せむとして其処に立てり。されど我はこの緊張したる魂を好まず。我が趣味は総ての控目なる者に無慈悲なり。／而して友よ、汝等は趣味及び好尚の争ふべからざることを我に言ふか。しかも尚ほ総ての人生は趣味と好尚とに関する争なり。／趣味は、同時に法馬たり、秤盤たり、また秤量者たるものなり。而してかの、法馬と秤盤と秤量者とに就いての争なくして生きんとする、総ての生きたる者は禍なるかな。／此荘厳なる者、彼の荘厳に労るる時、其時始めて彼の美は始まるべし。──其時始めて我は彼を味ひ、其美味なるを思はむとす。／而して彼の彼自らを離るる時、其時始めて彼は彼自らの陰影を飛び越えて、實に日論に踏入らむ。／彼の陰影の中に座すること長きに過ぎぬ。かの精神の悔恨者は顔面蒼白となり、将に其期待の故に餓死せむとしき。／侮蔑は尚ほ其眼にあり。嘔気は其口の周囲に潜めり。真に彼は今休息したれども、其休息は未だ尚ほ日輪の中にあらざりしなり。[15]

（第二部「荘厳なる者」）

「荘厳なる者」は、『ツアラトウストラ』第二部にあたり、第一部での過激な言論が静まり、やや内省的な論調で寓意や諷刺をふんだんに用いながら、〈力への意志〉やツァラトゥストラの憂鬱が詩的に語られている。そこでは、憂鬱と孤独が精神の贖罪として語られ、その贖罪を没落（ニヒリズムの徹底）によって克服し、「荘厳なる者」が「超勇者」となる道筋が示される箇所である。[16]

この引用文で注目したいのは、「海（das Meer）」「陥没／没落（Untergang）」「日輪（die Sonne）」である。まず、海の底は、静かであり、動揺せず、人々が「想見する」ような「諧謔の怪物」は隠されていない。『ツアラトウストラ』における「海」とは、第一部「ツアラトウストラの緒言」において、「汝等の大なる侮蔑」が「陥没する」ところであり、「超人はかの海なり」と語られる場所である。[17]それは同時に、かつてツァラトゥストラの「胸を動かした人々」が、もはや「我に関係なきもの」となり「一の愚弄」となった後、ツァラトゥストラが「父母の国を遂はれ」、「憧憬をもて何処へか登るべき」と迷った末に求めた「いと遠き海の中なる未発の国」でもある（第二部「文化の国土」）。[18]

そして「日輪」とは、「愛の渇望と熱き呼吸」を有し「海を吸ひ、海の深みを飲みて高みに引き上げ」るものである（第二部「純粋無垢の認識」[19]）。そのため、「荘厳なる者」は、「黙然として其処（注、海）に立ち」、「自らを離るる時、その時はじめて彼は彼自らの影を飛び越えて、げに太陽に踏み入」るのである。つまり、「荘厳なる者」は、「海」に「陥没」し、「日輪」の「愛と渇望」によって「高みに引き上げ」られ、「影を飛び越え」て「日輪」に「踏み入る」。こうしたプロセスを経て「荘厳なる者」は、憂鬱と孤独を脱ぎ捨てて、「超勇者」へと近づく。

この、「荘厳なる者」から「超勇者」へのプロセスは、「若き鷲の子」において、「若き鷲」が海辺の巌から嵐に向かう危険な行為を通過することによって、「巌」から「水底」、そして「日輪のかたへ」に転じ、「敗れたる姿」から「勝利」への転換を果たす点に重なる。また、『ツアラトウストラ』での「鷲」は、「日の下にありて最も尊大」な生き物であり、ツァラトゥストラに「わが生物」と呼ばれる重要なシンボルである（第一部「ツアラトウストラの緒言」[20]）。その点によっても、『ツアラトウストラ』からの影響は裏付けされる。

停学処分によって精神的な危機にあった春夫は、ニーチェの影響や長江との接触によって危機の克服を目指し、「若き鷲の子」を、自分を排斥した『中学校校友会誌』に叩きつけたと推定される。こうした挑発的な態度そのものが、故郷からの疎外感や学校教育の圧力に抵抗し、それを乗り超えて進もうとする自我形成のプロセスであり、自身の文学を創造するための道でもあったはずである。その孤独な歩みの途上で、『ツアラトウストラ』は、長江の存在と共に春夫を励まし、若い感性に沁み通ったことだろう。

今の時汝は尚ほ多数者に堪ふるなり、汝個人よ、今の時汝は尚ほ汝の勇気と汝の希望との全きを有す。／（中略）／汝が兄弟よ、汝已に「侮蔑」と云ふ言葉を知れるか。又汝を侮蔑する者に対して公平ならむとする汝が公正の苦痛を知れるか。／汝は多くの者に、更めて汝を識らむことを迫る。此責を彼等は厳しく汝に帰す。汝は彼等に接近し来りて、しかも尚ほ通過し去る。彼等は決して汝を恕さず。／汝は彼等の上を越えて行く。されど汝が益々高く登れば、嫉妬の眼は愈々小さく汝を見る。さあれ、最も憎まるるは飛翔する者なり[21]。

（第一部「創造者の道」）

長江訳『ツアラトウストラ』は、大正期に入ってからニーチェ・ブームを巻き起こす。春夫文学だけでなく文学史を考える上で、いち早く、多感な少年の時期に翻訳の過程と並行してニーチェを受容した意義については、今後、深く考察しなければならない。

しかし、明治四三年五月、大逆事件の発覚によって、春夫は、より一層厳しい精神的危機に直面することになる。

第四節 「愚者の死」に描かれた精神的葛藤——大逆事件と大石誠之助の処刑

明治四一［一九〇八］年六月、赤旗事件が起こり、社会主義者らの検挙が行われる。その頃、幸徳秋水は故郷の高知県で、クロポトキン『麵麭の略取』（明治四三年、平民社）の翻訳を行っていたが、赤旗事件の知らせを受け、七月に上京を試みる。肺を病んでいた秋水は、その途中、和歌山県新宮町に立ち寄って、医師として開業していた大石誠之助のもとに滞在した。その間に秋水は、大石誠之助、沖野岩三郎、数名とともに、熊野川で舟遊びを楽しんだ。

政府はこの舟遊びを、同年一一月、大石誠之助が上京した折に巣鴨平民社で行った「革命放談（一一月談義）」、明治四三年一月、誠之助宅で幸徳秋水を囲んで催された新年会などの出来事と結びつけて、大石、成石らを含めた六名の人物を〈紀州新宮グループ〉としてフレームアップし、新宮を事件策謀の地に仕立て上げ、天皇暗殺計画の参謀者として起訴するための根拠とした。その年の五月から大逆事件の検挙が開始され、六月には、〈紀州新宮グループ〉が勾引される。その二ヶ月後、『帝国文学』（八月号）に自嘲の色で染め上げられた春夫の歌が掲載される。

　ふるさとのあらき高峯の巌にふし鷲の子などとわらひてあらむ

現実を味ふことは水無月の青梅の果を噛むここちすれ

いかのぼり糸をはなれて舞ひけるが次の刹那に枝にとらはる

飽きやすき男はかなし吸ひなれし煙草も日ごとにがくなりゆく

（『全集・佐藤』二巻、三一二―三一三頁）

さらに同年十一月、春夫は、「鼻」という総題で、『スバル』にも自嘲的な歌を掲載している。[22]

さはれはたろうまゆだやの鼻ならず鷲のくちばしのなれのはてなる

まがりたる鼻はかなしやゆくとしてどぶのにほひをきかぬとこなし

日に三たびわが超人をあざわらふめしの匂にうごめくよ鼻は

（『全集・佐藤』二巻、三一三―三一四頁）

ここで詠われる「鷲の子」や「鷲のくちばし」とは、「若き鷲の子」を指していると考えられる。その場合、「糸をはなれて」舞い上がったという表現は、先の「若き鷲の子」での逆説的な勝利と精神的な〈飛躍〉に重なる。その〈飛躍〉が、「次の刹那に枝にとらはる」というのは、大逆事件発覚から新宮グループの勾引まで時を経ていないことを勘案すれば、事件によって「現実を味ふ」春夫の重苦しい気分を反映しているのであろう。それを確証できる資料は今のところ見当たらないが、事件後、父豊太郎宛書簡の中で、「帝国大学の図書館に於てはその後一切社会主義の書物を貸さずと云ふ（附記す、鷗外博士曰く、社会主義と自然主義を外にして近代の文学なしと。）堪えがたき哉、官僚の臭、児は何所にか文学を学ぶべき」[23]と述べていることから、春夫が森鷗外を手本としつつ社会主義と自然主義とを近代文学を学ぶ上で必須のものと考えていることがわかる。そのため、大逆事件の発覚と、それに伴う新宮グループの勾引は、これから文学で身を立てようと考える春夫にとっては、将来を左右する死活問題であったはずである。そのため、中学校や故郷に対する精神的葛藤は、大逆事件の発覚後、その対象を「国家」という不特定多数の抽象的な力へと強引に押し広げられた。だからこそ、「若き鷲の子」での〈飛躍〉は、大逆事件発覚後に失墜し、自嘲の対象に変化するのである。

その後、大逆事件の裁判は、猛スピードで秘密裡に進められ、国内外からの批判の声が上がる前に、明治四四年一月二四日、幸徳秋水、大石誠之助、成石平四郎を含めた一二名が処刑された（管野須賀子のみ、二五日）。

大逆事件直後から、弁護人であった平出修をはじめとして、与謝野寛、晶子、森鷗外、石川啄木、永井荷風、木下杢太郎、秋田雨雀、武者小路実篤、内田魯庵、阿部省三など、多くの文学者たちが様々な形で反応した。その中でも、とりわけ鋭敏に反応し、作品化を試みた人びとは、ここに挙げた顔ぶれからもわかるように、春夫を含め、雑誌『スバル』の周辺に集った文学者たちだった。

春夫は、誠之助の処刑について、次のように詠う。

愚者の死

千九百十一年一月二十三日
大石誠之助は殺されたり。

げに厳粛なる多数者の規約を
裏切る者は殺さるべきかな。

死を賭して遊戯を思ひ、
民俗の歴史を知らず、

日本人ならざる者
愚かなる者は殺されたり。

「偽より出し真実なり」と
絞首台上の一語その愚を極む。

われの郷里は紀州新宮。
渠の郷里もわれの町。

聞く、渠が郷里にして、わが郷里なる
紀州新宮の町は恐懼せりと。
うべさかしかる商人の町は歎かん、
—町民は慎めよ。
教師らは国の歴史を更にまた説けよ。(24)

ここで注目したいのは、①大石誠之助が処刑されたのではなく、「殺されたり」という点。②その理由として「多数者の規約を裏切」ったという点。③その「裏切り」とは、大石誠之助が、

「死を賭して遊戯を思ひ」、「民族の歴史を知らず」、したがって「日本人ならざる者」であった点。④佐藤春夫と大石誠之助の関係については、「われの郷里は紀州新宮。／渠の郷里もわれの町」と詠われている点である。

では、なぜ春夫は、誠之助を「日本人ならざる者」「愚者」と呼んだのだろうか。

第五節 〈日本人ならざる者〉——明治四〇年代の大石誠之助の活動

大石誠之助は、春夫の父・豊太郎と親交があった人物で、その活動は、明治三七［一九〇四］年前後から明治四〇年代にかけて活発化する。彼は、中央と和歌山県南部地方の情報を相互に伝播する、文化思想のパイプラインのような役割を果たしていた[25]。

誠之助の性格は、自身が語るところによると「法律や権威と言ふもの」を「チットも有り難いものとは思はぬ」といった「粗野な薄情な非団体的な」ものであった（明治四〇年「謀叛人の血」、『全集・大石』1、一四五頁）。そうした性格は、明治三六年の和歌山県における公娼設置問題をめぐる論争の際、廃娼の立場を取って、町内で孤立して行くことになる。また、日露戦争直前から、社会主義思想へ傾き、戦争後の社会状況を「繁雑なる形式と虚偽なる文明の毒に中てられ」た社会と捉える。そのまなざしは、「若しも大日本の光栄と言ふ事が紳士の我儘を意味し、熊野の繁盛と言ふ事が金持の増長を言表はす言葉なりとすれば、余は日本人と呼ばれ熊野の人間と言はる事を、此上もなき恥辱とするものだ」といった主張へと連なって行く。[26]

誠之助の活動は、東京の『家庭雑誌』、週刊『平民新聞』、『世界婦人』、『直言』、『光』、熊本の『熊本評論』、大阪の『日本平民新聞』などの社会主義系の新聞雑誌、そして南紀州から発刊されていた新聞において展開された。その内容は、歴史教育、宗教、文学、哲学、女性問題、被差別部落問題、格差問題、料理など多岐にわたっている。

社会主義者としての誠之助の立場は、社会主義者に急進的で直接的な行動を促すのではなく、理想社会の実現に長い年数が要すると達観した上で、言論と財力による、社会主義の人道的な伝道を促す点にあり、自らも可能な限りの範囲で、その理想を実行することで、ある種のヴィジョンを提示することにあった。

誠之助は、「社会主義者は実行者ならざる可らず」（明治三八年八月、『直言』）で、次のように述べている。

社会主義者は皆伝道者でなければならぬ如く、亦た自ら実行者でなければならぬ。我々は数十年若しくは百年以後に理想の社会を作らうと思ふものであるが、それは決して今日の社会制度から一足飛びに変化するものでなく、我々が少しづつ之を実行する事によつて近づき得るものである。（中略）／苟も社会主義者として世に立たんとしりものは、一方に於て自己の才能に従ひ口により、筆により、或は財により、出来得るだけ之が伝道につとめ、又一方には其実行に於て、少くとも世の宗教家や道徳先生以上のやさしき心を同胞に示さねばならぬではないか。

(『全集・大石』1、四六―四七頁)

こうした、人道的な社会主義の立場から、誠之助は財力の投資と言論による、独自の社会主義活動を行った。その思想は、アメリカ留学で得た「平民主義と世界的の思想」が、インド遊学で触れた汎神論と社会主義に結びつき、イギリス帝国主義支配下にあるインド国民の悲惨な状況を目の当たりにした、実体験によって支えられていると考えられる。[27] こうした誠之助の体験は、自由な立場での超ジャンル的な幅広い活動へと彼を駆り立ててゆく。

誠之助は「田舎より」(明治四一年四月、大阪『日本平民新聞』)の中で、次のように述べている。

余は日本の社会運動に一人の首領を戴くを必要とせぬ如く、一箇の中央機関新聞をも亦必要とは思はぬ。総体、何の機関にしても之を扱ふ人の手心にて如何やうにも変化するもので、徹頭徹尾之を本尊として崇むるわけには行かぬ。現に余の如きは其寄書を数箇の地方新聞に掲げて居るが、(中略)余は自分の寄書に余白を割いて呉れる限りは、皆之を我が機関新聞だと思つて居る。

(『全集・大石』1、二一九頁)

誠之助は、中央集権型の社会活動やメディアに対して、懐疑的な見方を示しており、自身は柔軟で客観的な姿勢を採っている。こうした姿勢を保ち得たのは、海外生活で得た広汎な世界観と、その真逆の発想によって機能している、日本の帝国主義政策の内に見た、排他的で狭隘な思想に対する懐疑が横たわっているからである。先にも触れたように、実際に誠之助は、海外で得た知識を存分に生かして、多岐に渡るジャンルでの言論を活発に行っている。それは、偏りのない総合的な文化を伝播することで、自由で新しい世界観とそのヴィジョンを人々に提示する試みであった。

こうして誠之助は、当時の風潮からは逸脱した言論で、社会主義者として活動しながら、幸徳秋水を含め、堺利彦、荒畑寒村など、東京で活躍していた社会主義者たちと交流し、運動資金の援助を行った。その一方で、堺利彦に、「僕は若し病ありて彼の手に治療を受くるならば即日死んでも本望」[28]とまで言っていることからもわかるように、医者として、「少くとも世の宗教家や道徳先生以上のやさしき心を同胞に示さねばならぬ」[29]といった考えから、裕福な患者からは治療代を要求したが、被差別部落に住む貧しい人々の診療は無償にし、神様のように思われていた人物だった。こうした医者としての姿勢は、春夫の父豊太郎も高く評価している。また誠之助は、新宮を啓蒙する実践的な活動として、大変ユニークな試みを行っている。

明治三七年二月に日露戦争が開戦されるが（翌年、九月終戦）、その最中である同年十月、誠之助は「太平洋食堂＝The Pacific Refreshment Room」を開く。この食堂は、誠之助がアメリカで学んだ料理を多くの人々に提供し、同時に欧米のマナーを、被差別部落の人々を含めた町人たちに教育することが目的であったが、マナー教育だけにとどまらず、店内の調度品や装飾にも拘り、西洋の楽器や玩具なども設置している。そのため、全体として、欧米文化の一部分を総合的に紹介する小さな施設のようなものであった。「太平洋食堂＝The Pacific Refreshment Room」という名称は、彼の非戦論的立場としての「平和主義」（＝pacifism）を示しているが（西村・一九六〇、一四一頁）、そこには、欧米文化を理解することで、日本人の欧米人に対するコンプレックスを克服することが、異国間の理解を深め、その先に平和へのヴィジョンがある、ということを示そうという意図があったと考えられる。[30] しかし、町民たちは、はじめのうちは足を運んだものの、食堂での教育に辟易して次第に足が遠のいて行った。

「太平洋食堂」が閉店すると、次に誠之助は、明治三九年夏頃から翌年三月頃までの期間に、無料で誰にでも新聞や雑誌が閲覧できる施設として、「新聞雑誌縦覧所」を設置する。「太平洋食堂」は失敗したが、その中に併置していた新聞雑誌縦覧所を残して、情報による啓蒙を試みたのである。設置場所は、当時、『熊野実業新聞』の記者をしていた、仲之町の徳美松太郎の持ち家である二階家であった。そこには、『平民新聞』、『萬朝報』、『二六新報』、『中央公論』、『家庭雑誌』、『火鞭』、『直言』、『天鼓』などの新聞雑誌や社会主義のパンフレット、キリスト教関係の雑誌、木下尚江の『火の柱』、『良人の告白』、『平民科学』などの書籍も置いていた。まだ中学生だった春夫や奥栄一はそこへ通って、木下尚江の作品を熱心に読み、日刊『平民新聞』に掲載されていた竹久夢二の挿絵や、白柳秀湖の美文調の評論などを好んで見ている。[31] 春夫は、当時の様子を回想して、『わんぱく時代』（一九五七［昭和三二］年十月二〇日―翌年三月一一日『朝日新聞』）の中で、次のように述べている。[32]

壁にはローマ字でI・ニシムラとある西村伊作筆と思はれる野の小川に月の出の月光の砕けながら流れてゐる「せせらぎ」とでも題しさうな水彩画や、時には太く白い腕に花籠を抱いた空想的な西洋婦人像なども掲げられてゐた。（中略）／縦覧室には白木の素朴な卓とそれにふさわしい五、六台のイスとがデコボコした土間におかれて白木の卓の上には冷えてはゐたが番茶の土ビンのそばに茶わんもおかれて勝手にのどをうるほすこともできるやうになつてゐた。／（中略）ここも図書館と同様に人々の持ち寄つた書物や新聞雑誌を一般の見るにまかせたものであつたが、図書館と違つて書物も設備（といふほどのものではないが）も何やら清新の気があつて明朗なのが僕には好もしかつた。

（『全集・佐藤』一五巻、二五〇―二五一頁）

春夫の回想が示しているように、「新聞雑誌縦覧所」は、壁に絵画を飾り、質素な白木のテーブルと椅子を据え、パン菓子や茶（注、はじめは牛乳も置かれていた）、などを置いて慎ましく来客をもてなし、清潔で明るく、くつろいだ空間の中で、人々が自由に情報を摂取できるような、繊細な気配りを読みとることができる。こうした点からも明らかなように、「新聞雑誌縦覧所」は、「太平洋食堂」とは異なり、人々を教育するのではなく自由な空間による、自由な情報提供が目指された。

このように誠之助の活動は、一見すれば、バラバラになされたものであるものの、「新聞雑誌縦覧所」である程度概観できたはずであり、その意味では誠之助の活動は、春夫にとって非常に身近なものであったであろうことは、言うまでもない[33]。しかし、そうした身近な存在である誠之助を「日本人ならざる者」と詠う背景には、一日本人という枠だけでなく社会主義という枠にさえ縛られない、自由な世界観に裏打ちされた、ユニークで斬新な活動が視野にあったものと思われる。そうした「日本人ならざる」誠之助の活動が、時代の網目にからめとられ、結果的に大逆事件へと引きずり込まれてしまったところに、「愚者」としての誠之助の皮肉な運命を見たと言えるだろう。その意味で、「愚者」という表現には、どこか〈トリック・スター〉というニュアンスが漂うが、その表現には、やり場のない春夫の哀しみと憤りと衝撃が織り込まれている。

内田隆三は、春夫、誠之助という個人を「紀州新宮」という土地のレベルで捉え、誠之助の処刑に関しても、その文脈から「紀州新宮」を逆立ちさせた表現としていたが、これまで考察してきたように、春夫という「個人」は、大逆事件発覚前から、単純に「紀州新宮」というローカルな問題に収斂できない、精神的葛藤を抱え込んでいたことに目を向ける必要がある。事件前の精神的葛藤と、その克服。そして、大逆事件発覚後の自嘲。さらに、誠之助の処刑による衝撃。それらが、「愚者の死」の内で、どのような様相を呈しているのか、もう一歩踏み込んで考察する必要がある。

第六節　「愚者の死」の諷刺と大逆事件批判――与謝野寛「誠之助の死」の反語との比較

「愚者の死」は反語であることが定説となっているが、森長（一九七七）や野口（一九八九）の指摘にあるように、大石誠之助を批判している作品として解釈する見方もあることは既に触れた。確かに、「愚者の死」では、春夫自身の感情を示す表現は皆無であり、個人名は第一聯の中にだけ詠われるのみで、春夫と誠之助の関係も「紀州新宮」という土地との関連で詠われている。そのため、（当然そこに込められているはずの）誠之助の死に対する慟哭の声や、国家権力に対する憤りの声といったものが、文語体の語りの中に埋没している。つまり、真逆の解釈を導く要因は、反語が徹底されていないためである。

結論から先に述べれば、「愚者の死」の表現は、春夫が自覚していたか否かにかかわらず、「諷刺」「アフォリズム」に近い。それは、「若き鷲の子」や、その後の自嘲的な短歌を含め、「愚者の死」以前に『ツアラトウストラ』から影響を受けていたことと無関係ではあるまい。

言うまでもなく、「反語」とは、自分の意見を強調するために反対のことを述べる表現方法であり、「諷刺」とは、変化を誘発（あるいは阻止する）意図をもって、人物、組織、国家などの愚かしさや誤りを、皮肉を交えて遠まわしに暴き出す表現方法である。そして、「アフォリズム」とは、簡潔な表現で物事の本質を鋭く言い表す表現である。『ツアラトウストラ』は、こうしたアフォリズムや諷刺、パロディ、寓意などの表現方法を駆使しながら、自身の思想の骨格を浮き彫りにしたテクストである。

村井則夫は、『ツアラトウストラ』の表現について、「一篇一篇の短い断章の内に『思想の長大な連鎖』を凝縮し、しかもそれぞれの断片を暴力的に寸断することで、そこに思想を変貌させる空白域を創出する」アフォリズムが用いられているとし、同時に、メニッペア(諷刺文学)の伝統を持つと指摘している。メニッペアとは、「聖職者、財産家、教養人などの権威を槍玉に挙げ、その滑稽な姿を容赦なく暴き」、「その登場人物は、特定の個人ではなく、むしろ類型や典型であり、思想や観念の擬人化である」という(村井・二〇〇八、六〇—六一頁)。生田長江が翻訳を行っていた時点で、『ツアラトウストラ』の表現上の問題について、これほどの理解力を有していたとは考えにくいが、少なくとも『ツアラトウストラ』の表現に「諷刺」や「アフォリズム」の性格があるというのは確かである。「愚者の死」において反語が徹底されていない要因は、「若き鷲の子」前後から、『ツアラトウストラ』の表現を、(長江訳からではあるが)春夫なりに咀嚼していたため、誠之助の死への悲しみや、国家権力への憤りを反語によって詠うよりも、個人の自由を奪う国家権力の脅威と、かつて春夫という「個人」を疎外したはずの「郷里」や「教師等」が、その権力の脅威に戦慄する矛盾に視点が向けられたためであろう。

「愚者の死」は反語ではなく、「個人」（春夫と誠之助）をとりまく「国家」という「多数者」の抽象的な拘束力と、「紀州新宮」との関係、そして、「紀州新宮」と「個人」との関係、さらに「国家」と「個人」の関係といった、重層的な力関係とそのズレを皮肉な視点から切り取っている。同時に、そこには、「国家」「郷里」のいずれにも属すことのできない春夫という「個人」が、「国家」によって強引に「紀州新宮」という固有名詞の中へ収斂されて行く矛盾と、その葛藤が、緊迫した言葉と言葉の空白に刻み込まれているのである。こうした、精神的な葛藤ゆえに錯綜する表現が、後に中上の指摘した「転向」という解釈や、森長、野口のように字面どおりの解釈をされてしまう所以であろう。こうした春夫の葛藤は、与謝野寛「誠之助の死」との比較によって、より明確になる。

明治三九［一九〇六］年、新詩社の地方同人で木ノ本の『紀南新報』に入社していた鈴木夕雨に連絡が入り、同年一一月、与謝野寛が率いる、茅野蕭々、吉井勇、北原白秋ら一行が新宮に訪れた。当時、与謝野寛以外の人物は無名であったが、木ノ本で『紀南新報』『熊野新報』共催の歓迎会が催され、新宮では誠之助と和貝彦太郎らが観光案内をし、歓迎会を催した。その歓迎会には、春夫の父豊太郎も同席して、その他三四人の新宮の文化人が総出で彼らを迎えた。一四歳だった春夫は、彼らが立ち去る日、その背中が消えるまで見送っていたという。(34)

この時の来遊から、新詩社と新宮の文化人との交流が生まれ、それから三年後の明治四二年八月、与謝野寛は生田長江、石井柏亭らを率いて再び新宮の地を踏む。こうした出来事を受けて、明治四三年二月から同年六月までの期間、誠之助は沖野岩三郎と共同で文芸雑誌『サンセット』を発刊した。

与謝野寛は、『鴉と雨』（大正四年、東京新詩社）の中で、誠之助に死について次のように詠う。

誠之助の死

大石誠之助は死にました。
いい気味な、
機械に挟まれて死にました。
人の名前に誠之助は沢山ある、
然し然し、
わたしの友達の誠之助は唯一人。
わたしはもうその誠之助に逢はれない、
なんの構ふもんか、
機械に挟まれて死ぬやうな、
馬鹿な、大馬鹿な、わたしの一人の友達の誠之助。

それでも誠之助は死にました、
おお、死にました。

日本人でなかつた誠之助、
立派な気ちがひの誠之助、
有ることか無いことか、
神様を最初に無視した誠之助、
大逆無道の誠之助。

ほんにまあ、皆さんいい気味な、
その誠之助は死にました。
誠之助と誠之助の一味が死んだので、
忠良な日本人は之から気楽に寝られます。
おめでたう。(35)

伊藤整は『日本文壇史』一八巻(一九三七年、講談社)のなかで、春夫「愚者の死」について、「この明治四四年の春、彼(注・春夫)は師の寛の詩に似た発想法で、大石誠之助を悼む諷刺詩を文語体で書き、三月号の『スバル』に発表した」と書いている。寛の「誠之助の死」の初出は、明治四四年四月『三田文学』に「春日雑詠」の総題で発表した二編の詩の後半である。この初出の第四聯を変更し、後に「誠之助の死」と題して『鴉と雨』に収録した。初出時、第四聯は、「忠良な日本人は之から気楽に寝られます。」と「おめでたう。」の間に「例へばTOLSTOIが歿んだので、／世界に危険の断えたよに。」という部分が挿入されていた。この部分を削除して「誠之助の死」という独立した作品に仕上げたわけだが、「春日雑詠」を掲載した半年後の十月八日、寛はヨーロッパに向けて出帆して日本を離れている点を勘案すると、誠之助と交流があった寛にしてみれば、当時の国内の状況は非常に危険であったため、それを避けていたのではないかと考えられる。そのように考えた場合、伊藤整の指摘している「寛の詩に似た発想法」で「愚者の死」が書かれたというよりも、むしろ春夫の「愚者の死」に触発されて寛が「春日雑詠」を掲載したと見る方が妥当であろう。その点は、「愚者の死」と「誠之助の死」の表現方法の違いによっても、確認される。

「誠之助の死」では、誠之助は、「愚者の死」のように「殺された」のでもなく処刑されたのでもなく、「死にました」と詠われる。彼は「機械に挟まれて」死んだのであり、だから「わたし」は、「わたしの友達」である「その誠之助に逢はれない」。しかし、その直後に「なんの構ふもんか」と、悲しみを振り切り、「馬鹿な、大馬鹿な、わたしの一人の友達の誠之助」と詠うとき、その「馬鹿な、大馬鹿な」という表現は、慟哭として響きわたる。その一方、後半部分では、

「わたしの友達」であったはずの誠之助が、「日本人でなかつた誠之助」「立派な気ちがひの誠之助」「神様を最初に無視した誠之助」「大逆無道の誠之助」というように、「誠之助」と名を連呼しながら詠われて、「誠之助と誠之助の一味が死んだので、／忠良な日本人は之から気楽に寝られます。／おめでたう。」と閉じられる。前半の直接的な慟哭の声と、「誠之助」という名の連呼によって、この作品に込められた寛の強烈な悲しみが反語として了解されるのである。また、国家権力を示す部分が「機械に挟まれて」という表現にズラされていることで、詠われる対象が「わたしの友達」である「誠之助」に絞られ、その死に対する悲しみに重心が置かれている。このように、「誠之助の死」では、前半部分で死を悼む表現が多く続き、国家権力に関係する部分が「機械」という表現によって巧みにズラされていることにより、字面どおりに読まれることはありえない。したがって、「誠之助の死」は、反語として解釈する以外に解釈しようのない、一義的な意味の中で詠われているのである。

一方、「愚者の死」では、春夫と誠之助の直接的な関係については全く示されていない。そして、誠之助の名は、第一聯の中で示されているのみであり、その後は「多数者の規約を裏切る者」「日本人ならざる者」といった不特定の抽象的な表現によって詠われる。それは、作品内で「愚者」(誠之助・春夫)と「多数者」との鋭い対立関係を形作る。さらに、春夫と誠之助をつなぐ接点は、「われの郷里は紀州新宮。／彼の郷里もわれの町。」という、共通の土地によって示されるのみである。つまり、春夫と誠之助の関係には、「誠之助の死」における「わたし」と「わたしの友達」といった、「個人」対「個人」の明確さはなく、「紀州新宮」を同じ「郷里」とすることにおいて、朧に示されているのである。そのため、春夫と誠之助を区別する境界線は限りなく薄められ、「紀州新宮」という固有名詞の中で抽象化される。この抽象化は、「多数者」が「愚者」と対立関係にあることによって一層強調される。つまり、「個人」を抽象化するのは、「紀州新宮」という土地ではなく、「多数者」という不特定多数の力なのである。そして、その力は、誠之助を殺した力であり、春夫を故郷から排斥した力でもある。

内田隆三の指摘するように、春夫は、「土地の習俗と国家の法という二つの力の差異」を示し、「日本という国からくる抽象的な拘束力のはたらき方に注意を喚起」しただけではない。『ツアラトウストラ』から表現を学ぶことで、広い意味での「個人」と「多数者」とが形作る重層的な力関係、そして、そこから生じる矛盾を捉え、「多数者」の不気味な力に戦慄しながら、誠之助の皮肉な末路と「うべさかしかる」故郷の愚かしさを、緊迫した筆の運びで諷刺したのである。

しかし、ここで注意しておきたいことは、「愚者の死」には、「若き鷲の子」とは異なり、精神的危機からの克服へ連なる回路が一筋も見出だせないという点である。そこに、大逆事件後の春夫の精神的危機の深刻さが生々しく現われている。停学処分から大逆事件に至る一連の出来事は、若い春夫の人生の途上に「多数者」（国民・国家）と対峙する「愚者」（春夫、誠之助ら「個人」）が、その不気味な〈力〉の網目の中で、いかに自己自身へと成って行くかという、人間存在の根本に関る課題を用意したであろう。〈国家〉から逸脱してしまったという意識、そして

〈故郷〉さえも〈国家〉によって奪われたという二重の喪失。いいかえれば、それが、春夫のアイデンティティを崩壊の危機に追いやり、同時に、自己が拠って立つ精神的な地盤を見失った自我崩壊の危機に彼を立たせるのである。

【注】

（1）中野緑葉「佐藤春夫らの短歌からの出発」（一九二四年五月『朱光土』）によれば、熊野では俳句や短歌が盛んに作られていた。新宮は、熊野歌壇の中心だったという。詳しくは、『新宮市誌』下巻「二　文化活動」の高まり」（七七八―八二二頁）を参照。

（2）成石勘三郎（平四郎の兄）は無期懲役に処されるが、一九二九年、昭和天皇の恩赦で出獄。高木顕明は一九一四年、秋田刑務所にて縊死し、峯尾節堂は無期懲役に処されるが一九一九年に獄中で病死。崎久保誓一も無期懲役に処されるが、成石勘三郎と同じく、一九二九年に出獄し、このグループの中では唯一戦後まで生きた人物である。

（3）大逆事件に関する家宅捜査が行われたとき、佐藤春夫の父豊太郎は、誠之助から幸徳秋水訳のクロポトキン『麺麭の略取』を借りており、それを知らないうちに春夫が持ち出して読んでいたため、豊太郎は非常に狼狽し、その本を金庫にしまったという。佐藤春夫、談話筆記「《作家に聴く》第八回」（一九五二年八月、『文学』）、「日本ところどころ」（一九五四年、『日本文芸』）、「追懐」（一九五六年四月、『中央公論』）、参照。しかし、管見によると、当時の新聞類、警察側の当時の極秘資料である『要視察人一斑情勢』には、春夫家に捜索が入った件については書かれていない。

（4） 民間組織である〈「大逆事件」の犠牲者を顕彰する会〉は、二〇〇一年八月二五日、設立総会を開き、同月三一日、新宮市長と市議会に〈紀州・新宮グループ〉六名の顕彰を要望する陳情書を提出した。同年九月二一日、新宮市定例議会最終日で市長は追加議案として、大逆事件の犠牲者たちの名誉を回復し、顕彰する決議案を朗読。事件の犠牲者たちの名誉回復と顕彰は、〈「大逆事件」の犠牲者を顕彰する会〉の人々による渾身の活動と、市長らの勇気ある決断によって、同日午後一時一五分、満場一致で可決された。尚、今後、大石誠之助を名誉市民に推そうという動きも出てきている。

（5） 森長英三郎は、「愚者の死」について、次のように述べている。
「しかし「愚者の死」を書いたとみられる明治四四年一、二月の時点では、佐藤はただ俗説にしたがって、国賊大石を罵ったのであって、反語の詩ではないように思われる。少年佐藤は、まだ国家権力のカラクリにかかる事件を批判する眼を持たなかったのである。そしてこの少年時の先入観は、結局死ぬまでそれから脱却できなかったのではあるまいか。佐藤は『わんぱく時代』で、（大逆事件の）判決の号外をみて、「僕は全身冷水を浴びせられた思ひで、二人の友人には号外の僕に与へたショックを説明して、彼等と遊興をともにすることを断つてひとり帰つた。さうしてその夜半、僕は近く処刑さるべき大石誠之助の死を弔ふ一詩を草した」と書いて、反語であることを肯定しているが、大石らの一味ではないことを示すための身のあかしとして草したものでなければよいのであ

るが。」（森長英三郎『禄亭大石誠之助』、一九七七年、岩波書店、三五五頁）

森長英三郎に見られるこうした見解は、野口存弥『沖野岩三郎』（一九八九年二月、踏青社）の中にも類似したものが見られる。野口存弥は『わんぱく時代』についての検証から、やはり佐藤春夫が大石誠之助を大逆事件の参画者として見ていたのではないかという結論に達している。

（6）中上健次「物語の系譜　佐藤春夫」『國文学』一九七九年二月（『中上健次全集15』一九九六年、集英社、一一九—一二二頁）。

（7）佐藤春夫「『風流』論」は、一九二四年四月『中央公論』誌上に掲載された。「風流」の捉え方をめぐる久米正雄との意見の相違から、春夫の感覚的な「風流」観が展開される。

（8）村上重良編『正文訓読　近代詔勅集』（一九八三年、新人物往来社、二〇〇—二〇一頁）。

（9）参考までに、以下、教育勅語の全文を引用する。

「朕惟フニ我カ皇祖皇宗國ヲ肇ムルコト宏遠ニ徳ヲ樹ツルコト深厚ナリ我カ臣民克ク忠ニ克ク孝ニ億兆心ヲ一ニシテ世世厥ノ美ヲ濟セルハ此レ我カ國體ノ精華ニシテ教育ノ淵源亦實ニ此ニ存ス爾臣民父母ニ孝ニ兄弟ニ友ニ夫婦相和シ朋友相信シ恭倹己レヲ持シ博愛衆ニ及ホシ學ヲ修メ業ヲ習ヒ以テ智能ヲ啓發シ徳器ヲ成就シ進テ公益ヲ廣メ世務ヲ開キ常ニ國憲ヲ重シ國法ニ遵ヒ一旦緩急アレハ義勇公ニ奉シ以テ天壤無窮ノ皇運ヲ扶翼スヘシ是ノ如キハ獨リ朕カ忠良ノ臣民タルノミナラス又以テ爾祖先ノ遺風ヲ顕彰スルニ足ラン斯ノ道ハ實ニ我カ皇祖皇宗ノ遺訓ニシテ子孫臣民ノ倶ニ遵守スヘキ所之ヲ古今ニ通シテ謬ラス之ヲ中外ニ施シテ悖ラス朕爾臣民ト倶ニ拳拳服膺シテ咸其徳ヲ一ニ

センコトヲ庶幾フ／明治二十三年十月三十日／御名 御璽」（村上重良編『正文訓読　近代詔勅集』一九八三年、新人物往来社、一五三―一五四頁）

（10）『新高八十年史』「明治大正編」（一九八三年、和歌山県立新宮高等学校同窓会）によると、この講演会は次のようなプログラムであった。

一、霊の反抗　鈴木夕雨
二、偽らざる告白　佐藤春夫
三、熊野と人物　大川墨城
四、天下太平論　沖野五点（岩三郎）
五、文芸と女子教育　与謝野寛
六、裸体画論　石井柏亭
七、ハイカラ精神を論ず　生田長江

鈴木夕雨、佐藤春夫、大川墨城、沖野岩三郎は土地の有志であり、とくに夕雨は新詩社同人、そして沖野は新宮教会の牧師で、後に大逆事件に深く関って行く人物である。

（11）佐藤春夫「先師を憶ふ」（一九五八年、『現代日本文学全集』第五九巻、筑摩書房）、『詩文半世紀』（一九六三年、読売新聞社）を参照。

（12）生田長江「紀州旅行日記」（『文学者の日記5　長与善郎・生田長江・生田春月』一九九九年、博文館）参照。

(13) 辻本雄一「『愚者の死』をめぐって―佐藤春夫と〈大逆事件〉序説―」(一九八四年十月、『近代文学研究』、一〇二―一〇三頁)。

(14) 佐藤春夫『詩文半世紀』(一九六三年、読売新聞社)。

(15) Friedrich Nietzsche, *Also sprach Zarathustra*, Phipp Reclam jun. Stuttgart, 1994, pp.120-122.『ツアラトウストラ』二〇四―二〇六頁。

(16) ニーチェのニヒリズムについて、渡邊二郎は次のように述べている。

「まず、ニーチェにとって、「ニヒリズム」とは、さし当り何であったか。よく知られたように、「ニヒリズム」とは、「最高の諸価値が無価値になり」、「目標」や「〝なぜ〟への答え」が「欠けている」状態であると規定される。それゆえ、こうしたニヒリズムを極端にまで推し進めた「ニヒリズムの極限形式」は、「無(すなわち、〝無意味なもの〟)が、永遠に!」ということであり、「あるがままの生存は、意味も目標もなく、しかしそれでいて不可避に回帰しつつ、無に終わることもないもの。つまり〝永遠回帰〟」ということだとされる。ニヒリズムとは、「生存」が「意味をもたない」という意識であり、「〝無駄〟というパトスがニヒリストのパトスなのである」。こうしたニーチェの言い方から見て、いかにここで、「目標」や「価値」といった「意味」が無みせられて、永遠に「無意味」が続くと意識されることが、ニヒリズムの問題現象として考えられているか明らかであろう。」

(『ニヒリズム 内面性の現象学』一九七五年、東京大学出版会、一五〇―一五一頁)

こうした、ニーチェ的な「ニヒリズム」は、大逆事件後、春夫の中に大きな問題となってたち現われ、二章で論じるように、自我形成を文学によって試みてゆくものと考えられる。
(17) Ibid., pp.7-23,『ツアラトウストラ』二一―二九頁。
(18) Ibid., pp.125,『ツアラトウストラ』二〇九―二一四頁。
(19) Ibid., pp.128-129,『ツアラトウストラ』二一四―二二〇頁。
(20) Ibid., pp.7-23,『ツアラトウストラ』二一―二九頁。
(21) Ibid., pp.63-65,『ツアラトウストラ』一〇一―一〇七頁。
(22) 春夫はしばしば、自身の鼻について自嘲的な歌や詩を創作しているが、ニーチェにもそういった詩があるので、ここに紹介しておく。(信太正三訳、ニーチェ『悦ばしき知識』「58 曲がり鼻」、一九九三年、ちくま文芸文庫、四八頁)

鼻は高慢ちきに　遠くを見はらす
その鼻孔をふくらまして――
だからお前、過度な死の際よ、
わが高慢な一寸法師よ、お前はいつも前へ転ぶ！
二つのものがいつも一緒にいる、
背筋の張った気位と、曲がった鼻とが。

(23) 佐藤春夫、豊太郎宛書簡、一九一一年四月一六日。引用は『全集・佐藤』第三六巻、五―六頁。

(24)『全集・佐藤』二巻、一〇七―一〇八頁。

(25) 山口功二は、大石誠之助が地方言論人として新宮の文化に対して果たした役割を、以下の四点を挙げて論じている。①明治における近代化を支えた新しい観念の啓蒙、②新宮の知識人階層の組織化、③社会主義機関誌への投稿を通じての、文化の「逆伝播」、④誠之助の影響下に育った佐藤春夫、西村伊作、沖野岩三郎、（加藤一夫）、大石七分、奥栄一、下村悦夫ら大正文化の一角を担った青年たちの、中央文化圏への移住（一九六八年、三月、「明治後期における地方言論文の役割―大石誠之助とその周辺」、『新聞学評論』、一〇五―一一九頁）。

(26) 大石誠之助のこうした過激な言論は、構想だけに終わった「熊野放棄論」との係わりが考えられるようである。その点についての論考は、辻本雄一「禄亭大石誠之助の視た日露戦中、戦後の熊野新宮の諸相―「牟婁新報」紙への係わりと、書かれざりし「熊野放棄論」の行方」（二〇〇八年九月、『熊野誌―大逆事件と熊野の現代―大石誠之助を中心に』五四号、大逆事件の犠牲者を顕彰する会、熊野地方史研究会、新宮市立図書館）を参照。

(27) 大石誠之助は、兄・大石余平の奨めで一八九〇年から一八九六年にかけて、アメリカに留学し、その後、新宮で医院を営んだ。また、一八九九年一月には、神戸を出帆してシンガポールへ向かい、翌月、シンガポールで医者をする。そこで誠之助は、シンガポールの植民地病院で脚気、マラリアの　研究を行った。さらに、同年十月にはボーア戦争（トランスヴァール戦争）が勃発するが、誠之助は一二月にボンベイへ向かって出帆している。その翌年、ボンベイ大学で、ペストなどの伝染病研究するが、絲屋寿雄は、誠之助はボンベイ大学で汎神論の講義を受けたと推測している（絲屋寿雄『大石誠之助―大逆事件の犠牲者』一九七一年、濤書房、三五頁）。

(28) 一九〇七年二月、『大阪平民新聞』、引用は『明治社会主義史料集』、第五集。

(29) 大石誠之助「社会主義者は実行者ならざる可らず」、一九〇五年八月、『直言』、引用は『全集・大石』1、四六―四七頁。

(30) 大石誠之助は、自身の留学体験から、日本人の欧米コンプレックスが、異国間の理解の妨げになると見ている。

「西洋人が黄色人を嫌ふとか怖がるとか云ふ事も大概此方の僻根性である。若もそんな事実があるならば其原因は大凡此方の出様が悪るい故である。殊に米国に行つて親密に交際して見れば彼等が人種の異同によつて信義を異にせぬは驚くべき程である。（中略）／前にも述べた如く言葉の通ぜぬのが誤解の基となるのみならず、総ての事に於て不自由、不利益を感ずるものである故、成るべく早く多く之を学ぶ様に勉めねばならぬ。（中略）／素より彼の事情に通ぜず、彼の語を解せぬものが突然と外国人の仲間に入るは、甚心細い事であつて其不自由と困難の大なる当然であるが、此困難に堪へる力は渡米後当分の間日本人と離れたる所で養ふが最良の法であらう。」（大石誠之助「渡米者の覚悟」、一九〇四年七月、『社会主義』、引用は『全集・大石』1、一九頁）

(31) 佐藤春夫「わが北海道を終りて」（一九六四年三月二六、二七日『北海タイムス』）を参照。

(32) 佐藤春夫『青春期の自画像』（一九四八年、共立書房、『全集・佐藤』第一一巻、一六八頁）、

『わんぱく時代』（一九五七年十月二〇日―翌年三月一一日『朝日新聞』連載、『全集・佐藤』一五巻、二五〇頁）参照。そのほか、春夫による「新聞雑誌縦覧所」の記述は、「二少年の話」（一九三四年二月、『中央公論』）を参照。

（33）佐藤春夫が明治四二年に新宮中学校を停学処分にされたきっかけとなる、与謝野寛ら新詩社一行の新宮来遊の際、大石誠之助と春夫は、社会主義国家が成立した後の文学の在り方について論争を交わしている（『わんぱく時代』）。そのため、考え方の相違があったのは事実である。

（34）佐藤春夫『青春期の自画像』（一九四八年、共立書房）、『わんぱく時代』（一九五七年十月二〇日―翌年三月一一日『朝日新聞』連載）を参照。

（35）与謝野寛『鴉と雨』（一九一五年、東京新詩社）二〇二―二〇五頁。

第二章　大逆事件後における佐藤春夫の近代批判

第一節　「愚者の死」以後

（1）問題の所在

明治四二［一九〇九］年、佐藤春夫は、文学を志しながらも奔放な言動が時局に合わず、中学校停学処分を受けて精神的危機に立たされた。その危機からの克服は、ニーチェ『ツアラトウストラ』の思想的骨格とその表現方法を作品にとり入れることによって試みられ、「若き鷲の子」に結晶した。しかし、その直後、明治四三年の大逆事件の発覚に伴い、春夫は、より深刻な精神的危機に立たされる。その鬱屈とした当時の心境は、いくつかの短歌に詠まれ、大石誠之助の処刑を扱った「愚者の死」に結実する。そこでは、国家と国民意識に対する批判を鋭く潜めながら、春夫の内部に走った衝撃と戦慄を諷刺的に描き出していた。一章では、それらの点を確認することで、当時の春夫が、自己が拠って立つ精神的な地盤を見失った自我崩壊の危機という問題に直面していたことを分析した。ここで少々論を先走ると、大逆事件後の春夫は、そうした精神的危機を文学によって克服すべく、創作に励んだと考えられる。

これまでの研究史上の傾向として、反語としての「愚者の死」や「田園の憂鬱」（大正七［一九一八］年、新潮社）に描かれる主人公の苦悩（「近代人の苦悩」「近代の病弊」）に目が向けられても、大逆事件前後の春夫の細かな表現の推移についてては、あまり注目されてこなかった。それは、〈大逆事件〉という歴史的な出来事と、明治から大正へという激動する時代の重みのために、皮肉にも、肝心な当の春夫という〈個人〉の存在の輪郭が薄められてしまったことによる。しかし、一人の作家や作品を取り上げて考察するためには、社会状況や歴史的な出来事といった客観的材料だけでなく、社会状況に対する春夫の反応と、それにより、作品がどう変化していくのか見てゆく必要がある。なぜならば、〈歴史〉というものが、主観と客観の狭間、言いかえれば、解釈と事実の運動の上に成立すると考えるならば、大逆事件によって危機に晒された明治末期の春夫の苦悩を辿ることなくしては、その後の作品の本質を解釈し得ない上、作品の持つ時代的意義や価値をも見落としてしまう可能性があるからである。

そこで本章ではこれまであまり注目されてこなかった春夫の作品を可能な限り取り上げながら、大逆事件以後、春夫がいかなる方法で自我崩壊の危機からの克服を試み、どのように時代・社会と向き合っていたのか。言いかえるなら、春夫の作品と時代・社会との関連を文学的問題として掘り起こし、それを基盤としながら、春夫がいかにして大正期へと向かうのかという問題意識を軸に考察を進めてゆく。

(2)〈傾向詩〉と〈抒情詩〉の関係

春夫は「愚者の死」以後、主に雑誌『スバル』を舞台として〈傾向詩〉と呼ばれる、社会や時代状況を諷刺した詩をいくつか発表し、それに並行しながら〈抒情詩〉を草した。春夫は後年、〈傾向詩〉について、「その当時の詩壇に在つては、その傾向が注目されたのかも知れない」と述べ、「後年上田敏氏に会った時に、氏はそれらの事を覚えてゐた」と回想している。[1] この回想が事実であるならば、上田敏は「愚者の死」をある程度、評価していたものと思われる。また、春夫の〈傾向詩〉については上田敏だけでなく、折口信夫も、後年、次のように高く評価している。

若くして詠んだ、大石誠之助を弔うた「愚者の死・鉄道殉職者」・「清水正次郎を悼む長歌并短歌」・「乃木将軍の死に就いて世の新聞記者に言ふ」ものなど、表皮に触れるにとどまる同時代人の、思ひ及ばなかつた抗議を提出してゐる。而もそれは、真髄においてはその事実に対して、大きな肯定を蔵してゐたのである。而もその抵抗がすべて、詩を以て表せられてゐたことは、同時代の告ぐるなき幾千の口に代る力となつた。

（「『佐藤春夫全集のために』」一九五三［昭和二八］年一月『読売新聞』）

こうした上田、折口らの反応は、春夫の〈傾向詩〉が、当時の社会状況を知る学者詩人たちの何等かの琴線に触れ、余韻を残すものであったことを裏付けている。そこで、まず、〈傾向詩〉と呼ばれる作品が、具体的にどの作品を指すのか確認しておきたい。

春夫は明治期の詩について、処女詩集『殉情詩集』「自序」（大正十［一九二一］年七月、新潮社）の中で次のように述べている。

われ幼少より詩歌を愛誦し、自ら始てこれが作を試みしは十六歳の時なりし。いま早くも十五年の昔とはなれも。爾来、公にするを得たるわが試作おほよそ百章はありぬべし。その一半は抒情詩にして、一半は當時のわが一面を表はして社会問題に対する傾向詩なりき。今ことごとく散逸す。自らの記憶にあるものすら数へて僅かに十指に足らず。然も些かの恨なし。寧ろこれを喜ぶ。後、志を詩歌に断てりとは非ざりしも、われは無才にして且つは精進の念にさへ乏しく、自ら省みて深くこれを愧づるのあまり遂には人に示さずなりぬ。

（『全集・佐藤』一巻、五頁）

この引用文の中で「その一半は抒情詩にして、一半は當時のわが一面を表はして社会問題に対する傾向詩なりき」と述べ、〈傾向詩〉と〈抒情詩〉が並列されていることに注意したい。〈傾向詩〉という言葉から想起されてくるのは、〈傾向小説〉というジャンルである。〈傾向小説〉とは、一般的な文芸用語として、政治的、道徳的主張の濃厚に表れた作品を指し、特に明治前期の政治小説や昭和前期のプロレタリア文学などの社会主義的傾向を示す作品に対して用いられる言葉である。[2] ここで春夫が述べる〈傾向詩〉は、「當時のわが一面」を表わした「社会問題に対する」傾向を示すものという程度の意味で用いられており、肝心な「わが一面」の内実については言及されていない。

また、〈抒情詩〉とは、言うまでもなく、作者の内面や情緒を主観的に表現する詩である。上田敏や折口信夫に倣い「愚者の死」を〈傾向詩〉の代表的な作品であるとするならば[3]、明治末期の春夫の〈抒情詩〉を代表するものの一つとして、「〔街上夜曲〕」（明治四四年四月『スバル』）をあげられる。この作品は、「愚者の死」の続編のような意味合いがあるためだ。「愚者の死」は、明治四四年一月一八日の夜、神田須田町の停留所で友人と酒に酔って人ごみに混じっていたときに、号外で大逆事件の判決（二四名の死刑判決）を知り、その夜、即座に草した作品である。一方、「〔街上夜曲〕」は、被告ら一二名が処刑された後の記憶をもとに、その翌月の『スバル』四月号に発表している。

号外のベルやかましく、
電燈の下のマントの二人づれ、
——十二人とも殺されたね。
——うん……深川にしようか浅草にしようか。
浅草ゆきがまんゐんと赤い札。

電車路線をよこぎる女の急ぎ足。

（『全集・佐藤』二巻、一〇九頁）

ここでは、大逆事件号外で判決を知った後、遊びに行く二人の会話の中で、一二名の処刑が暗示的かつ抒情的に詠われている。「〈街上夜曲〉」という題は、春夫を含む与謝野寛・平出修ら一二人の新詩社同人が、東京の街頭風景をスケッチした作品群をまとめ、その総題として冠されたものである。どの詩篇にも、大逆事件後の、やるせない倦怠・不安、暗澹とした心情が漂っているものの、春夫一人が、殺された「十二人」を詩に折り込み、その心境を抒情的に詠っている点が注目される。

山本健吉は、「『十二人とも殺されたね』という言葉には、このときの作者のある感情、ある思想が託されているようだ」と指摘し、「幸徳事件の衝撃によって、理想を喪失し、方向を見失った当時の青年たちの気分が、この詩には表現されている」と述べている（『日本詩人全集⑰佐藤春夫』、一九六七年、新潮社）。「〈街上夜曲〉」では、国賊として大石誠之助を罵るのではなく、或いは「愚者の死」のように国家権力や故郷を諷刺しつつ、その衝撃を織り込むのでもなく、大逆事件そのものを、自身の内面に触れるデリケートな問題として詠っており、それは、会話の歯切れの悪さに現われている。つまり、「愚者の死」では「愚者（個人）」と「多数者（国民・国家）」との力関係が示されていたのと対照的に、「〈街上夜曲〉」では、「個人」の内面に視点が絞られているのである。

このように、大逆事件の被告らの処刑を軸に、「愚者の死」「〈街上夜曲〉」という、スタイルの異なる二つの作品が書かれていることに注意したい。この二つの作品を対峙させることで、春夫の社会を批判的に見る姿勢と、その姿勢の背後にある自身のナイーブな内面とが立体的に浮かび上がる。言いかえれば、国民・国家に対峙する「個人」という問題を一つの表現方法、一つの側面によって描くのではなく、可能な限り別の側面から捉えることで、結果として立体的に作品化しようとしていたことが見えてくる。ここで、前章で触れた、「愚者の死」に関する、森永英三郎、野口存弥による〈字面どおり〉に解釈すべきとする見解は不正確であったと言える。

ともあれ、一つの出来事を軸として、春夫は異なる二つの視点に立って詩を創作しており、この二つの視点が、その後、春夫の述べる〈傾向詩〉と〈抒情詩〉へと枝分かれしたと考えられる。そのため、大逆事件後の春夫は、社会的側面とナイーブな情緒的側面とを、〈傾向詩〉〈抒情詩〉として、ある程度、意識的に描き分けていた可能性が高い。そして、この二つの方向性は、大逆事件前後の精神的危機と大石誠之助の処刑に対する複雑な思いを深淵とするだけに、その後の作品においても雑誌『スバル』を主な発表舞台として、陰に陽に反映されて行くことになる。ここで、〈傾向詩〉における当時の社会問題に対する「一面」の内実と、〈抒情詩〉における情緒的な側面がどのように関連しているかという問題点が新たに浮上する。

当時の春夫の詩作品について、晩年の春夫の弟子である島田謹二は、「すべて世俗の尊重するものを嘲り笑い、時々ソフィスティケイションにさえ陥」り、「その思想は、ある種のニイチェぶりや、トルストイ風のものや、当時はやりのものを集大成して、ハイカラな少年のコスモポリティスムをどぎつくにおわせている」と指摘している（島田・一九七五、六三〇頁）。しかし、こうした表現上の問題を「ハイカラな少年のコスモポリティスム」と一括してしまってよいものだろうかという疑問が残る。なぜなら、前章で確認したような、時代状況に配慮した表現上の工夫に関連していると考えられるためである。

春夫は後年、次のような回想を残している。

一方、大逆事件の地元にいた自分は、またこの事件によつて狡猾に考案された社会機構と社会悪の許すべからざることを感得した。これ等の未熟な青年期の心緒は新詩社のロマンティシズムと混交して、自分の初期の詩を成している。懦弱な自分の性格は一命を賭して社会悪とたたかう代りに人間の蒙昧を内面的に啓発する方向に向かわせたものである。

（「気ままな文学」『全集・佐藤』二四巻、一六三頁）

大逆事件によって提示された「社会機構と社会悪」に対峙して憤る一方、未成熟な心情にロマンティシズムが流れ、それらが「混交して、自分の初期の詩を成している」と述べている点に着目したい。それは、社会悪に対峙し、批判する〈傾向詩〉、そして未成熟な心情とそこに流れるロマンティシズムを詠う〈抒情詩〉という二つの方法をとりながら、結果として「人間の蒙昧を内面的に啓発する方向に向かわせ」ることを目的としていたのだと解釈できる。回想文のため、時間的な隔たりは否めないが、〈傾向詩〉と〈抒情詩〉との関係を明確に示している。つまり、〈傾向詩〉の社会批評性と〈抒情詩〉のロマンティシズムという二つの方法でなければ（一つの出来事や事象に対して客観性と主観性を行き来することで、それを捉えようとする方法でなければ）、人間の内面に深く関わって、その蒙昧を啓発してゆくことができないという、春夫の創作上の姿勢を読み取ることができる。こうした姿勢は、ある意味で、何らかの出来事や事象に飲み込まれ、沈潜し続けるのではなく、そこから離れて徹底した客観性を目指し、その上に立って再度、出来事や事象を自身の主観において捉え返し、さらにそれを、他の人々に示そうとするものである[4]。その意味では、春夫はこの時期、自身の体験や置かれた状況を徹底して客観視するために、社会批評家と抒情詩人の狭間を行き来していたものと考えられる。

次に、春夫の詩作品ならびに初期の評論活動の主な舞台となった、雑誌『スバル』との関係についいて見ておきたい。

（3）明治期の詩と評論

①愚者の死　第三年第三号（明治四四年三月）
②小曲二章（病／煙草）　第三年第四号（明治四四年四月）

③街上夜曲　〃
第三年第六号（明治四四年六月）

④小曲四章
第三年第八号（明治四四年八月）

⑤蛇の子の歌（エホバよ／口論）
第三年第一二号（明治四四年十二月）

⑥清水正次郎を悼む長歌并短歌
第四年第三号（明治四五年三月）

⑦夜毎わが心のうたふ歌／うぐひす
第四年第六号（明治四五年六月）

⑧詩「ツァラストウストラ」及び「トルストイ語録」の訳者に感謝す
第四年第一二号（大正元年一二月）

⑨同時代私議（乃木大将を悼む言葉／乃木大将の死に就いて世の新聞記者に言ふ／偽悪者と偽善者と／『教育ある婦人』）
第五年第一号（大正二年一月）

⑩詩数章　夜の意義／断章／大なる自由と正義と／霊の芽生／われ何が故に生くるや
第五年第六号（大正二年六月）

⑪ためいき
第五年第六号（大正二年六月）

⑫評論「遊蕩児」の訳者に寄せて少し許りワイルドを論ず
第五年第八号（大正二年八月）

⑬評論　SACRILEGE　新らしき歴史小説の先駆「意地」を読む

先行研究において〈傾向詩〉として取りあげられてきた作品は、主に①⑥⑨である。また、〈抒情詩〉に分類できる作品は、②③⑦⑪、そして、④⑤⑧⑩は、そのいづれにも分類しがたい作品となっている。[5]

これらの作品の流れを簡単に辿ると、〈傾向詩〉に分類できる作品群は、乃木希典の殉死の際に発表された⑨「同時代私議」を区切りとして消滅し、かわりに大正二年六月⑫「「遊蕩児」の訳者に寄せて少し許りワイルドを論ず」(『スバル』)によって文学評論が出現している。「愚者の死」が発表されてから、「同時代私議」に至るまでは、約二年間の隔たりがあり、その間に社会状況は、社会主義や文学への弾圧が苛烈をきわめ、明治天皇の崩御と乃木希典殉死という事件がおこっている。〈抒情詩〉は、数年を経た後、『殉情詩集』(大正十年七月、新潮社)へと結実してゆくが、先に述べたように〈傾向詩〉は大正二年以降、全く書かれなくなる。[6] その要因は、乃木殉死によって何らかの心境の変化を引き起こし、検閲の眼を意識して、表現上の工夫をほどこさなければならなかった〈傾向詩〉はではなく、それとは違った文学と表現を模索しはじめたためと想定される。[7] それは、「『遊蕩児』の訳者に寄せて少し許りワイルドを論ず」で、本間久雄が『遊蕩児』の題で新潮社から翻訳出版した、オスカー・ワイルドの『ドリアン・グレイの肖像』(*The Picture of Dorian Gray*, 1890)の誤訳を指摘し、自身のワイルド観を述べた評論が書かれている点。そして「SACRILEGE　新らしき歴史小説の先駆「意地」を読む」で、森鷗外の歴史小説集『意地』(大正二年六月一五日、籾山書店)を論じた長文の評論が書かれていることによって

裏付けされる。(8)

そこで本章では、明治末期の作品のいくつかを取り上げながら、春夫は大逆事件による精神的危機からいかなる克服を試み、いかにして大正期へと向かうのかという問題意識のもと、表現技巧と作品内容との結びつきに注意を払い、主に①〈多数者〉と〈個人〉との力関係、②ニーチェ・森鷗外からの影響、③大逆事件後の社会状況(南北朝正閏論争・乃木希典の殉死)の三点に着目して、考察をすすめる。

第二節　大逆事件の余波と教育制度批判

(1)〈多数者〉の暴力に抗して——佐藤豊太郎宛書簡における教育制度批判

明治四四[一九一〇]年四月一六日、「(街上夜曲)」を『スバル』に発表した直後、春夫は、父・豊太郎に宛てて長文の書簡を送っている。その目的は、第一高等学校の受験を辞退することにあった。この書簡は、春夫の〈傾向詩〉を考える上での重要なヒントが含まれるため、書簡の重要な部分を次に引用する。

御手紙読了、左に御返事を認むべく候

一、高等学校に入学せぬと云ふ事は作家は深く学ぶの要なしと云ふ事とは全然根底を異にすること也。

一、作家は深く学ぶの要なしと云ふがごとき理は、児の知らざる所なり、加之、児は近時作家たることよりも批評家――殊に文明批評家時代批評家たることに対して遥に大なる興味と理解とを有しつつあり。即学問の必要を思ふや切なり。（中略）

一、学問は高等学校の専売にあらず。

一、児は思ふ。今日の学校制度なるものが、真の学芸を究むる上に於て果して何の意義ありや。制服制帽を強ゆるが如き些細なりと雖も児にありては大なる反感なくしてこれを観ることを得ず。

一、高等学校はその学校制度の権化とも云ふべき「中学時代の所謂秀才」の団体なり。

一、個人を尊重することを知らず、正しき校風の名の下に多数者の勢力を振ふこと高等学校より甚だしきはなし。

一、高等学校は鷗外博士の小説を禁止する文部省の直轄学校として児等が尊重する二十七名の名士の演説を乞ふべからざるの内命を奉じつつあり。最近、徳冨健次郎氏の意義ある演説に報ゆるに鉄拳以てせんとせし生徒の学校なり。明治四十四年と云ふ聖代にありて然も文芸部の主催せる講演会に両三名婦人の聴衆ありしが故にその閉会後塩を撒けりとの云ふ学校なり、一般公衆のために開きしその記念祭の日二三の芸者の入場を許せりとのために生徒間の物論湧くがごとくなりしのん気なる非常識なる学校なり。児は恐る、児は斯くの如く愚劣なる学校に於て無事に呼吸し得るや否や。

一、帝国大学の図書館に於てはその後一切社会主義の書物を貸さずと云ふ（附記す、鷗外博士曰く、社会主義と自然主義を外にして近代の文学なしと。）堪えがたき哉、官僚の臭、児は何所にか文学を学ぶべき。

一、要するに高等学校及び大学は文学を究めむとする児等にありて遂に何等の権威と関係とを有せざる也。

一、高等学校の陋習を破らんが為めにとならば退学を期して入学せん。

（『全集・佐藤』三六巻、五―七頁）

春夫は、「作家たることよりも批評家」を目指し、「殊に文明批評家時代批評家たることに対して遥に大なる興味と理解とを有し」ていると述べ、「即学問の必要を」切実に願っている。しかし、こうした春夫の方向に対して、「今日の学校制度なるものが」、彼が思い描くような「真の学芸を究むる」際に、「何の意義」もないのではないかと嘆息する。なぜなら、当時の第一高等学校が、「個人を尊重することを知らず、正しき校風の名の下に多数者の勢力を振ふ」ような「非常識」で「愚劣」な学校と、春夫の目には映ったからである。

ここで重要なことは、春夫が思い描く学問（或いは学芸）とは、「社会主義と自然主義」であり、この二つのほかには「近代の文学」はないと断じている点である。[9] それは、前章でも触れたように、当時、弾圧の対象としてもっとも危険視されていた二つの潮流であり、春夫の思い描く学問が、時局に逆行するものであったことがわかる。それは、大石誠之助を中心とした新宮の知的環境と無縁ではない（第一章第五節を参照）。こうした春夫の〈傾向〉が、目前に差し迫る一高受験を契機として、書簡上で教育制度批判へと接続されたのである。

さらに春夫の視線は、森鷗外「キタ・セクスアリス」の発禁問題や、明治四四年二月、第一高等学校で行われた徳冨蘆花の「謀叛論」講演にまで向けられ、第一高等学校の背後にある帝国大学が、大逆事件後、社会主義関連の書物の貸し出しを禁止している点にも触れながら、「堪えがたき哉、官僚の臭、児は何所にか文学を学ぶべき」と嘆く。その上で、高等学校や大学といった教育機関は、文学を究める際には何の権威も関係もないと裁断し、「高等学校の陋習を破らんが為めにとならば退学を期して入学せん」と強い調子で結ばれている。つまり、春夫は一高受験を辞退するに留まらず、大逆事件以後の社会の動きを冷静に見据えながら、同時に学歴エリートを育てる第一高等学校を頂点とする近代教育制度の根幹に関わる重要な問題にも視野を広げているのである。そこに、第一章で触れた「若き鷲の子」での中学校に対する批判的な姿勢「愚者の死」にみられた大逆事件批判にも通じる、〈多数者〉の背後に潜む国家〈権力〉に対する嫌悪と過敏さを読みとることができる。その点については、第一高等学校をめぐる当時の教育制度について確認することで明確になるだろう。

当時の官立高等学校は、ナンバー・スクールといわれ、帝国大学の予備教育機関で、修養年限が三年であった。明治一九年に公布された帝国大学令は、全国から優秀な人材を集め、国家にとって有用な人間を育成することをうたっている。高等学校は、明治二七年に一高（東京）から五高（熊本）までが設置された（二高は仙台、三高は京都、四高は金沢）、その後、明治三三年、岡山に六高、三四年、鹿児島に七高、四一年、名古屋に八高が設置された[10]。卒業生全員が東京帝国大学、・京都帝国大学（明治三〇年設立）に進学できたわけだが、その後、東北帝国大学（明治四〇年設立）、九州帝国大学（明治四三年設立）が創立され、進学の範囲は拡大された。

そのころの高等学校の入学試験は七月上旬に実施された。竹内洋（竹内・一九九一）によれば、明治四〇年の全国統一試験は七月九日から一二日まで四日間にわたり、午前七時から十時まで行われたという[11]。

さらに、「明治三五年から全国統一試験になり、一発勝負ではなく、志望順位を考慮する入試改革が実施された。第一志望の高校に不合格になっても、入試得点が高ければ第二志望以下の高校に入学できることになった」（竹内・一九九一、二〇頁）。しかし、この全国統一高校入試は、第一高等学校をヒエラルキーの頂点にして、厳然とした序列が出来上がっていた。

……高校志願者の六九％が一高を第一志望にしていた。その一方で、七高（注・鹿児島の造志館高校）は第一志望の志願者が定員の四分の一にしかなっていない。七高へ第一志望で入学したものは合格者全体の一六％にすぎない。七高の合格者の八四％は第二志望以下の者に

よって充足された。もっとも不人気な高等学校だった。　（竹内・一九九一、二二二頁）

基本的に合格者全員が、東京・京都・東北・九州（竹内の調査した明治四十年の段階では、九州大学はまだなかった）の帝国大学に入学できたにもかかわらず、こうした格差が生じるのは、一高を頂点にした七高までの序列が出来ていたこと、そして、地方都市より東京・京都中心の都会生活に憧れていた学生が多かったことが考えられる。

そこで、春夫が一高受験を希望した背景としては、①親が一高—東京帝国大学医科大学というコース（別の専攻を選んだとしても、一高—東京帝国大学というエリートの道を歩むこと）を期待していたこと、②新宮周辺の学校へ行くことを避けた（選択肢として、官立でなく東京の私立大学予科でもよかったこと）が挙げられるが、大逆事件直後の春夫の状況を勘案すれば、②が大きな原因かもしれない。いずれにせよ、こうした複雑な事情を背景として、春夫は結果的に、慶応義塾大学の予科に入ることとなった[12]。

ここで、先の書簡に論を戻すと、春夫は、第一高等学校をめぐる、国家による個人の管理、個人や個性を監視し、支配しようとする教育制度、そこに学ぶ学生のエリート主義と、その裏に潜む愚劣さに目を向けていたことがわかる。こうした春夫の視線は、一高『校友会雑誌』（一五〇号、一九〇五年十月二八日）に「個人主義の見地に立ちて方今の校風問題を解決し進んで皆寄宿制度の廃止を論及す」を書き、その保守的で野卑な校風と寄宿舎制度を内側から痛烈に批判した魚住折蘆の姿勢とも呼応している。

第一高等学校の外側から眺める春夫の批判的な視線は、ほぼ正確に当時の教育制度の旧弊な内実を見据えていることを示している。故郷での停学処分、そして大逆事件によって戦慄した国家〈権力〉による暴力が、第一高等学校にも作用していることを、おそらく春夫は見抜いていたのである。

ここで、「社会主義と自然主義」、そして、「個人」の「思想」「価値観」が、当時の春夫の思い描く〈文学〉だけでなく、彼の人生において切実な生命線だったことを想起するなら、教育制度をはじめとして、間接的にも、直接的にも、自身にかかわる大逆事件後の社会状況や制度に対しては、敏感にならざるを得なかったものと思われる。それは受験辞退だけでなく、書簡の中で、徳冨蘆花の講演に言及していることにもあらわれている。

(2) 大逆事件後の社会状況への関心――徳冨蘆花「謀叛論」とその波紋

春夫が実際に、徳冨蘆花の「謀反論」を聴講したかどうかは不明である。しかし「意義ある講演」として捉え、注目していた事実は、後にこの講演が大逆事件直後の知識人による意義ある反応のひとつとして長く記憶されてゆくことを想起すれば、当時の春夫がいかに大逆事件後の社会の動きに敏感に反応していたかが垣間見える。

今日残されている蘆花の草稿によると、[13] 講演内容は、一月二四日に東京監獄で幸徳秋水、大石誠之助らが処刑された大逆事件裁判を批判したものである。明治四四年一月一八日、大逆事件裁判で二四人の死刑判決が下されたが、その三日後の一月二一日、蘆花は、まず、残り一二名の助命のために兄・蘇峰に手紙を書いて働きかけるも、蘇峰の反応はなかった。[14]

一高生の河上丈太郎と鈴木憲三は、一月二二日、粕谷にある蘆花の自宅を訪問して講演を依頼したが、そのとき「丁度悶々命乞ひの為めにもと謀叛論と題して約したまふ。」（徳冨愛子の日記）ということだった。約束した段階ではまだ一二人の処刑は行なわれていなかった。また講演は、弁論部新旧役員交替に当たる恒例の講演会のための依頼であって、河上らが大逆裁判批判を要望したわけではなかった。ともあれ、再度蘆花に決定し、校長の新渡戸稲造の許可を得て、訪問の運びとなった。[15]

河上丈太郎は後年次のように回想している。

玄関払いを食わされるのではないか、と心配していたが、書斎にとおされて、用件を切出したところ、一言の下に「よろしい」とひきうけてくれた。演題の相談になって、火鉢にあたりながら、蘆花が灰の上に火箸で書いた文字を読むと「謀叛論」と出ているので、ハッと思った。蘆花は「一高は不平を吐くのにいいところだ」ともいった。大逆事件のことだとすぐわかったが、学校へもどっても報告するわけにいかない。掲示には「題未定」としておいた。

（河上・一九五一）

蘆花は刑徒らの「命乞ひ」のために講演を引き受け、「謀叛」という言葉に含みこまれた、新しい時代、社会への可能性について説こうとしていたことがわかる。しかし、約束した二日後の一月二四日、幸徳秋水、大石誠之助らの死刑が執行される。こうした状況の中、蘆花の講演は決行された。

諸君、幸徳等は時の政府に謀叛人と見做されて殺された。が、謀叛を恐れてはならぬ。謀叛人を恐れてはならぬ。自ら謀叛人となるを恐れてはならぬ。新しいものは常に謀叛である。「身を殺して魂を殺す能はざる者を恐るる勿れ」。肉体の死は何でも無い。恐るべきは霊魂の死である。人が教えられたる信条のままに執着し、言わせらるる如く言い、為せらるる如くふるまい、型から鋳出した人形の如く形式的に生活の安を偸んで、一切の自立自信、自化自発を失う時、即ち是れ霊魂の死である。我等は生きねばならぬ。生きる為に謀叛しなければならぬ。（中略）幸徳等は政治上に謀叛して死んだ。死んで最早復活した。墓は空虚だ。何時迄も墓に縋りついていてはならぬ。「若爾の右眼を礙かさば抽出して之をすてよ」。愛別、離苦、打克たねばならぬ。我等は苦痛を忍んで解脱せねばならぬ。繰り返して曰う、諸君、我々は生きねばならぬ。生きる為に謀叛しなければならぬ。自己に対して、また周囲に対して。

これは、「謀叛論」の演説草案である。[16]蘆花は、この草案をもとに、二月一日、「謀叛論」の題で、第一高等学校弁論部主催によって、当時の弁論部長・畔柳都太郎の紹介で壇上に登り、一高大教場にて演説した。「謀叛論」という演題は、直前まで伏せられていたという。大逆事件直後のあからさまな反応とも言えるような、「謀叛」という言葉を演題とすること自体が、危険だったからである。この演説には、菊池寛、久米正雄ら、大正期の文学を担う青年たちが多く足を運んでおり、芥川龍之介にも影響を与えたとされている。[17]

講演の翌日、新渡戸稲造校長は、文部省から呼び出され、畔柳芥舟と共に譴責処分を受けた。さらに、三日には、新渡戸校長が全寮生、一千名を講堂に集めて経過を説明」した。二月五日には、『萬朝報』が「過激なる講話△蘆花、一高生に説く」という記事を掲載している。

こうして蘆花の演説は、一高の内外に大きな波紋を投げかけ、社会的事件にまで発展し、新聞紙上で報道された。そのため、春夫がどういった情報によって、蘆花の演説について「意義ある演説」と言えるほどの知識を得たのかは定かではないものの、大逆事件以後の社会の動きに敏感になっていた当時の春夫が、講演内容と講演が齎したその後の波紋を、全く知らなかったとは考えにくい。春夫が、新聞を見たのか、或いは直接蘆花の講演に足を運んでいたのか否かということは、資料が存在しないため追求できず、書簡の中の「意義ある演説」というのが、河上ら一高生に向けられているのか、蘆花の講演に向けられているのかはっきりしないが、書簡が書かれた目的が一高受験の辞退であること、そして一高批判が展開されていることを考慮した場合、後者として判断するのが妥当であろう。そのため、大逆事件後のこうした事件や社会の動き全体が、春夫の神経を逆撫でし、一高批判を衝き抜けて教育制度批判へと彼を駆り立てた遠因にもなっていたと考えられる。こうした大逆事件直後の社会状況の中で、春夫の批判の矛先は、学校制度に留まらず、国民全体にまで及んでゆくことになる。

第三節　批評家としての出発

(1)〈国民〉か〈非国民〉か――「『日本人脱却論』の序論」における日本人批判

第一高等学校の受験を辞退する書簡を書いてから一ヶ月後、春夫は「『日本人脱却論』の序論」(以下、「脱却論」)と題した短い評論を『新小説』(明治四四年、五月)に発表した。この評論は、「小評論」欄への応募作品で一等に入選する。選者は生田長江。それは、生田長江がニーチェ『ツアラトウストラ』の翻訳を終え、新潮社から刊行して五ヵ月後のことであり、春夫が長江宅に寄宿してから、約一年後の出来事であった[18]。この評論の読解や分析は、これまでほとんどまともに取り上げられたことはないが、先の書簡で展開された教育制度批判の矛先が、日本国民の精神性にまで食い込み、拡大されたことを示す重要な評論である。次に全文を引用する。

われらは、今、日本人と云ふわれらの生活の全部を否定しつつ、且つ切に壮重なる芸術を思慕しつつニーチエの「ツアラトウストラ」を手にした。
到る処、あゝ外国人の書物だと思はない頁はない。日本人がこの書を「危険なる洋書」と呼ぶのはまことに意味深いことである。

『不敵の冒険と、長期の不信と、残忍なる否定と、倦怠と、命あるものに切り込むことと――此等のものの会すること如何に稀なるかな。されど斯かる種より――真実の芽は生ず』

（新旧の卓。七。）

この一句を聞け。日本人の耳もとに来て「ざま見ろ」と喚く声である。此等のものの会することと云ふに到つてはわれらの胸に鋭き白刃を刺すものである。

思へ。「泣く子と地頭には勝てぬ」と教へたこの国の"Father"はその"Children"にこれらのものの唯一つを許すのであらうか、許されてまた怜悧にすぎたるこの国の"Children"がこれを為し得るであらうか。

この小さな島国をまた思ふ。

この国の唯一の文明人は江戸つ子。この国の宗教はあきらめ。「長いものに巻かれた」のがこの国の歴史。俳句と云ふものがこの国の文芸。一世紀の文明を十年で輸入する人種、折衷に長けた国民。

この独逸の時代批評の詩人は「危険と遊戯を愛する者」を真の男性とした。日本では殺さるべきものが自殺の形式をする武士道と云ふものが尊重される。

思ふて茲にいたる時、日本人ならざるものは渠が謂ふ所の「末人」それ自身として眼を瞬いてわれらの眼前に表はれる。

日本人ならざる者は直に超人たり得るであらう。日本人は超人たらん前に先づ一度日本人を脱却しなければならぬ。

日本人が超人に達する里程は他の人人より更に遥である。

われらの議論はあまりに断片的であり、あまりに独断的に見えたであらう。然し或る少数者の前には直ちに理解される事どもである。

われらの「日本人脱却論」の序論とも云はうか。（傍点春夫、『全集・佐藤』一九巻、五頁）

「脱却論」では、長江が訳したニーチェ『ツアラトウストラ』第三部「新旧の卓」からの引用が挿入され（『ツアラトウストラ』三六一頁）、「危険と遊戯を愛する者」「超人」という表現を、「日本人」「日本」と対立する概念として用いながら、「日本人」批判を展開している。

冒頭において、「日本人と云ふわれらの生活の全部を否定しつつ、且つ切に壮重なる芸術を思慕しつつニーチエの『ツアラトウストラ』を手にした」と語り、さらに「到る処、あゝ外国人の書物だと思はない頁はない」と続いているところから、基本的に『ツアラトウストラ』を「外国人の書物」、言いかえれば、日本人ではない人の書物である、という認識を持っていることがわかる。つまり、〈日本人〉（国民）か〈日本人でない〉（非国民）か、という際どい問題意識が、「危険と遊戯を愛する者」「超人」「日本人」という表現の内に隠されているのである。この〈国民〉か〈非国民〉かという問題は、中学校停学処分から大逆事件を経て、一高受験の辞退に至るまで、そしてその後も春夫の中で根深く尾を引いてゆく死活問題であったと想定される。この問題を詳しく見るために、「脱却論」に描かれる日本人／日本像を列挙しておこう。

① 「ツアラトウストラ」を「危険なる洋書」と呼ぶ
② 「泣く子と地頭には勝てぬ」と教へる国の民
③ 日本の"Father"はその"Children"に、「不敵の冒険と、長期の不信と、残忍なる否定と、倦怠と、命あるものに切り込むこと」を許すかどうか（注、「いや、許さないだろう」という反語）
④ たとえ③が許されたとしても「怜悧にすぎたるこの国の"Children"がこれを為し得るであらうか」（注、「いや、為し得ないだろう」という反語）
⑤ 日本の唯一の文明人は、「江戸つ子」
⑥ 日本人の宗教は「あきらめ」
⑦ 日本の歴史は「長いものに巻かれた」歴史

⑧　日本の文芸は「俳句」
⑨「折衷に長け」る日本人
⑩「殺さるべきものが自殺の形式をする武士道と云ふものが尊重される」お国柄

ここに列挙したように、「脱却論」では、先の書簡にも通じる、保守的で閉鎖的、そして、臆病で卑屈な日本人像が描かれ、批判の対象となっている。この日本人のマイナス・イメージとその批判が、どれほどの妥当性を有するかは別問題として、日本人とは対象的に用いられているニーチェについては、簡単に触れておく必要があろう。

まず、ニーチェの言う「危険と遊戯を愛する者」とは、『ツアラトウストラ』第一部「老いたる女と若き女と」の中の言葉で、女性と男性の道徳意識についてモラリスト的に語られている部分である。そこでは、「不敵の冒険と、長期の不信と、残忍なる否定と、倦怠と、命あるものに切り込むこと」によって、古い道徳や価値観・世界観を打破し、ニヒリズムを徹底するという「危険」を、臆病な足取りで辿るのではなく、知的「遊戯」として軽やかな足取りで、勇気をもって大胆に試みる者が肯定される。なぜそれが「危険」なのかというと、「正しき信仰」とされている古い価値観・世界観に支配されている「多数者（den Vielen）」にとっては、彼らの生きる世界が根底から破壊される可能性を孕むからである（ニヒリズムの到来）。そのため、ツァラトゥストラのように、ニヒリズムの到来を告げ知らせる者は、「多数者」の眼からみれば〈悪〉

となる。そのために、「多数者」はツァラトゥストラを憎み、「多数者」は彼を「危険なるもの」とみなす（「ツアラトウストラの緒言」）[19]。

しかしニーチェは、事物の価値というものは、「人間が彼自らを維持せんために与えしもの」であり、人間が事物に対して何らかの価値評価を下すことは「初めて事物に対する一の意義を、一の人間的なる意義を創造」する行為であると考えている（第一部「千有一個の標的」）[20]。つまり、「多数者」が信じるような、また、それによって生きるような人間存在の意義・価値というものは、〈神〉のように人間存在から遠く離れた別のどこかに存在するのではなく、人間が自ら創造すべきものと考えられている。そのため、人間の内外の変動と共に、その価値も変動し、「価値の変動は、即ち創造する者の変動」であり、「創造者たるべきものは常に（旧弊な既存の価値観を）破壊」しなければならないとされる（第一部「千有一個の標的」）。

したがって、ニーチェの述べる「危険と遊戯を愛する者」とは、諸価値の「創造者」の異名であり、やがては「超人」を生み、未来において「超人」を育てるための土壌を耕す〈開拓者〉という側面をもつ[21]。

ここで「脱却論」に視点を戻せば、先に列挙したような、保守的で臆病、そして野卑で愚劣な「日本人」像は、「危険と遊戯を愛する者」と対極に位置し、いまだに旧弊な価値観と道徳に支配されている「多数者」となる。さらに、「個人」から遠く離れた〈現人神〉（天皇）の幻想に支配される日本の近代とは、所詮、ニーチェの言うところの「末人」のようなものだと、暗に批判していることがわかる。つまり、春夫は「脱却論」において、「日本人」は明治以降、これまでの「生活の全部を否定」する代わりに、ニーチエの『ツァラトウストラ』を、「今ようやく手にすることができた」にもかかわらず、未だに、旧弊な価値観と道徳から脱しきれていないばかりか、共同幻想に支配され、「長いものに巻かれた」歴史を未だに繰り返しているという、日本の近代と、それを築いてきた日本国民の精神性に関る根本的矛盾を批判しているのである。

また、「危険と遊戯を愛する者」「超人」と「末人」（日本人）という対立概念が、既に「愚者の死」の中にも現われていることを想起すると、「愚者の死」の中で詠われる「死を賭して遊戯を思い」の一句は、磯田光一（磯田・一九八二）の指摘にあったように、「脱却論」の「危険と遊戯を愛する者」とほぼ同じ表現であり、「愚者の死」の中にある、「日本人ならざる者／愚かなる者は殺されたり」という部分の「日本人ならざる者」という表現は、「脱却論」において、「日本人ならざる者は直に超人たり得るであらう」という部分に重なっている。

「愚者の死」　　　　　　　　　「『日本人脱却論』の序論」
厳粛なる多数者　　　　　　→　末人
死を賭して遊戯を思ひ　　　→　『危険と遊戯を愛する者』を真の男性とした
日本人ならざる者　　　　　→　日本人ならざる者は直に超人たり得るであらう

こうした「愚者の死」と「脱却論」の表現の対比により、「愚者」という寓意の裏に「超人」のイメージが隠されていることが確認できるだけでなく、「脱却論」で提示された「日本人」（国民）か「日本人ならざる者」（非国民）かという問題の深刻さを考慮した場合、処刑された大石誠之助を「超人」として肯定的に詠っていることは明確である。そこに、当時の春夫の「わが一面」の内実、言いかえれば、思想的〈傾向〉が現われている。ここで、春夫にとっての大石誠之助とは、その言動によって若き日の春夫を強く刺激し、内面にまで深く食い入る人物であったということが見えてくる。

また、もう一歩すすめて述べるなら、「愚者の死」と「脱却論」を対峙させて読むときに、そこには、春夫もまた、誠之助と同様に「日本人ならざる者」の一人であるというある種の自覚が朧に透けて見えてくる。「愚者の死」における「愚者」とは、「脱却論」を参照すれば、日本人ではなく、日本人でないが故に「超人」であるという、〈非国民〉というニュアンスを逆手にとった肯定的なイメージが含まれているのである。

ここでニーチェの述べる「危険と遊戯を愛する者」という表現が、創造者の異名であり、それは「超人」を生む土壌を耕す〈開拓者〉という意味合いを含んでいたことを想起するなら、「日本人ならざる者は直に超人たり得るであらう」という「脱却論」の表現は、「危険と遊戯を愛する者」という概念と「超人」という概念との混同を示していることになる。しかし重要なことは、こうしたニーチェ理解の深浅ではなく、春夫が諸価値の転換というニーチェの思想における主要な思想的骨格を、粗いながらも咀嚼した上で、それを援用しながら「日本人」の精神性を否定し、批判している点にある。

内田隆三は、次のように言う。

春夫も、大石の運命にかんして、無政府共産の社会思想よりも彼が「愚者」つまり日本人ならざる者であったことに本質的な危険性を見ていた。だが、「「日本人脱却論」の序論」で、春夫はニーチェに準拠しながら、問題をいかにも抽象的にずらしていく。日本人とは「末人」であり、日本人ならざる者とは「直に超人たり得る」ものだというのである。そして愚者が「死を賭して遊戯を」思う者だというとき、それはニーチェが「危険と遊戯を愛する者」に真の男性を見ることに対応している。それは日本人という存在の地層から抜け出るには本質的な価値転換を要するという意識の表れだといえよう。（内田・二〇〇二、二四頁）

ニーチェの存在が、中学校停学処分での精神的危機だけでなく、大逆事件以後、「国家への服従意識」に侵蝕される危機に立たされる春夫が見出した一つの突破口であり、当時の彼にできた、最大の抵抗であることの意味は、決して小さなものではない。内田の指摘するように、春夫が、「大石の運命にかんして、無政府共産の社会思想よりも、彼が「愚者」つまり日本人ならざる者であったことに本質的な危険性を見ていた」とするならば、個人的体験や大逆事件への批判的な視点だけではなく、その体験を表現するためのレトリック、そして、批判するための思想的骨格が必要であったのだ。

春夫がニーチェを引き合いにして「超人」を論じる姿勢には、大逆事件後、「国家への服従意識」に浸食される危機に立たされながらも、文学（詩、評論）によって国家〈権力〉という暴力に対峙し、抵抗せんとする姿が浮かびあがる。ここで、春夫が父に先の書簡をしたためたのもこの時期であることを想起するなら、[22] 一高への批判も、日本人からの「脱却」、つまり、日本人の精神構造の否定と克服の上にたった批評であったと言えよう。

ただ、ここで一点だけ注意しておきたいことは、たしかに、それだけであるならば、「脱却論」も書簡での批判も、単なるニーチェの論理的・表現的模倣にすぎないとも言える。そして、「脱却論」では、日本人の伝統的な精神性を、抽象的にしか批判できなかったという点は否めない。しかし、書簡ではなく作品に目を向けるときに、この時期の春夫がまだ若く、文学を模索する時期にあったということ、そして検閲の目を意識しなければならない立場・状況にあったということを視野に入れる必要がある。その点については、次に、ニーチェの受容と同時期の鷗外の活動と絡めて、詳しくみておく。

（2）思想言論統制と森鷗外の闘争——「VITA SEXUALIS」の発禁処分前後

大正期のニーチェ・ブームの火付け役を担ったのは、森鷗外「沈黙の塔」を序文に掲げた生田長江訳『ツアラトウストラ』が、新潮社から刊行されてからのことである。長江が翻訳に着手したのは、明治四三年五月のことであるが、どのような経緯から翻訳に踏み切ったのかは定かでない。ただ、長江が一高時代に、明治期のニーチェ・ブームの火付け役だった高山樗牛に心酔し、帝大の哲学美学科に進学してから後、ケーベルや樗牛らの講義を受けていたことが背景となっていることは間違いないだろう。そこで、日本におけるニーチェ受容に関して簡単に概観しておく。

ニーチェが日本に紹介されはじめた契機としては、二つの重要なルートがある。ひとつめは、明治二六年六月にケーベル博士が帝大に着任して後の帝大哲学美学科への伝播。二つめは、明治二七年二月に入沢達吉がドイツから帰国し、森鷗外にニーチェの本を届けている点である。明治三〇年一二月には、井上哲次郎がドイツから帰国しており、西尾幹二によれば、ケーベルと井上哲次郎の口からニーチェの名が若い世代に伝播しているようである。その後、明治三二年一月には、吉田静致によって紹介され（「ニーチェの哲学―哲学史上第三期の懐疑論」『哲学雑誌』）、同年八、一二月には、長谷川天渓が猛烈なニーチェ批判を行い（「ニーツェの哲学」『早稲田学報』）、文学上の問題としても取り上げられるようになる。

こうした背景を受けて、明治三三年五月から七月にかけて、登張竹風の訳による「独逸の輓近哲学を論ず」が『帝国文学』に連載され、同年八月二五日にニーチェが没した直後から日本では、第一期ニーチェ・ブームが起こる。帝大卒の生田長江は、この一つ目のルート経由で、ニーチェを学んだと考えられる。[23]

一方、森鷗外は、美的生活論争を巻き起こした高山樗牛に代表される第一期ニーチェ・ブームでの発言は少ないものの、かなり早い段階で本を手にしたようである。[24] しかし、鷗外がニーチェを頻繁に作品の中で引用するようになるのは、「ヰタ・セクスアリス」（明治四二年七月一日『スバル』）を発表した時期から大逆事件後、歴史小説を書き始める直前までの時期である。この時期は、思想言論弾圧が強化されていく時期であったことを想起すると、鷗外のニーチェの引用と思想言論弾圧は無関係ではないように思われる。そこで、「ヰタ・セクスアリス」発禁処分前後の状況と鷗外の言動について、簡単に触れておきたい。

まず、「ヰタ・セクスアリス」は、一般的に性教育小説であるとされている。哲学者の金井湛は、哲学の書物を書くよりも小説か脚本の創作に興味をもち、漱石の『吾輩は猫である』が出ると技癢を感じたりする。やがて高等学校卒業間近にある自分の長男の「性欲的教育」のために「おれの性欲の歴史」を書いてみようと思い立つが、省みると「自分は性欲の虎を馴らして抑へて」きたことに想到する。そうした体験の記録を息子に見せられるかどうかは覚束ないが、一つの賭けとして書いてみようと決意する。

こうして、幼少時に見せられた春画、硬軟両派のいる寄宿舎生活で男色の攻撃から自己を守ること、見合い、吉原登楼、待合での芸者買い、町娘たちへの関心など、六歳に始まり西洋留学に出発してから帰国するまで、鷗外をモデルにした金井湛の多彩な「わが性欲史」が展開される

（ただし留学中の体験は、摘録のかたちで処理されている）。この作品が、自然主義を意識した自伝的な小説であることは明らかだが、終盤に至って、次のような不可解な言い訳がつけられている。

金井君はNietzscheのいふdionysos的なものだけを芸術として視てはゐない。Apollon的なものをも認めてゐる。併し恋愛を離れた性欲には、情熱のありやうがないし、その情熱の無いものが、奈何に自叙に適せないかといふことは、金井君も到底自覚せずにはゐられなかつたのである。（中略）／自分は少年の時から、余りに自分を知り抜いてゐたので、その悟性が情熱を萌芽のうちに枯らしてしまつたのである。それがふと詰まらない動機に誤られて、受けなくても好いdubを受けた。これは余計な事であつた。結婚をするまでdubを受けずにゐた方が好かつた。（中略）／なる程dubを受けたのは余計であらう。併し自分の悟性が情熱を枯らしたやうなのは、表面だけの事である。永遠の氷に掩われてゐる地極の底にも、火山を突き上げる猛火は燃えてゐる。（中略）自分は無能力では無い。Impotentでは無い。世間の人は性欲の虎を放し飼いにして、どうかすると、其背を騎つて、滅亡の谷に堕ちる。自分は性欲の虎を馴らして抑へてゐる。

（『全集・鷗外』五巻、一七七―一七八頁）

ニーチェ『悲劇の誕生』を援用しながら、鷗外の性欲をめぐる「情熱」（「本能」）と「悟性」（「理性」）の絶妙のバランスが説かれ、「性欲の虎」をコントロールする術の必要性が示されている。こうした高踏的な自己抑制と配慮は、厳しい検閲をくぐりぬけるためのものでもあったが、権力側の論理には通用しなかった。鷗外日記の七月二八日には「昴第七号発売を禁止せらる。Vita sexualisを載せたるがためならむと伝へらる。」とあり、また八月六日には「内務省警保局長陸軍省に来て、Vita sexualisの事を談じたりとて、石本次官新六予を戒飭す。」と記載されていることがそれを物語る。[25] 鷗外にとって、発禁は「魔睡」(明治四二年六月一日『スバル』)に次いで二度目であった。

鷗外の「魔睡」「ヰタ・セクスアリス」が発禁になった明治四二年は、思想言論弾圧が厳しさを増した時期にあたり、多くの文学者の作品が発禁処分を食らっている。[26] 政府による言論弾圧は、発禁数において、明治四五年=大正元年(一九一二)は若干減少するものの、大正期に入っても衰えることはなかった。文学者の側からは、検閲の基準の曖昧さが指摘され、ジャーナリズムの間で、発売禁止についての言説が飛び交うこととなる。

その後、鷗外は、明治四三年九月一日、「ファスチエス(対話)」を『三田文学』に発表しているが、これは今村恭太郎東京控訴院判事が『太陽』(七月二八日)に発表した「官憲と文芸」を批判したものである。今村はこの文章で、自然主義文学の危険性を説き、批判しているが、鷗外はそれを「ファスチェス」によって諷刺的に批判したのである。

内田魯庵は、明治四三年一月六日―八日の三日間、『VITA SEXUALIS』(『東京朝日新聞』〈朝日文芸欄〉)を発表して鷗外の小説を擁護。当時の教育者批判を痛烈に展開し、「日本に於ては先鞭を着けたる性欲解釈の者として学術上にも頗る資する処ある極めてマジメなものだ。」と論じた。彼は、明治三四年、「破垣」によって禁止処分を受けた経験があり、常日頃から検閲への不満を募らせていたためであろう。一方、鷗外は、寓意や諷刺的作品によって政府による思想弾圧の愚かしさを批判した。しかし、こうした批判の甲斐もなく、この年、桂内閣による言論弾圧は強化され、発禁が続出し、九七点の文学作品が、発禁の憂き目をみた。こうした状況の中、鷗外「沈黙の塔」が、明治四三年一一月一日『三田文学』に発表され、その翌年一月三日に刊行された、生田長江訳『ツアラトウストラ』、新潮社の序文として挿入される。

「沈黙の塔」では、明治政府の弾圧が、自然主義と社会主義の本を読む者を殺して投げこむ高い灰色の〈沈黙の塔〉に象徴されている。〈沈黙の塔〉（ヤスド）とは、ゾロアスター教徒が、鳥葬場として使用していた遺構である。ゾロアスター教の始祖は、ザラスシュトラ（ドイツ語で、ツァラトゥストラ）であり、鷗外が『ツァラトゥストラ』を意識しながら「沈黙の塔」を書いていたことは明確である。そのため、「沈黙の塔」では、ニーチェばりの〈諷刺〉と〈寓意〉をふんだんに用いたレトリックが駆使され、社会主義と自然主義の違いさえも認識できない、明治政府の官僚たちの愚劣さが、痛烈に批判されている。

丁度其頃此土地に革命者の運動が起つてゐて、例の椰子の殻の爆裂弾を持ち廻る人達の中に、パアシイ族の無政府主義者が少し交つてゐたのが発覚した。そして此 Propagande par le fait の連中が縛られると同時に、社会主義、共産主義、無政府主義なんぞに縁のある、乃至縁のありさうな出版物が、社会主義の書籍といふ符牒の下に安寧秩序を紊るものとして禁止せらるることになつた。／此時禁止せられた出版物の中に、小説が交つてゐた。それは実際社会主義の思想で書いたものであつて、自然主義の作品とは全く違つてゐたのである。／併し此時から小説といふものの中には自然主義と社会主義とが這入つてゐるといふことになつた。／さういふ具合に、自然主義退治の火が偶然社会主義退治の風であふられると同時に、自然主義の側で禁止せられる出版物の範囲が次第に広がつて来て、もう小説ばかりではなくなつた。脚本も禁止せらる。抒情詩も禁止せらる。論文も禁止せらる。露國ものの翻訳も禁止せらる。／そこで文字に書きあらはされてある、あらゆるものの中から、自然主義と社会主義とが捜されるといふことになつた。文士だとか、文芸家だとか云へば、もしや自然主義者ではあるまいか、社会主義者ではあるまいかと、人に顔を覗かれるやうになつた。／文芸の世界は疑懼の世界となつた。／此時パアシイ族のあるものが「危険なる洋書」といふ語を発明した。／危険なる洋書が自然主義を媒介した。危険なる洋書が社会主義を媒介した。翻訳するものは、その儘危険物の受買をするのである。創作するものは、西洋人の真似をして、舶来品まがひの危険物を製造するのである。／安寧秩序を紊る思想は、危険なる洋書の伝へた思想である。風俗を攪乱する思想も危険なる洋書の伝へた思想である。

（『全集・鷗外』七巻、三八七—三八八頁）

「パアシイ族」とは、明治政府を含む日本国民を指す。最初の二行の「椰子の殻の爆裂弾」とは、大逆事件を暗喩している。つまり大逆事件を意識しながら、思想・芸術への強権による弾圧を、諷刺的に描いていることがわかる。そして、「危険なる洋書」という言葉は、先の春夫の「脱却論」の中でも「日本人がこの書を『危険なる洋書』と呼ぶのはまことに意味深いことである」と触れられており、その点からも「脱却論」が、「沈黙の塔」を意識して書かれた可能性を示唆できる。

また、「危険なる洋書」というのは、明治四三年九月一三日、『東京朝日新聞』に掲載された「発売禁止と洋書▽洋書の発売は一切放任」の中で、自然主義と社会主義とを一括して「破壊思想」と定義し、これらの文芸、主義、思想は、安寧秩序を乱すので「危険」だとする論文が発表されたことを皮切りに、九月一六日から十月四日にかけて『東京朝日新聞』紙上に十四回に渡って無署名で連載された文学批判の文章である[27]。そこでは、国内外の多くの文学者や文学作品が批判の対象として挙げられている。国内では、鷗外をはじめとして、永井荷風、田山花袋ほか、国外ではニーチェをはじめ、ダヌンツィオ、ゾラほか、そして最終回では、「幸徳秋水一派の愛読書」としてクロポトキンがやりだまにあげられた。大逆事件の一斉検挙が行われ、幸徳一派とみなされた人物たちが勾引されたのは、「危険なる洋書」に先立つこと僅か数ヶ月前の五月からであることを考慮すれば、「危険なる洋書」は、社会主義者だけでなく、当時の文学者も一網打尽に批判・弾圧の対象としてフレーム・アップする、政府側の意図があったものと見える。その意味では、社会主義者も文学者もこの時期、似た状況・立場に置かれていたのである。

こうした当時の状況を背景に、鷗外が思想・言論・学問の自由を主張し「沈黙の塔」を書いていることに着目すると、ニーチェの援用や〈寓意〉・〈諷刺〉を用いているのは、当然のことながら、検閲の眼を切り抜ける手段の一つであったことが見えてくるのである。

しかし、ここで注意しておきたいことは、官僚としての鷗外の立場は微妙であり、心を許したと思われる友人に対してさえ、書簡の公開を怖れて、徹底して保身の姿勢を貫いている点である。その証拠となるのは、次に引用する書簡である。

○無政府党事件人心ノイカニ険悪ニ赴クカト云フ事相知レ慄然トイタシ候宗教家ハ一層努力シテ人心ヲ善キ方ニ導カザルベカラズト存候殊ニ彼匪徒ハ概皆読書家ナル由ナレバ読書家ノ為メノ宗教タル禅ノ如キハ其衝ニ当ルベキモノカト存候(28)

（明治四三年一一月一四日、玉水俊虠宛）

この鷗外書簡の中にある「彼匪徒」という表現については、議論の分かれるところであろう。しかし重要なことは、鷗外は、一二月一日発行の『三田文学』に「食堂」を発表して、「沈黙の塔」と同様の姿勢を示しているという点である。

また、鷗外は、大逆事件の被告人の「獄中消息」を蒐集していたと伝えられており(29)、この時期に宮武外骨『筆禍史』(明治四四年、雅俗文庫)なども入手している。その目的は何だったのか。秋水が明治四四年一月十日、平出修に送った書簡には「日本の文学でも鷗外先生の物などは、流石に素養力量がある上に、年も長じ人間と社会とを広く深く知つて居られるので立派なものです。私はイツも敬服して読んで居ます」とあり、「先生」と呼ぶあたり、秋水は、鷗外に尊敬の念を抱いていたことが見てとれる。一方、大逆事件以降の厳しい言論弾圧を考慮しても、玉水俊虠に宛てた書簡には、秋水を理解し、その内面に届くような文辞が一切ないのは鷗外の保身であると言ってよい。しかし、ここで強調しておきたいことは、鷗外に保身という側面があったにしろ、自身の声で直接的に語り、表現したりすることなどできる状況ではなかった大逆事件前後のこの時期に、官僚としての立場からではなく(或いは、官僚としての立場が既に作られていたが故に)、文学者という立場から思想言論弾圧と闘争したその姿勢は、重要な事実である。鷗外のこうした行動がなければ、雑誌『スバル』の反権力的な姿勢は保ち得なかったであろう。[30]ともあれ、先行研究でもしばしば指摘されることではあるが、文学者としての立場と官僚としての立場、その二つを行き来する鷗外の複雑な状況が、こうした不可解な言動となって現われていると見ることができる。

ここで春夫に視点を戻すと、こうした鷗外の保身について、春夫に知る由はなかったにしろ(たとえ知ったからといっても、どう捉えていたかはわからないにせよ)、春夫にとって鷗外の存在は決して小さいものではなかったと推測される。それは、「愚者の死」や「脱却論」の〈諷刺〉や

〈寓意〉は、ニーチェからの影響だけでなく、ここで確認したように、ニーチェの表現を借りて思想言論弾圧に闘争的な姿勢を示した鷗外にも呼応するからである。ただ、春夫の場合は紀州新宮という大逆事件策謀の地とみなされた土地の出身であり、文学者としての足場も固まっておらず、鷗外のように官僚としての立場というものは何もなかったという点が大きく異なる。いずれにせよ、鷗外からの影響については、父・豊太郎宛に、一高を「鷗外博士の小説を禁止する文部省の直轄学校」と名指し、「社会主義と自然主義を外にして近代の文学なし」という鷗外の言説を紹介しつつ、高等教育機関の図書館から社会主義文献の閲覧を禁ずる「官僚の臭」を「堪えがたき哉」と述べ、「児は何所にか文学を学ぶべき」と歎じていた事実が裏付けになるだろう。さらに、春夫の鷗外への傾倒（或いは、精神的接近）は、日露戦争に従軍した詩歌集『うた日記』（明治四〇年、春陽堂）を論じた後年の『陣中の竪琴』（昭和九年、昭和書房）まで一貫していることを想起すれば、生涯に渡って春夫にただならぬ影響を及ぼしていたと考えるのが妥当である。

また、こうした当時の状況に抵抗しつつ、自身の主張を表現する手段としてニーチェが援用され、〈寓意〉や〈諷刺〉を用いた作品が書かれた点について、鷗外だけでなく春夫の「愚者の死」「脱却論」も同様であることを想起するなら、それは単に日本人文学者によるニーチェの論理的・表現的模倣といった域を超え、明治期における文学・思想をクロスオーバーする視座から、近代史を問い直すための重要な問題を含んでいる。その意味で、生田長江の『ツアラトウストラ』が鷗外「沈黙の塔」を序文に掲げ、天皇の神格化を反転させた生贄のような大逆事件の処刑が行われる半月前の、一月三日に刊行されたことは、当時の時代状況を象徴する出来事の一つであった。

ここで再び春夫の「脱却論」に視点を戻せば、この時期、文学を目指す者であるがゆえに、「日本人ならざる者」という自覚のもとに生きなければならない春夫にとって、たとえ鷗外やニーチェの模倣にすぎないにしろ、この時期に日本人を、その精神性から根本的に批判する姿勢を示した勇気は評価されてよい。まして春夫が、大逆事件策謀の地とされてしまった紀州新宮の出身であるとなれば尚のこと、自身の発言に慎重にならざるを得なかったはずであり、その意味でも、「脱却論」を書いた意義は、決して小さなものではない。内田隆三は、「愚者の死」を書いた春夫について、「鷗外の主人公のように賢明であるのではなく、ただ「愚者」である可能性のまえに立ちつくすことでしかなかった」[31]と指摘するが、「愚者である可能性のまえに立ちつくす」どころか、むしろ春夫は、「愚者」・「日本人ならざる者」である可能性へと、自らを引き受けているのである。こうした「脱却論」での姿勢が、明治期の詩の中に響いているからこそ、「愚者の死」やその後の〈傾向詩〉が、上田敏や折口信夫などの同時代の学者詩人たちの琴線に長く触れ得たのである。

そして、こうした当時の文学者の状況・立場に配慮しなければ、春夫だけでなく、ほかの文学作品も解釈し損ねる可能性がある。自然主義文学の平明さも、当時の状況とは決して無関係ではなく、また、第一章で簡単に触れたように、中上健次は、春夫が「愚者の死」を書いた時点で

「転向した」と捉えているが、それは、当時の状況に対する中上の理解が、あまり行き届いていなかったためであろう。決して春夫は「転向」したのではない。ニーチェや鷗外に倣って〈寓意〉〈諷刺〉を用いることで、自己を隠しながら語るという高度なレトリックを用いて、自身の思想的〈傾向〉を語っていたにすぎない。その〈傾向〉とは、言うまでもなく、大石誠之助を〈超人〉に置きかえることで、「日本人ならざる者」として殺された誠之助と「日本人ならざる者」として生きる自分自身をも、その存在を根本から肯定する価値観そのものを意味する。しかし皮肉にも、それを語る高度なレトリックに呪われて、その後、文学研究者や文学者たちからは〈反語〉とのみ解釈され、その解釈を素直に受けた森長英三郎や野口存弥らをはじめ、批判的な解釈をされてしまう要因にもなった。しかし、そうした高度なレトリックの獲得がなかったならば、その後の春夫の〈傾向詩〉は生まれ得なかったであろう。

以上、春夫の「脱却論」について、当時の時代状況、鷗外、ニーチェとの関連から考察を進めてきた。そこで大事な点は、こうしたレトリックを獲得してから書かれた〈傾向詩〉において、「脱却論」で示された日本人の精神性批判が、いかなる発展を見せるかという点である。

第四節　南北朝正閏論争と「小曲四章」

(1) 南北朝正閏論争と文学者の反応

明治四四［一九一〇］年六月一日、春夫は、「愚者の死」以来の〈傾向詩〉である「小曲四章」（無題の三章と『犬吠岬の旅情』によって構成される）を『スバル』に発表する。次に長くなるが、全文を引用しておく。

○

鏡、勾玉、さてはまた
蟒(うはばみ)の腹より出でし劔なりてふ
二千年つたへ来してふ
よろづ代につたへゆくてふ
國民(くにたみ)の生命(いのち)なりてふ
尊しや、この国の三つの御寶(みたから)。

○

その国の歴史ならねど、
Classicの戯曲(どらま)ならねど
恋人にものがたるごと、
美しく、まことしやかに、
都合よく、無駄をはぶけり。
たまたまに春夫が父に送る文。

○

戸のすき間より光射し、
たばこの煙うづ巻けり。
今ごろは幾何の時間か。
かしましや隣りの大工。
母はこのとき三度目の
梯子段をばのぼるおと、
口汚くもわれを呼ぶ。
「今寝てあるは汝ばかり。」
これを聞くこと心地よく、

この朝寝とは知らざらむ。

ここに来て名もしらぬ草花を摘む。

◯[32]

仰がねば燈臺の高きをば見ず。
波のうねうね古郷のそれには如かず。
ただ思ふ、悲しくも荒磯に生ひて松の色くろく錆びしを。

——犬吠岬の旅情[33]——

この詩は、これまで先行研究でほとんどまともに取り上げられてこなかったが[34]、父・豊太郎宛書簡、母との諍いなど、自己の内面世界を虚構的に詠いながら、後述するが、〈国体〉をめぐる、春夫の日本の歴史への懐疑と脱神話化の意図が詠われている。「小曲四章」では、「愚者の死」や「「日本人脱却論」の序論」のように、検閲を意識する必要はなかったと思われるが、当時浮上した南北朝正閏論争以後の、極端な〈国体〉護持の思想的な潮流を意識してか、反語と諷刺を用いて、慎重に表現の工夫をほどこしている点も注目される。また、第一章で取りあげた、停学処分後の異端者意識を滲ませた多くの短歌、大逆事件直後の自嘲の短歌などを彷彿とさせる「犬吠岬の旅情」が添えられていることも看過できない。そこで、この詩を詳しく読み解くために、まず当時の時代状況を遡りながら概観しておく。

明治三七年二月一〇日に宣戦布告され、翌三八年九月五日のポーツマス条約締結で事実上の戦争終結を遂げた日露戦争は、日本が体験した、初の西洋との近代戦争であった。しかし、その勝利に耽溺していることはできなかった。なぜなら、日露戦後の時代、〈天皇制近代〉体制の護持者たちにとって、神聖天皇制を揺るがし、信仰や偽善の蒙昧を暴こうとする社会主義者の言説をどこまで許容するかは、アナキズムと社会主義の違いの認識すら不十分だったこともあって、難問だったからである。そのため、〈天皇制近代〉の創出者たちは、民話・伝説を、その神話体系の中に取り入れ、天皇の神格化と国民意識を巧妙に操作することで処理しようとした。こうした状況を背景にして大逆事件が起こり、その直後、南北朝正閏論争が勃発する。

事件の被告ら二四人に対して、死刑判決が下された翌日の明治四四年一月一九日、『読売新聞』は、歴史教科書の記述について、東京本郷区富士前小学校長の峰間信吉が寄稿し、問題提起した記事を掲載する。峰間は、小学校用修身教科書（歴史教科書）が、南北朝の正閏を転倒して記述していることに憤慨したのである。歴史教科書は、喜田貞吉らが編纂したのであるが、南朝・北朝を併記する内容のものであった。これが、大逆事件の余波ともいえる南北朝正閏論争の発端である。これをきっかけとして、南朝を中心とした〈国体〉を擁護する運動が急速に展開された。その論拠は、北畠親房の『神皇正統記』（南北朝時代）から頼山陽の『日本外史』（江戸時代後期）にまで流れている〈南朝正統説〉、つまり南朝正統、北朝偽朝説の歴史観である。

南北朝正閏論争は、その後、峰間の投げた一矢が社会問題に発展し、藤沢元造（無所属の代議士）を動かして、政治の舞台で議論しなければならない気運が生じて行く。藤沢は、「国定教科書編纂ニ関スル質問書」を用意して、二月一六日の国会で、時の桂内閣に揺さぶりをかけようとした。本来ならば、文部省が改定版を出すか否かで処理できるはずの問題が、政治問題へと発展してしまったところに、大逆事件前後の緊迫した状況があったと言えるだろう。この事件は、しばらく尾を引く。桂太郎首相の背後にいた政界の実力者である元老・山県有朋は、事件の収拾が長引き、天皇制を軸とする政治体制に亀裂が生じることを恐れるあまり、激怒して卒倒しそうになったとも伝えられている。

また、この論争は、大逆事件裁判の最終段階において、幸徳秋水が、北朝方の刺客によって南朝の皇統者が弑逆され、〈三種の神器〉を奪われたという〈大逆〉行為を暴き、北朝の皇統者の流れを汲む明治天皇の先祖の大逆を告発し、嘲笑したという説がきっかけとなって浮上してきたものであるという[35]。裁判の過程で実際に秋水がどのような弁術をしたか、その確証は得られないが、いずれにしろ、もし仮に、これが真実だとしたら、北朝の流れを汲む明治天皇の祖先の大逆的行為を暴き、大逆罪で告訴されている自身の裁判の矛盾を突こうとしたのであろう。

礫川全次は、歴史家の瀧川政次郎「誰も知らない幸徳事件の裏面」（昭和三一年一二月、『特集人物往来』）を踏まえて、秋水の発言は、「まさに『犯罪』と『国家悪』とを相対的に捉えようとするものであり、この上なく『危険』な発言であった」と指摘している[36]。なぜ〈危険〉なのかといえば、秋水の発言は、当時のナショナリズムの脆弱性に触れているからである。

ベネディクト・アンダーソンは、近代におけるナショナリズムの生成について、次のように述べている。

国民国家が「新しい」「歴史的」なものであると広く容認されているとしても、それが政治的表現を付与する国民それ自体は、常に、はるかなる過去よりおぼろな姿を現し、そしてもっと重要なことに、無限の未来へと漂流していく。偶然を宿命に転じること、これがナショナリズムの魔術である。(37)

アンダーソンは、「はるかなる過去よりおぼろな姿を現し」に注をほどこし、アーサー王やトールキン神話集の商業的な成功と並べて、天照大神と天孫降臨神話を挙げている。これは、明治藩閥政府による国民国家が、復古思想の創造（捏造）による幻想であったことを暗に諷刺していると思われる。それを、極東の島国が置かれた、国際的な位置関係に即して深刻にみるならば、それは、「偶然を宿命に転じること」にほかならない。大逆事件というフレーム・アップも、この「宿命」に呪われたものと見ることができる。その意味で、先の秋水の発言は（もしそれが真実だとすれば）、こうした日本近代の「ナショナリズムの魔術」の綻びを衝いた、鋭い指摘であったと言わねばなるまい。そして、その鋭さ故に、礫川の指摘するように、きわめて「危険」

な発言であった。

丸谷才一は、「教科書の執筆者、喜田貞吉が幸徳一派の同類であるなどと攻撃され、さらには桂内閣が攻撃された。多数の学者、思想家は南朝正統を強く主張し、（後略）」と述べているが、[38]こうした動きを、当時の政府は抑えることができず、ついに明治天皇は、明治四四年三月、激化した南北朝正閏論争を憂慮し、南朝が正当な皇統であるとの勅裁を下さなければならなかった。その後、喜田貞吉は南北朝正閏論争のあおりを受けて、文部省の教科書編集者としての職を解任させられた。こうした政治的な動きを乗り切れなかった第二次桂内閣は、八月三〇日をもって、退陣し、第二次西園寺内閣の誕生をみるに至る。

南北朝の正閏をめぐって『読売新聞』を舞台に提起された歴史教科書の問題は、明治三六年に編纂され、以来十年近くの間、何の問題もなく流通してきたものであった。しかし、大逆事件が契機となって、その裁判が進められる過程において教育界の一部で問題視されたという事実は、明治以降の天皇を主軸とした神話が、大逆事件以降、少しずつ綻びを見せ始めていたことを如実に示している。その意味で、南北朝正閏論争は、天皇制明治国家の本質と、その脆弱性を浮き彫りにする重要な契機であったと言えるだろう。

ここで文学者の反応に目を向けると、〈国体〉擁護のイデオロギーと連動したこの問題には、森鷗外や夏目漱石など、当時の知識人たちも警戒を示し、慎重ならざるを得なかった。とくに鷗外の友人には南朝正統を支持する者が多く、彼らは同志と連携して活発な運動を展開した。だが、一般的に、文学者たちは冷淡であったと言ってよい。

二月二三日、小川未明は、日記に「新聞を賑かしている南北朝問題よりも、善光寺の死体事件に闇と恐怖を感じた。」と書いた（「余も亦Somnambulistである」『早稲田文学』四月号、四月一日発行）。彼の場合、現実の殺人事件のほうが刺激的であったのだ。また服部嘉香は、二月（日付なし）の日記を公開し、「無政府主義事件に対する世評、議会の問題、政府と政友会との提携――情意投合といふ語流行す。／修身教科書の事から南北朝正閏問題となる。教科書を書いたのは喜田貞吉といふ博士、喜田の議論、三上参次の南北朝対立論――愚論。」と書いた（「日記『事実と感想と』から」『早稲田文学』四月号）。彼の場合は、大逆事件やその後の政界の動きに関心があっても、近代歴史学の学説にはまったく興味を抱かなかったものと見える。

同年九月、平塚らいてうによって『青鞜』が創刊されるが、その頃、春夫の庇護者の一人であった与謝野晶子は、「偶感と直覚と」（『早稲田文学』一〇月号）を発表している。そこで晶子は、「われは人心をして政治に倦ましめたる旧派の政治家を憎む。西園寺氏の与党の桂氏に代るとも依然としてその予期に空疎の感あらしむ。之に比すれば文界に於ける最近の運動は新異の雑多なる刺激に富めり。現代の不安を逸早く領解して動揺せるは文界の人人なり。新しき任に就ける閣臣の何人よりも、我等は正宗白鳥氏一人だけの感銘をも受け得ざるにあらずや。」と、旧派の政治家に引導を渡し、不安の時代における文学者の意義を強調した。さらに「われは……歴史と銅像とを尊重すること甚だ軽少なり。自ら湮滅する人種と古今の藝術とをさまで悲まず。」と書いている。一般的な歴史認識は、南朝正統説に傾いていたが、喜田貞吉らが執筆した両統併記が、実証を重んじる近代歴史学の立場から見たとき問題視される理由はなかったはずである。その意味で、晶子のいう〈歴史と銅像〉とは、極端に走り、〈国体〉を標榜する風潮への嫌悪感の表明であり、〈自ら湮滅する人種と古今の藝術〉に訣別を促した、鮮烈な言葉といってよいだろう。

以上、この事件は、当時の天皇制の根幹を揺るがすほどの問題を含んだ論争であるのだが、当時の文学者や知識人たちは、あまりに冷淡であり、「ナショナリズムの魔術」に無自覚であった。ここで結論から述べれば、その中で、若い春夫がこの問題を取り上げて「小曲四章」を書き、神話を政治的に利用し、最大限に演出した時代のイデオロギーに対して懐疑の念を表明している事実は、秋水の際どい発言とまではいかないものの、注目に値する。

(2) 新たな孤独と悲哀——「小曲四章」における歴史の脱神話化

明治四四年六月、春夫は「小曲四章」を『スバル』に発表する。ここでは、「小曲四章」を分解しながら、分析を試みる。

鏡、勾玉、さてはまた
蟒(うはばみ)の腹より出でし劔なりてふ

二千年つたへ来してふ
よろづ代につたへゆくてふ
國民(くにたみ)の生命(いのち)なりてふ
尊しや、この国の三つの御寶(みたから)。

（『全集・佐藤』二巻、一〇九頁）

ここで春夫は、六行の短詩のうち、五行の歴史的事蹟（事実）についてすべて「てふ」という伝聞体を用いている。「てふ」とは、言うまでもなく「……という」といった意味である。そのため、この詩は、二千年来、天皇家に伝わってきたとされる〈鏡〉〈勾玉〉などの神器、そして、（どうやら）「蟒の腹」から出たといわれている〈剣〉など、そうした神器を「よろづ代」に伝えて行くと聞いている。そして、それは（どうやら）「國民の生命」になっていると聞いている。ああ（ずいぶんと）尊いものだな、この国の三つのお宝というものは。と解釈することができる。

このように解釈すると、ここで春夫は、万世一系の権威と、その正当性を、どこかから伝え聞いただけのものとして扱うことで、皮肉な視点から疑義を表明していることがわかる。これは「愚者の死」以来の諷刺にみちた〈傾向詩〉の特徴であったことを想起すると、春夫は、社会主義への関心と大逆事件の体験から、明治末期の社会が、国民一人一人の生命などよりも〈三種の神器〉が尊ばれる状況に対して、侮蔑的な態度を示していていると見てよいだろう。短詩ながら、「かのやうに」を書いた鷗外にも通底する、日本の歴史における脱神話化というテーマを深めようとしたものと考えられる。ただ、先にも触れたように、春夫は巧妙ともいえる修辞法を用いて、そのテーマを表現していることに注意しなければならない。「〇」で区切られた短詩は、次のように続く。

その国の歴史ならねど、
Classicの戯曲(どらま)ならねど
恋人にものがたるごと、
美しく、まことしやかに、
都合よく、無駄をはぶけり。
たまたまに春夫が父に送る文。

「その国の歴史」とは、明らかに、「〇」で区切られた前の詩と関係している。つまり、二〇〇〇年来〈國民の生命〉として守ってきた〈三種の神器〉を揶揄しながら詠った先の詩が、ここに引用した〈国の歴史〉という部分に接続していると見ることができる。そして、最後の「父に送る文」で終わる一行は、「父に送る文（のようなものだ）」を含意する省略技法であろう。「その国の歴史」は、自分が郷里の父親に送る手紙の文面のように、まことしやかで美しい、都合のよいフィクションに充ちたものである、というメッセージが、ここに読み取れるのだ。それは、〈国体〉を支える抽象的な核として、天皇が神であるかのように振舞う精神を疑い、日本歴史における非科学性からの脱神話化を試みようとしていることを意味し、「脱却論」で示されたテーマが、この詩において深化していることが読みとれる。

そして、さらに「○」で区切られた、自分と「母」との関係を詠った詩は、「父」―「母」と連結しており、煙草をふかし、朝寝をしている怠惰な自画像が描かれる。

戸のすき間より光射し、
たばこの煙うづ巻けり。
今ごろは幾何の時間か。
かしましや隣りの大工。
母はこのとき三度目の
梯子段をばのぼるおと、
口汚くもわれを呼ぶ。
「今寝てあるは汝ばかり。」
これを聞くこと心地よく、
この朝寝とは知らざらむ。

煙草を吸いながら朝寝をしている様子は、一章に引用した、停学処分後の「思ひ屈しなぎさに踞して煙草吸ふ七月の海に白き帆のゆく」という歌や、大逆事件発覚直後に詠った「飽きやすき男はかなし吸ひなれし煙草も日ごとにがくなりゆく」という歌を彷彿とさせるだけでなく、母から「今寝てあるは汝ばかり。」と言われるも、「これを聞くこと心地よく、／この朝寝とは知らざらむ。」と詠って皮肉な姿勢を示す様子は、多くの人々が朝起きて活動する時間に、逆に寝ているという、〈多数者〉とは逆の生活をしている自分を、むしろ「心地よく」思うと詠うことで慰めているようにも見える。つまり、天皇を神であるかのように振舞う〈多数者〉に背を向ける姿が、ここに潜んでいるのである。それは、「日本人」か「日本人ならざる者」かという問題が、思想的〈傾向〉といった漠然としたレベルのものでなく、天皇制のカラクリをある程度見通す程度の知的深化を伴って、「日本人ならざる者」の方向へと、さらに一歩推し進められていることを意味する。

しかし、こうした反抗的な姿勢の一方で、「〇」で区切られた「犬吠岬の旅情」では、故郷を悲しく想う様子が詠われている。

ここに来て名もしらぬ草花を摘む。
仰がねば燈臺の高きをば見ず。
波のうねうね古郷のそれには如かず。

ただ思ふ、悲しくも荒磯に生ひて松の色くろく錆びしを。

名前など知らない草や花を見て、それを摘む孤独な姿と、それに対して、「仰がねば」その高さを見ることができない「燈臺」。そして、犬吠岬から見える海が、故郷の海ではないことを「悲しく」思い、荒磯に生まれた松のように黒く錆びてしまった自分を嘆いている。ここには、一章に引用した停学処分後の「思ひ屈しなぎさに踞して煙草吸ふ七月の海に白き帆のゆく」という歌、「ふる郷の牟婁の郡に落葉すとさびしきさまの消息を聞く」という歌と同様の心情、つまり故郷から疎外され、帰る場所を喪失したかのような孤独感が切々と流れている。そこには、大逆事件発覚直後に詠った「ふるさとのあらき高峯の巌にふし鷲の子などとわらひてあらむ」という自嘲、「現実を味ふことは水無月の青梅の果を嚙むここちすれ」といった歌に通底する現実を知った者に特有の苦い悲哀が波打っている。

このように「小曲四章」を読み解くと、①天皇の神格化に対する侮蔑、②歴史の脱神話化、③異端者の自覚、④孤独と悲哀、といった流れで詠われていることが見えてくる。

ここで、中上健次の「出身を隠した」という指摘、そして「転向」という指摘を想起すると、それは、全く成り立たないことがわかる。なぜなら、むしろ、大石誠之助は「日本人ならざる者」として殺されてしまったが、自分は殺されもせずに、若くして「日本人ならざる者」として生きて行かねばならないというような、自分自身の置かれる運命に悲嘆に暮れると同時に、それをわが身に背負う宿命意識のようなニュアンスが、この詩の中に流れているからである。つまり中上の言うように春夫は「出身を隠した」というよりも、当時の春夫は故郷を喪失したという強烈な感覚に支配され、むしろそれを内面化させているのである。そのため、「転向」どころか、大杉栄が、明治四四年三月二四日、堺利彦、藤田四郎が主催した同志茶話会で、「春三月縊り残され花に舞ふ」と詠い、「(大逆事件の)検挙者の遺族に対して迫害、遺憾に堪えず」と述べたことの方が、この時期の春夫の心情に近いように思える。

また、〈傾向詩〉が、外に向けられ、自身の態度を表明する社会批評だとするならば、父母に背き、郷里を追われたという自嘲的な〈小曲〉は、その背後に膠着する、もう一つの春夫の自画像といえる。そして、こうした詩には、必ずといってよいほど、麻薬のような危うい詩句が挿入されているものだ。「愚者の死」に続き、明治四四年四月に発表された「小曲二章(病/煙草)」にも、そうした詩が、巧みに詠み込まれている。

うまれし国を恥づること。
古びし恋をなげくこと。
否定をいたくこのむこと。
あまりにわれを知れること。
盃とれば酔ざめの

悲しさをまづ思ふこと。

（「病」、『全集・佐藤』二巻、一〇八頁）

父の教えをやぶりつつ
父の金もてわが吹かす煙草、
国の掟をよそにして
国の都にわが吹かす煙草、
おもしろやそのけむり、
むらさきに輪となりて
春の夜のさびしきわれをとりめぐる。

（「煙草」、『全集・佐藤』二巻、一〇八頁）

「うまれし国を恥づること」と詠うことで、大逆事件関係者二六名中、大石誠之助・高木顕明・峯尾節堂・崎久保誓一・成石勘三郎・成石平四郎の六人を出した新宮の出身であることを羞恥するそぶりを見せながら、その実は、石川啄木が暗黒裁判による死刑判決を呪い「日本は駄目だ」と叫んだことにも通じる、自国を恥ずる心情が込められている。また、「煙草」の「国の掟」も、掛詞的な働きをしており、郷里新宮の古い道徳・習慣など無視して、という意味を含みながら、日本国の〈掟〉＝大日本帝国憲法ならびに刑法などには無関心を装い、それをあえて無視する反逆的な姿勢の表れと読めるのである。そのように解釈するとき、「小曲二章（病／煙草）」は、自身を〈死〉の一歩手前にまで追い詰め、踏みとどまっているようにも見える。あくまでも、ポエジーとしての〈死〉、という意味においてである。

しかし、この二篇の詩は〈傾向詩〉なのだろうか。それとも〈抒情詩〉なのだろうか。詩人が自身のナイーブな感性を詩に詠むことは珍しいことではないが、「酔ざめの／悲しさ」といい、「春の夜のさびしきわれ」といい、ここに描き出された自画像は、酒や煙草におぼれ、ひたすら鬱屈としている。それは与謝野晶子が指摘した、「現代の不安」を統御できない、憂鬱な詩情と閉塞した心理状態が、虚しい響きで表白されているのである。

このように、「小曲二章（病／煙草）」には、「うまれし国を」恥じ、「国の掟」に対する反逆的な姿勢と、春夫のナイーブな感性である〈抒情〉という、二つの心情が折り重なった小世界が映し出されている。〈小曲〉と名づけられていても、「小曲四章」の冒頭の〈傾向詩〉より一段トーンが下がるが、〈傾向詩〉と〈抒情詩〉を描き分けてきた春夫の二面性が結晶したものと見ることができよう。しかし、こうした〈傾向〉と〈抒情〉の危うい狭間をゆく春夫は、その後、いかなる経緯を辿るのだろうか。結論から先に述べれば、こうした一連の文学的営為を辿ることで、春夫は、〈五條秀麿もの〉といわれる森鷗外の小説「かのやうに」（明治四五年一月『中央公論』）との精神的結合が強固なものとなるのである。

「小曲四章」が書かれた約半年後、鷗外は、〈五條秀麿もの〉といわれる「かのやうに」以下「吃逆」「藤棚」「鎚一下」をたて続けに発表する。神話と歴史の未分化の知的状態をどう分別し、学問としての正しい歴史を、どう生み出すかという問題に対する、鷗外の態度表明である。主人公の秀麿（鷗外がモデル）は、ほぼ同時代に書かれた、ドイツ新カント派の哲学者ハンス・ファイヒンガーの『かのように哲学』（*Die Philosophie des Als*, 1911）を援用し、日本神話を、〈あたかも〉歴史としてあった〈かのように〉信ずることで、超克しようとした[39]。

神が事実でない。義務が事実でない。これはどうしても今日になつて認めずにはゐられないが、それを認めたのを手柄にして、神を瀆す。義務を蹂躙する。そこに危険は始めて生じる。行為は勿論、思想まで、さう云ふ危険な事は十分撲滅しようとするが好い。併しそんな奴の出て来たのを見て、天国を信ずる昔に戻さう、地球が動かずゐて、太陽が巡回してゐると思ふ昔に戻さうとしたつて、それは不可能だ。さうするには大学も潰してしまつて、世間をくら闇にしなくてはならない。黔首を愚にしなくてはならない。それは不可能だ。どうしても、かのやうにを尊敬する、僕の立場より外に、立場はない。

（「かのやうに」『全集・鷗外』十巻、七五—七六頁）

秀麿の熱弁に対して、それを聞いていたもう一人の、鷗外の分身である綾小路は、「駄目だ」と冷ややかに言う。〈かのやうに〉の言説と〈駄目だ〉という否定的な断言との間に、鷗外における近代的知性の本質が仄見える。〈かのやうに〉と〈駄目だ〉の狭間を行き来する秀麿の姿と、

〈傾向〉と〈抒情〉の狭間を行き来する春夫の姿には、類似した感性と知性の動きがある。ともあれ、こうした一種の自己欺瞞と本音を巧妙に使い分ける文科大学出身の秀麿に仮託して語られた、鷗外の求める歴史哲学は、後の乃木大将殉死事件によって崩壊してしまう。

一方、春夫は、「かのやうに」をはじめとする鷗外の作品に刺激されて、その後、後述する「乃木大将を悼む言葉」「乃木大将の死に就いて世の新聞記者に言ふ」を書いたと考えられる。その点は、鷗外が乃木殉死の報を受けて一気に筆を起した「興津彌五右衛門の遺書」をはじめとする歴史小説に興味を抱き、評論「SACRILEGE　新らしき歴史小説の先駆「意地」を読む」を書いていることが裏付けとなる。春夫が鷗外に接近したのは、おそらくは、〈かのやうに〉と〈駄目だ〉を行き来する感性と知性の動きに、自身と類似した資質を読みとった為ではなかろうか。それ以後も春夫は、読書や創作活動においてつねに鷗外を意識するようになるが、それは、こうした社会背景と鷗外の資質に共感を覚えた結果であろう。そこでもう一つ注目しておきたいことは、「蛇の子の歌」（明治四四年八月『スバル』）という作品である。この作品は、〈傾向〉と〈抒情〉の狭間を生きることの深刻な苦悩が表れている。[40]

エホバよ

エホバよ、いとたかきものよ、

なんぢの指のわざなる
地は年古りて腐れただれ、
天はいまかたぶけり。
人の子は若くしてすでに老い
盲ひて一切のひかりを知らず。
すべての羊、うし、また野の獣、
空の鳥、うみの魚、もろもろの
海路をかよふもまでも
見よ、すべてただにおそれて逃げまどふ。

神すでに世にいまさぬか。
はたエホバてうつくり名により
ダビデらわれをあざむくか。
エホバよ、人のするごとく
み名をよべども、
み名により生きざるもののかなしさよ。

（「蛇の子の歌」『全集・佐藤』二巻、一一二—一一三頁）

〈エホバよ〉（おそらく、明治天皇へ向けられている）という呼びかけには、歴史の虚構と神話から抜け出しはじめた春夫が（つまり、鷗外同様の近代的知性を獲得した春夫が）、むしろそのことによって戸惑い、新たに生じた孤独と悲哀に迷う姿が透けて見える。鷗外でさえ、自身の近代的知性に逆に呪われて、「かのやうに」を書かずにはいられなかった事実を想起するなら、この時期に若い春夫が獲得した（させられてしまった）近代的知性は、あまりにも深刻で、重苦しいものであったことが予想される。なぜならば、さもすればそれは、〈多数者〉と〈愚者〉との力関係をより強固にするものでもあるからだ。若い春夫は鷗外と異なり、社会的地位は全く固まっていないのである。

こうした近代的知性を獲得した春夫の、新たな孤独と悲哀は、その後、二つの〈殉死〉によって、さらに複雑な様相を見せることになる。

第五節　二つの〈殉死〉

(1) 不可視の天皇と〈無根拠な死〉――「清水正次郎を悼む長歌并短歌」

一連の〈傾向詩〉の中に、大正元［一九一二］年一二月一日、『スバル』に発表された、乃木大将殉死をめぐる二篇の「乃木大将を悼む言葉」「乃木大将の死に就いて世の新聞記者に言ふ」を置いてみると、やや異質な感じを受ける。ジャーナリズムの軽薄さを批判した「乃木大将の死に就いて世の新聞記者に言ふ」はさて置き、「乃木大将を悼む言葉」は春夫の急所ともいえそうだからである。そこでこの節では、世論を二分した、乃木大将殉死問題と「乃木大将を悼む言葉」の関係について考察したい。

　春夫は昭和三九［一九六四］年に没するが、その五年前、『小説永井荷風伝』をめぐって評論家の中村光夫と激しく対立する。「うぬぼれかがみ」論争といわれるものである。その論争で、中村光夫は、〈傾向詩〉として書かれた「乃木大将を悼む言葉」「乃木大将の死に就いて世の新聞記者に言ふ」に触れなかったことに不満を述べ、その批評の欠点を批判した。

　戦後になってから、春夫は多くの回想的文章や自伝小説や評伝小説を書いており、『青春期の自画像』「観潮楼付近」『わんぱく時代』「青春放浪」『詩文半世紀』「私の履歴書」『晶子曼荼羅』『高村光太郎像』などの中には、自分の文学や師弟関係、交友関係について語られている。しかし、中村光夫との論争『うぬぼれかがみ』（昭和三六年十月『新潮』）の中に書いた、次の一節ほど、自身の文学と性格を語ったものはない。

> 僕が清水正次郎を悼んだのは君（筆者注・中村光夫のこと）の知るとほりであるが、同時に乃木大将を弔つてゐることを君はどうして無視したらうか。相せめぐものの胸中に同棲する不幸な性格こそ、やがてしやべるやうに書く分裂した文体を案出させ、さらに文学ジャンルの埒をも越えさせたものだらう。これは小さな性格悲劇なのである。

（『全集・佐藤』二六巻、二〇六頁）

春夫は、中村が見落とした、もう一つの〈傾向〉を指摘することによって、中村によって単純化された初期の自己像に対して、異議申し立てをしている。それは、中村の評論家としての片手落ちを暴露する戦略ともとれるが、いずれにせよ、〈傾向詩〉には〈相せめぐものの胸中に同棲〉しており、それがあるときは「清水正次郎を悼む長歌并短歌」を生み、またあるときは「乃木大将を悼む言葉」のような詩となって噴き出る、と説明している点は重要である。

「清水正次郎を悼む長歌并短歌」は、明治四四年一二月一日発行の『スバル』を発表した作品である。その主題は、詩の前書きに書きつけられているように、明治四四年「一一月十日　至尊門司行幸に際し門司駅構内に於て御召列車脱線の事あり、為に御乗車約一時間遅延す。九州鉄道管理局門司構内主任清水正次郎、一死を以て罪を償はんとして轢死す。」という事件をもとにしている。さらに春夫は、「作者は斯の如き忠烈悲壮なる事蹟を叙するにあたり軽佻なる自家の詩風を恥ぢ敢て古調に倣ふ」と万葉集の長歌の作風と調べを模倣したと、あえて付記しつつ、次のように詠っている。

かけまくもあやにかしこき
大君ののります車

あやまりて動かずなりぬ、
司人（つかさびと）うろたへさわぎ
やうやくに一時を経て動きけり、
大君は煙草きこして
この間（ひま）をまちあぐませつ、
司長（つかさをさ）おそれかしこみ
身をころし詫びまつらむと
夜をまちて命絶ちぬと。
世人みな美しとたたふるものを、
若草の妻もな泣きそ、
尸（しかばね）は千千にくだけて
見る眼には悲しかりとも
耐へこらへ妻もな泣きそ。
この国の大丈夫（ますらたけを）ら
大君のためしと云へば
いも蟲も貴ぶ命
その命すてて惜しまず、

あなかしこ、大丈夫は
いも蟲もおとれる命もてるならねど。
反歌
大君のきこしたまひし匂ひよき煙のごとく消えし君はも

（『全集・佐藤』二巻、一一六―一一七頁）

この詩について、内田隆三は、天皇との関係でいえば、「愚者の死」で詠われた大石誠之助の死が〈大逆〉として位置づけられるのに対して、清水の死は〈忠烈〉として位置づけられ、両者の関係は〈順逆まさに反対の死〉だとし、さらに次のように指摘する。

春夫が書くには、世の人はみな清水の死を「忠烈」「美し」と称えている。だから清水の妻に、悲しいけれども「な泣きそ」という。しかし、それは表面上のつじつま合わせでしかない。夫の亡骸は轢死して「千千にくだけて」いるのである。見るに忍びない屍を前にして、その妻に「な泣きそ」とはとてもいえない言葉のはずである。それゆえこの歌は皮肉な響きと悔しさのほどを一杯にたたえているのだといえよう。

「この国の大丈夫ら（ますらたけを）　大君のためしと云へば　いも蟲も貴ぶ命　その命すてて惜しまず、あなかしこ、大丈夫は　いも蟲もおとれる命もてるならねど」とあるのも、けっしていも虫ではないのに、いも虫同前に生き死にせねばならない、その命の悔しさを嘆いたものと受け取れる。また反歌は、大君が喫む匂いよき煙草のように命を召されたのだと賞揚されているように見えて、実のところ、清水正次郎の命は大君がおそらくは食後暇つぶしに喫んだ一服の煙草の煙のように消えてなくなったのだという無念の思いを伝えているのである。

（内田・二〇〇二、三六頁）

春夫の〈傾向詩〉が、巧妙なレトリックを駆使して作られていることを見事に解きほぐした批評といえるだろう。春夫の、こうした表現上の配慮は、検閲による保身のためばかりでなく、ジャーナリズムの報道が〈大君〉を神聖化した天皇制にからめ取られているために、脱線事故を〈大不敬〉として、誰かに責任を取らせなければ収まりつかないという、ねじまがった社会構造になっていることを見抜いていたのである。

中村光夫が内田の理解にまで手が届かなかったとはいえ、「清水正次郎を悼む長歌并短歌」を批評の対象に選んだのは賢明であった、と言うことはできるだろう。しかし、春夫が論争に向かうために、「乃木大将を悼む言葉」を持ち出し、〈傾向詩〉そのものに自分の〈不幸な性格〉〈小さな性格悲劇〉が潜在していると強調したことは、はたして的確であったといえるだろうか。

春夫は、「愚者の死」で処刑された大石誠之助の悼詩を書き、「清水正次郎を悼む長歌并短歌」で自殺した清水正次郎の死を詠い、「乃木大将を悼む言葉」で明治天皇に殉死した乃木希典を悼むことになるが、ここで三者三様の〈死〉を詩にしたことになる。論争であったとはいえ、春夫が「清水正次郎を悼む長歌并短歌」に「乃木大将を悼む言葉」を対置させたことは、明治憲法に規定された「天皇という聖なる存在」を、最晩年にいたるまで、明確には可視化できなかったからではないだろうか。別にそのことが〈傾向詩〉を含めた春夫の詩業評価を低めることにはならない。しかし、論争の為に、敢て自己の〈不幸な性格〉〈小さな性格悲劇〉を強調することは、誤解を招くことになるかもしれない。

内田は、天皇制下における事件の責任のあり方について、次のように論じている。

責任の所在にかんして、大逆事件による処刑もその根拠があいまいなように、この轢死事件の根拠も不明瞭で、一種の生け贄の様相が漂っている。／（中略）だれかある人間が責任を取って自決する、あるいは処刑されるという客観的な事実の補塡が必要だったのだろう。おそらく、そのように補塡された「恣意的な死」が明治近代の国の物語に成立平面を与えるのである。もし、それらの死がほんとうに正当な理由のある死であり、ほんとうに責任の明確な死であったなら、その死は合理的なものであり、天皇という聖なる存在を十分に可視化しえなかっただろう。合理性を超えたある超過分、つまり無根拠な死（愚者の死）こそ、天皇と呼ばれた不可視の存在の「かのやうに」見える投影となるのである。

（内田・二〇〇二、三七―八頁）

「恣意的な死」「無根拠な死（愚者の死）」の存在が、国家の物語を成立させ、天皇と呼ばれる「不可視な存在」が、あたかもある〈かのやうに〉見せる投影装置として機能するという、恐るべき人間性不在の思想である。明治末期における悲劇的な〈死〉は、「聖なる存在を十分に可視化」してしまうように働いたのだ。〈いも虫〉のような生も死も、その詩的表現にほかならない。こうした人間は、その後も続々と近代の歴史に登場し、不可視の存在があたかもある〈かのやうに〉見える投影器械と動員させられた。春夫が、そうした天皇神話のカラクリを明確に可視化できなかったまでも、そのカラクリにからまってゴミのように消されてゆく人々に、国家権力の卑劣な〈暴力〉だけでなく、その歪な社会構造そのものを、皮肉なポーズで批判していた早熟さと鋭さは注目に値する。

（2）〈小さな性格悲劇〉の行方——乃木希典の殉死をめぐる佐藤春夫の評価

先に述べたように、春夫は、三者三様の〈死〉を詩にしたが、内田によれば、大石誠之助も清水正次郎も「責任の明確な死」ではない。乃木希典だけが、軍人として、封建的な主君に対する忠臣として、天皇へのロイヤリティーを実現したのである。しかし、一方では、日本は立憲君主国家であり、天皇への忠誠は、不合理で時代錯誤的な行為であるとの批判も存在した。乃木希典を論じ、文学化することの困難はその点に存在している。乃木と親交のあった鷗外でさえもが、真正面から乃木大将の殉死を文学的に対象化していないところからみても、それは裏付けられる。春夫は、〈愚直にも〉それに挑んだと、いうべきなのだろうか。
大浜徹也は、桃中軒雲右衛門の武士道節を紹介している。

嗚呼偉なる哉　乃木将軍　生きては武士道の権化たり　死しては護国の神となる　げにも尊き言の葉に　よし行く道は遠くとも　花ある方を辿りなん　人に待たるる身にしあらねばと自筆の和歌に美しき　姿はそれとあらはれて　大和心の山桜　散りても後に香を残す　乃木御夫妻のいさぎよき　殉死は年の名にしおふ　大いに正しき初の秋　日も高き菊月の　中の三日の夕暮に　神去りませし大君の　御跡慕ひて我はゆく（後略）

（大浜・一九六七、一五三頁）

ここには、日本の伝統的な文化を背景にして、大正元年九月一三日午後七時四〇分、号砲と共に宮城を出発し、午後一一時、青山練兵場に至り、そこで大葬が行われたとき、〈神去りませし大君の　御跡慕ひて〉いさぎよく〈殉死〉し、〈武士道の権化〉から〈護国の神〉となった乃木希典像が詠われている。この点は、俗化した一般的な乃木大将のイメージであろう。国民の間に〈殉死〉讃美の大合唱が起こり、軍部は軍神乃木の創出に邁進した。保守的な人間は、明治天皇の死とともに出現した〈殉死〉という忠誠のかたちに、新たな価値を見出し、それを伝説化して利用しようとしたのである。そのため、商売に利用するなど当然のことであった。また〈殉死〉

に対して、最初批判的であったジャーナリズムは、一転して乃木讃美・〈殉死〉肯定に方向転換をした。暴走した国民感情は、冷静な反対意見を許容しなかった。その極端な例が、京都帝国大学教授で文学博士の谷本富であった。彼は徹底した乃木批判を展開したために、家に投石され、大学を退職しなくてはならなかった。

春夫は、そうした軽薄な国民や社会の動向に疑念を抱き、「乃木大将を悼む言葉」によって、喧伝されているイメージとは違う乃木希典像を描こうとした。

敢て自ら信ずることのために死す
さかんなるかな　ただしきかな
われら老理想家の志をはかり
うたた悲壮のおもひにうたたる。
夫妻杯をとりて死別を悲しむと
まことに古人情痴の風あり
日本旧道徳の最後の人とは
金鵄勲章にもまさりて光りを放つ。
啓蒙思想家は嗤ひてかへりみず
所謂詩人文士風情ら

君が心事を解するものなし
ただかつ新聞紙の論説となり
また売薬の商標となり
遂に琵琶歌となりて後世に伝へられむ。
この国民ら浅薄にして偽り多く
憎むべし壮烈をすらよく滑稽化す。

ああ日本旧道徳の最後の人よ
君は空ゆく月のごとく悲しく
また日のごとくさかんなり
君が死はわれを高貴なる涙にさそふ。
日本の偉大なるドンキホオテよ
われ君とその形式を異にするも
亦自ら国士もて任ずるもの
いささか思ひを云ひて君を悼む。

(『全集・佐藤』二巻、一二三頁)

春夫は、ここで、〈殉死〉という言葉を一切使っていない。乃木の死を「自ら信ずること」「老理想家の志」の表れと捉え、それに対して、「悲壮」と「壮烈」という印象を綴り、「日本旧道徳の最後の人」であり「日本の偉大なるドンキホオテ」としている。乃木には、「ただしき行ひと人情の美しさ」があり、その死に「高貴なる涙」を誘われる、と詠い、生き方の形式は異なっていても、「国士」を任じている者として、心からその死を哀悼するものであると結ばれている。〈国士〉とは、本来は国中で並ぶもののない優れた人物の義だが、ここでは、先の「小曲四章」などをふまえれば、〈憂国の士〉程度の意味で用いられていると考えてよい。

　春夫が理解する乃木の真意を汲めない人間は、「夫妻杯をとりて死別を悲しむと／まことに古人情痴の風あり」に眉をひそめ、不快の思いをぶつけたかもしれない。しかし、それもまた、死にゆくものに対する情の美しさの表われであり、乃木希典の人間性の輝きと理解しているのである。

　それに対して、軽薄な啓蒙思想家、自分の仲間ともいえる「詩人文士」、ジャーナリストや、また商売に利用して平俗化した乃木希典像を伝えようとする浅薄な国民への批判が置かれる。「この国民ら浅薄にして偽り多く／憎むべし」とは、乃木殉死問題への反応だけではなく、春夫の〈傾向詩〉「脱却論」を含めた全体を貫く国民観といっても過言ではない。それは、大逆事件の際に戦慄した、人間性の闇であり、それが、春夫を超俗的な孤高の詩人へと駆り立てる要因でもあった。それは、同じ孤高の「偉大なるドンキホオテ」である「君が心事を解するもの」はいないという、孤独な声でもある。当否は別にしても、若い文学者で、これだけ周到で明確な乃木希典像を刻んだ者は、他にいないだろう。
大浜徹也は、世人を超越した、そのエキセントリックな乃木の姿を次のように伝えている。

乃木は国家を「武士土着論」的な発想でとらえていた。都市生活を好ましからざるものとみ、農村生活の自給自足的体制を理想視して、質朴簡素な生活を実践した。乃木にとり、質素とは全国家の基ともいうべきものだったのである。それだけに、乃木が己の質素な生活にかけた熱意は悲愴なものであり、その行為が戦後の軍人や華族の動向のなかで風車にたちむかうドン・キホーテの姿を想像させるのもやむをえまい。（大浜・一九六七、一五四頁）

ここにあるのは、乃木の反近代人的で、反資本主義的な生き方である。[41]「君が心事」の内実は「質朴簡素」な生活こそが、富国強兵という国家目標と合致するということを意味していたのだろうが、近代的知性を獲得した春夫にとって、それは理解を越えた、詩の領域からは逸脱するものであったと言える。

ここで、春夫は、「相せめぐもの」として、清水正次郎の自死と乃木希典の自刃という二つの〈殉死〉を対比させていることを想起すると、清水の行為は「忠烈悲壮」とされ、乃木の行為は「悲壮」「壮烈」と捉えられていることから、春夫の心情評価のタームは類似している。それは、清水の轢死が、非人間的な天皇制批判の象徴とし、乃木の殉死を、忠誠心からくる天皇制讃美と単純に考えていたようにも見えなくはない。〈天皇〉を軸にして生れる、この二つの〈殉死〉は、別方向を目指しながら、結果的に〈忠烈悲壮〉〈悲壮・壮烈〉という類似した表現に収斂してしまっている。

仮にそのように捉えるならば、春夫もまた、中村光夫と同様に、内田隆三が分析したように、ある状況から追い詰められたことによって生じる、「恣意的な死」「無根拠な死（愚者の死）」が、国家の物語を成立させる基盤となり、天皇と呼ばれる「不可視な存在」が、あたかもある〈かのやうに〉見せる投影装置として機能してしまうという、恐るべき人間性不在の思想とその陥穽に、気づくことがなかったというべきなのかもしれない[42]。

（3）明治から大正へ――森鷗外を超克する試み

これまで考察してきたように、春夫は大逆事件に衝撃を受け、「愚者の死」を書いた。その後、一連の〈傾向詩〉を書くことで日本近代批判を展開した。〈傾向詩〉は、乃木希典の殉死について詠った「同時代私議」を契機として終止符が打たれ、その後、本間久雄の誤訳批判、森鷗外の歴史小説批判など、文学批評的な活動が開始される。なぜ春夫は〈傾向詩〉を離れ、文学評論へと足場を移したのだろうか。

ここで、春夫の評論について確認すると、明治四四年の父・豊太郎宛の書簡で、文明批評家を目指すと書かれていたが、「日本人脱却論」以後、しばらく評論は書かれていない。次に書かれた評論は、大正二年六月に『スバル』に発表された「「遊蕩児」の訳者に寄せて少し許りワイルドを論ず」と題された小論である。これは、本間久雄が大正二年に新潮社から刊行したオスカー・ワイルド『ドリアン・グレイの肖像』の翻訳『遊蕩児』の誤訳について指摘したものである。こうした文学的変遷の背後には、ニーチェから西洋一九世紀末文学へという思想的移行があったと見られ、この思想の移行が後の「田園の憂鬱」誕生を導いたと考えられる。その点については、まず、「田園の憂鬱」を書く以前の評論である「SACRILEGE　新らしき歴史小説の先駆「意地」を読む」に現われているので、ここで簡単に触れておこう。

　まず、この評論は、森鷗外の『意地』を取り上げ、主に「阿部一族」を批判したものである。春夫が用いた方法的戦略を要約すると、『意地』は「いろいろな意味で私の心を動かし」、批評することは「自分に対する自分の用事」と思われるが、尊敬する鷗外であるため、春夫なりの基準を設定している。それは褒めたいときには筆を抑制し、疑問があったときには勉めて詳しく書くという方法である。ここで、春夫が指摘する〈悲劇〉の根源ならびにいくつかの問題点を、本文を要約しながら確認しておきたい。

①「阿部一族」を読んで「私の心は重苦しく」なった。この「可なり大きな悲劇」は何から生れたのか、という疑問に駆られた。主君・細川忠利の性格、家臣・阿部弥一右衛門の性格の点から悲劇の原因を考えることはできない。佐藤は〈性格〉〈時代〉〈境遇〉を一括して〈運

命〉とするが、弥一右衛門と忠利との関係だけでは事件は発展しない。〈悲劇〉を大きくさせたものは嫡子権兵衛である。二人の性格には共通するものがある。その意味では、阿部一族の〈悲劇〉は運命悲劇・性格悲劇の両面を兼ね備えており、事件の発展に伴って〈性格〉〈時代〉〈境遇〉が順次拡大していった結果から生れたものである。

（『全集・佐藤』一九巻、一七—二一頁）

②作中にときどき現れる「説明的の記述」には「過去の道徳の貴族的ないい方面を理解させると共に新らしい道徳の行く手に対しても多少の暗示を与へてゐるかのやうに私には見える」。

（『全集・佐藤』一九巻、二一頁）

③●「阿部一族」は考えてみるとき、面白いが、自分一個にとって不満なところがある小説である。それは小さいことかもしれないが、その不満を列挙してみる。

●説明の部分が多く、読み手の興味を殺ぐ。

●枝葉末節の人物の祖先のことが装飾的に書かれているが、事件の外郭はもう少し手短に書くべきである。

●それに対して、「サイコロジカルな描写」のところはもっと書かなくてはいけない。

（『全集・佐藤』一九巻、二一—二二頁）

こうして「阿部一族」の欠点を挙げ、自身の文学観について述べた上で、一七歳で妻があり、老母のいる長十郎の殉死の心情について次のように指摘している。

長十郎は何故死を怖れる念が微塵もないのか。心持ちが緊張して居る時には誰でも死などを怖れるものではないといふ意味であらうか。それとも、あれは死を怖れないといふあの時代の文明の産んだ思想からであるのだらうか。この辺のことは、少し詳しく書いて置いて頂きかたつた。（中略）文明批評といふ上から言つて見てここらの事は最も詳しく筆を振ふべき場所の一つではなかつたらうか。／年の若い者は――異性に対して買う散文的な項ばかりでなく、もう少しは余分な感情を持つて居るものではなからうか。

（『全集・佐藤』一九巻、二二一―二二三頁）

この問題は、大逆事件の刑徒の多くが従容として死に赴いたことに通じている。言いかえれば、死を超える至上の価値が存在していたからだろうか、そして、不条理かつ理不尽な〈法〉の権力に人間の尊厳を賭けて対峙しているからであろうか、といった疑問を鷗外にぶつけていることがわかる。

さらに春夫は、長十郎が、死後、老母と若い妻が手厚く養われることを信じていることに触れ、それがあまりに人間離れをしていると指摘し、畑十太夫の臆病さについても同様だと批判する。二人とも〈習俗的に誇張された人物〉だとした上で、こうした点については、「事件の解釈のなかにあまりに沢山作者自身をのみ寓したロマンテイクな企てのやうに思へる」からだとする。そして鷗外は多くの人物を登場させながら、「だが人間はただ一人しか現はれない。ただ一つの性格をしか表はして居ない。おそらくそれは作者自身であらう。（中略）作者の持つて居る『人間らしさ』は極めて狭いものだとも云はれよう」と論じる。

また、柄本又七郎の心理について春夫は不満を抱き、大胆にも加筆してみせている。そこには、情け深い武士としての柄本の心情が色濃く出ているフレーズが書き加えられている。その上で、「阿部一族」の欠点を要約して、①史実の輪郭に満足して内容を掘り下げることを怠った、②描写の遠近法が無視されている、③時代背景の描写不足、④「センチメンタルエレメント」（情緒的要素）が不足している、⑤人間の解釈が通俗的である、⑥空想がやや貧弱、の六点を挙げた。

さらに、『意地』収録の他の二作――「興津弥五右衛門の遺書」を面白くないとし、「佐橋甚五郎」は事件のまとまりがあり、完全な立派な作品として認めている。この簡潔な評価は、春夫の関心が、運命悲劇・性格悲劇の両面を兼ね備えている「阿部一族」のみにあったことを物語る。

「「日本人脱却論」の序論」では、ある意味、日本人の伝統的な精神性を抽象的にしか批判できなかったが、乃木殉死をきっかけにして書かれた鷗外の歴史小説と向き合い、具体的なテクスト分析を通して、その問題意識がより鮮明になってきたと言える。春夫は、「阿部一族」を分析することによって、殉死が行われた時代背景や人間的な考察が深まらないと、殉死する人間の心理など解明できないという結論に到達する。鷗外の小説にもその欠陥があり、殉死の心理について十分答えていないという批判を懐くに至る。文末には、フローベールの『サランボー』（生田長江訳）を読み、同じ作者の『ヘロディア』を英訳で読んで参考としたことが付記されている。つまり、鷗外に立ち向かうに、春夫はフローベールの歴史小説を援用して、「阿部一族」の欠点をあげつらったのである。

ところで、一方の鷗外は、大逆事件以後、乃木殉死を経て、おそらく、春夫の言うところの「日本旧道徳の最後の人」であることを自認し、歴史小説へとスタイルを変貌させたと考えられるが、その前後にニーチェから離反していることを見逃すことはできない。なぜなら、ニーチェからの離反は歴史小説への移行と無関係ではないように思われるからだ。

あくまで、乃木と同様に「日本旧道徳」の人である鷗外の近代的知性において、ニーチェのように、あまりにも西洋的な伝統を土台とした思想が、鷗外にとって何の慰めにもならないばかりか、当時の国家権力に対しても、何の力もないと、自身の体験（「ヰタ・セクスアリス」発禁処分から「沈黙の塔」に至る、思想言論弾圧との闘争）を通して、見ぬいていたからではなかろうか。なぜならば、大逆事件直前における鷗外の言論は、先に述べたように、明らかにニーチェの影響が認められるにもかかわらず、大逆事件後、「妄想」（『三田文学』三一—四月）の中で、「西洋人は死を恐れないのは野蛮人の性質だと云つてゐる。自分は西洋人の謂ふ野蛮人といふものかも知れないと思ふ。小さい時に親が、侍の家に生まれたのだから、切腹といふことが出来なくてはならないと度々諭したことを思ひ出す」と述べ、ニーチェについて、「これも自分を養つてくれる食餌ではなくて、自分を酔はせる酒であつた」と述べている事実の間には、あまりに大きな開きがあるからでる。

しかし、おそらく鷗外を酔わせたのも、自身の述べているとおりニーチェ「超人」思想であったろう。なぜなら、ニーチェの思想は、その背後に「ギリシャ主義」による「厭世主義」の克服を含み、近代批判であると同時に文化思想の自由と美を取り戻そうとする思想でもあるからである。このことを想起するなら、鷗外を酔わせ、思想言論弾圧との闘争に駆り立てたはずのニーチェが、大逆事件から乃木の殉死によって酔いを醒まされてみれば、歴史的背景と伝統の決定的な違いを如実にするだけの、東洋の島国にあっては何の頼みもない思想に見えたのかもしれない。それは、乃木の殉死によって一層強烈に意識され、だからこそ、ひたすら歴史小説に仮託して、その人生を通して見てきた、日本近代の暗部をストイックなまでに直視するといったスタイルを、最期まで貫いたのであろう。

仮にそのように考えた場合、鷗外における歴史小説への移行は、文学者としての檜舞台（啓蒙家としての役目）からの引退という側面を持つと同時に、「ヰタ・セクスアリス」発禁処分から「沈黙の塔」にかけての思想言論弾圧との闘争が、若い世代への最後の文学的啓蒙であったことを意味する。

それに対して春夫は、「SACRILEGE　新らしき歴史小説の先駆「意地」を読む」の中で、西洋文学を標準とする文学観を露呈しているだけでなく、そのことによって、それまでの、鷗外に倣った文学活動を乗り超えようとしていたことが確認できる。後に「田園の憂鬱」が春夫と同世代の作家たちの受けが良かったことを想起すれば、その方向性は時代の潮流に合致していたと言える。その意味では、後述するが、春夫は時代状況によって、自身の文学スタイルを巧みに変貌させているものと思われる。

ともあれ、春夫の〈傾向詩〉は、明治末期の鷗外の闘争的な活動に後押しされながら書かれていたが、鷗外が、乃木殉死を契機に文学的啓蒙の第一線を退いたことで、春夫は新たな表現への模索を迫られ、大正へと向かうことになるのだろう。そのときに、春夫の思想的〈傾向〉はいかなる変遷を辿るのだろうか。

【注】

（1）「恋、野心、芸術」一九一九年一月、『文章倶楽部』（『全集・佐藤』一九巻、八〇頁）。

（2）『日本文学大事典2』（全八巻、一九五〇年、新潮社、三四五頁）によると、〈傾向小説〉とは、芸術的意味ではなく、芸術を手段として、作者の抱くある目的乃至理想を伝えようとする小説を指す。

（3）本論文では便宜上、「愚者の死」を〈傾向詩〉として捉えて論を進めるが、〈傾向詩〉が、「當時のわが一面」を表わした「社会問題に対する」傾向を示すものという対社会的側面に特化した意味だとした場合、「愚者の死」は微妙に逸脱している側面がある。なぜならば、一章で考察したように、大逆事件による生々しい衝撃そのものが織り込まれているからである。したがって、「愚者の死」を安易に〈傾向詩〉として位置付けることには、まだ問題点が残されていると言えるだろう。その点については、今後の課題とする。

（4）　この点については、渡邊二郎が、歴史認識の急所の一つとして主観性と客観性の問題を挙げ、次のように述べていることが参考となるだろう。

「私たちは、私たちの「主観的」な思い込みで、「客観的」な事実を歪め、見誤ってはならないわけである。私たちの「観念的」な構想によって、「実在的」なものの真の姿を見失ってはならないわけである。私たちが、頭のなかで首尾一貫した形で構築する組織立った論理的体系を「合理性」と呼ぶならば、私たちは、「合理性」によってのみ、事実を処断してはならず、実際上の事柄がもつ、その所与の事実の重み、つまりその「経験的」な「実証性」（中略）を、重んじなければならないわけである。けれども他方、私たちは、だからといって、所与の「経験的実証的」な事実を盲信してもならず、そこに一貫した解釈を織り込んで、その真相を捉えるように努力しなければならず、こうして、「合理性」をも重んじ、「実在」を私たちの精神的「観念」によって整合的に把握し直し、私たちの高次の「主観性」のなかで、真実の「客観性」を、まさに「構成」し上げ、「構築」し直してゆかねばならないとも考えているのである。」（『歴史の哲学』一九九九年、講談社学術文庫、三四―

三五頁）

ここに引用した文章にあるように、ある一つの出来事の経験をめぐり、主観と客観の狭間をゆき来することにより、真の「客観性」（事実や出来事や経験をそのまま記述すると言った意味の客観性よりも、高次な「客観性」）が構築されるとするならば、春夫の〈傾向詩〉と〈抒情詩〉とは、まさに、そうした真の「客観性」を目指したものと言えるのではなかろうか。そのように考えた場合、春夫は大逆事件の体験を通して、自分が置かれた立場や苦境を、単に主観的に捉えて嘆くのではなく、可能な限りその外縁から客観的に捉えることで批判することで、第四節で扱う「小曲四章」のように、同時代のほかの文学者よりも、一歩、時代・社会の真の姿を捉えることに成功している部分があったのではないかと思われる。

（5）　吉田精一は、当時の春夫の詩のスタイルについて、「傾向詩（現実の世相に対する批判）思想詩（内面的反省）及び純粋なる抒情詩の三種にわかれてゐる」とした上で次のように述べている。「最初の種類にはたとへば『同時代私議』と題して、乃木大将の死を論じ、その古い理想主義に同情しつゝ批判したものである。又『愚者の死』と題して、大逆事件に連座した大石誠之助の死を歌って、表にその愚を嗤ひながら、必らずしも時代の論調に追随せず、自から信ずる所を固持してゐる。ここに彼の警世家として、又人生批評家としての一面が見いだされ、のちに発展して卓抜な評論家となり、又愛国詩人となつた萌芽がある。／第二のものは思想詩であつて、傾向詩に隣するやうであるが、自家の心情を痛切に反省して自虐的な痛みを内包する詩篇である。この面が、更に小説に於て細かく鋭く展開される。／第三は純然たる抒情詩である。ここには古典的にして又浪漫的なる詩情が、世紀末的な幽愁を秘めて、後の成長を待つてゐる。これが伸びて『殉情詩集』以下、古典詩人の第一人者として大成した……。」（『現代文豪名作全集18 佐藤春夫集』「解説」一九五三年、河出書房）

〈同時代私議〉とは、一般的に批評のスタイルであり、ひそかに自分自身の考えによって同時代の社会現象について批評、議論することの謂いである。ここで吉田が問題としている「同時代私議」とは、大正元年一二月一日、『スバル』に発表された「乃木大将を悼む言葉」「乃木大将の死に就いて世の新聞記者に言ふ」という、乃木の殉死をめぐる二篇の〈傾向詩〉を指している（ただし、同号には他の二篇も発表されている）。その成立は、前述したように、「愚者の死」のほうが早い。ともあれ、吉田はここで〈傾向詩〉〈叙情詩〉だけでなく、その中間の〈思想詩〉という分類を加えているが、本章では、便宜上、混乱を避けるために〈傾向詩〉〈叙情詩〉という春夫の呼び方に倣う。

（6） 抒情詩に関しては、『殉情詩集』以後も断続的に書かれ、第二次大戦後まで続く。そのため、春夫の詩は、翻訳を除けば、〈叙情詩〉が圧倒的に多くなる。

（7） 尚、〈抒情詩〉の方は、〈傾向詩〉が書かれなくなる時期と並行して、しばらく書かれない期間があるものの、その後、『殉情詩集』によって復活している。それは、〈抒情詩〉の方が、比較的、検閲の眼を意識した表現上の工夫をしなくてもよかったためであろうと考えられる。そのように考えた場合、逆になぜ、大正十年になって、『殉情詩集』によって〈抒情詩〉が復活するのか、という問題が出てくる。おそらく、大正デモクラシーの高まりなどの大正期の時代状況に関連していると思われるが、今後の課題としたい。

（8）誤訳を指摘して自身の文学論を展開したり、後述するように、大きく影響を受けた鷗外の作品を批評することで、小説を創作する上での方法を勉強していたものと思われる。この二つの評論は、ともに後年の文芸批評家としての才能が発揮されている。ちなみに、鷗外の『意地』は、乃木大将の殉死をきっかけに書かれた「興津彌五右衛門の遺書」、「阿部一族」「佐橋甚五郎」の三篇の歴史小説が収録されており、すでに乃木大将に関する〈傾向詩〉を発表していた春夫は、殉死や武士道について踏み込んだの鷗外の新領域に興味を抱き、出版直後に購入し筆を執ったものと思われる。

（9）春夫は、『近代日本文学の展望』（一九五〇年、大日本雄弁会講談社）の中で、次のように述べている。

「フランス革命をも経済革命をも持たなかつた我が国の近代が、維新の動乱の落ちついた明治の末期に当つて内面的な革命にぶつつかつたのがこの自然主義運動と大逆事件とであつた。維新と一緒に起こるべきものが内面的な問題であつたがために凡そ四十年おくれて起つたのであらう。自然主義も大逆事件もあつさりと上つつらだけでかたづいてしまつた。かくて我が国はその後も久しく近代国家の相貌を具へた半封建の国であつたわけである。」『全集・佐藤』二三巻、二四四頁）

春夫は、第二次大戦後も自然主義と大逆事件を近代の重要な問題として見ている。

（10）地方では、七高のように旧藩校の造士館が母体となり、第七高等学校造士館などと呼称された学校もある。

(11) 一日に、数学・英語・国語漢文の順で行われ、最後の日が物理・化学・歴史であった。配点は、数学・英語・国語漢文が各二〇〇点、物理・化学・歴史が三科目で二〇〇点、合計八〇〇点というふうわさであった。数学が出来ないと、翌日の試験が精神的な負担となったようだ。

(12) 春夫が慶応義塾の予科を受験したことに関しては、文学的な影響も濃厚である。春夫は「最近の永井荷風」(『文藝春秋』一九四六年十月、のち『荷風雑感』に収録)の中で次のように回想している。

「十七、八の少年で「あめりか物語」に魅了されて以来その新作を一つのがさず読み入って、学校では決して何事も学べないと知っていた自分が、一時三田の学塾に通ったのもそこで荷風の清輝を浴びる機会を把むためであった。」(『全集・佐藤』第二三巻、十一頁)

(13) 明治文学全集42『徳富蘆花集』(一九六六年、筑摩書房)、吉田正信編『徳富蘆花作品集 梅一輪 湘南雑筆(抄)』(二〇〇八年、講談社文芸文庫)にそれぞれ収録。

(14) 参考までに、蘇峰宛蘆花書簡を引用しておく。

「唯今、新聞披きて恩赦の十二名に限られたるに一驚を喫し申候。残余の十二名は時を隔てゝ特赦の恩命有之候都合にや。若死刑に処せらるゝ様の事ありては大事去矣(さらんかな)。啻(ただ)に豎子(じゅし)をして名を成さしめ、松陰三樹の栄冠を彼等に冠らしむるのみならず、死刑を目的と正反対の結果を必然来し可申候。死する十二人は百二十人となりて復活し来るべく、彼等が残年の計数に幾層倍して皇室の命脈は縮まり可申候。聡明者揃ひの当局にはあまりの違算に候はずや、何卒御一考速やかに桂総理に御忠告奉願候。／一月廿一日午后二時半　健次郎／家大兄」（『全集・蘆花』二〇巻、二八九頁）

（15）河上らの念頭には、一九〇六年一二月十日の講演会にも講師として蘆花が招かれ、日露戦後の精神状況について、「勝の哀」と題して講演し好評を博したという前例があったのであろうか。

（16）腹案の推敲には異常な努力が払われており、「独自の精神的見地から問題の核心をつかまえ、人生の事業はつまるところ「魂」の本当の解脱に他にないことを強く説いている（一九六七年十月、東京都近代文学博物館開館披露「生誕百年記念　徳富蘆花展」図録）。

（17）関口安義「「謀叛論」と芥川龍之介」（一九九一年二月『日本文学』）を参照。

（18）佐藤春夫は、明治四三年四月に生田長江のもとに入門している。当時は、門下生として生田春月も同居していた。

（19）Friedrich Nietzsche, *Also sprach Zarathustra*, Phipp Reclam jun. Stuttgart, 1994, pp.7-23,『ツアラトウストラ』二一―二九頁。

（20）Ibid., pp.58-60,『ツアラトウストラ』九三―九八頁。

（21）「脱却論」における「危険と遊戯を愛する者」と日本人の伝統的な精神性を象徴する概念の一つである「武士道」は、ニーチェの「能動的ニヒリズム」とショーペンハウアーのペシミズムの関係に近いものがあるように思われる。渡邊二郎は、「能動的ニヒリズム」について、次のように述べている。

「「存在」よりも「非存在」をよりよいとするペシミスティックな（注、ショーペンハウアーにおける、ペシミズム）「ニヒリズムの運動」は、「病気」であり、「生理的デカダンスの表現」にすぎない。生成の激浪に耐え切れない弱者のデカダンスが、様々な虚構の真理を捏造してそれにしがみつき、種々の迷妄を生み出す。こうしたニヒリズムは「デカダンスの原因」ではなく、逆に「デカダンスから生まれる論理」にすぎない。そうしたものの虚妄を見抜き、「能動的ニヒリズム」として、これらを破壊し、様々な旧来の価値や意味や真理や道徳が逆転させられねばならない「ニヒリズムの到来」の「必然性」を徹底化してゆくところに、真正のニヒリズムは立つ。「ニヒリズム」は「われわれの大いなる価値や理想を極限まで考え抜いて出てくる論理」であり、これを真直ぐに引き継いでゆこうとするところに、「能動的ニヒリズム」は立つのである。」（『ニヒリズム』（一九七五）二〇〇二年、東京大学出版会、一五五―一五六頁）

「存在」よりも「非存在」をよりよいとするショーペンハウアー的なペシミズムは、「脱却論」にあてはめるならば、「武士道」に接近しやすいとも言える。また、ニーチェの「能動的ニヒリズム」は、「危険と遊戯を愛する者」という概念にも含まれているものと考えられる。その二点は、森鷗外と春夫の関係を想起させる。鷗外がショーペンハウアーに接近し、春夫がニーチェの影響を受けたことは、こうした思想の近似性が関連している可能性があるだろう。

(22) 春夫は三ヵ月後に迫った第一高等学校を受験することで悩んでいたらしい。それを心配してか、四月九日、父豊太郎が長江を介して、元第一高等学校教授の漱石に「奇品二点」を贈り、書の揮毫を頼んでいる。漱石はそれに応えて五月十日に完成した書を送っている。これは単なる趣味的な贈答ではないだろう。その間、漱石は一高教授であった親しい畔柳芥舟に相談して、一高受験についての情報を提供した可能性がある。あるいは春夫自身、長江に連れられて漱石山房を訪ねているかもしれない（春夫は何の証言も残していないが）。

(23) ニーチェ受容の経緯は、次の略年表を参照されたい。

明治三〇四年一月　高山林次郎「文明批評家としての文学者」『太陽』、登張信一郎「ニイチェの自伝」『帝国文学』、アンリ・リヒテンベルゲル、上田敏訳「フリイドリッヒ・ニイチェ」『帝国文学』、四月　中島孤島「十九世紀の二大小説―トルストイ伯とニーチェ氏」『読売新聞』、六月　中島徳蔵「ニイチェ対トルストイ主義」『丁酉倫理会倫理講演集』、登張信一郎「フリイドリヒ、ニイチヱを論ず」『帝国文学』（一一月まで）、八月　樗牛生「美的生活を論ず」『太陽』、耶瞕「ニイツェ熱と文界」『東洋哲学』、千八（森鷗外）「続心頭語」『二六新聞』（八月二二日―一二月一二日）、GD生「バイロンとニーチェ（一）（二）」『国民新聞』、九月　登張竹風「美的生活論とニイチェ」『帝国文学』

(24) ドイツ留学をしていた鷗外がニーチェを知らなかったはずはなく、入沢が鷗外に本を届けたのも、鷗外サイドからの要望だったかもしれない。

(25) 『全集・鷗外』三五巻

(26) 永井荷風の『ふらんす物語』（博文館）と『歓楽』（易風社）、徳田秋聲の「媒介者」、小栗風葉の「姉の妹」、昇曙夢訳・アンドレーエフ「深淵」、内田魯庵訳・シェンキウィッチ『二人画工』など、多くの文学作品が発禁の憂き目をみた。

(27) 参考までに、「危険なる洋書」の内容と連載された時期の簡単な年表を、次に示す。

九月一六日　無署名の『危険なる洋書（一）▽所謂新思想新文芸の病源』が『東京朝日新聞』に掲載される。＊執筆者は名倉聞一か。名倉は明治四三年五月入社、学芸部に所属。早大英文科卒業。ほぼ同期に早大出身で作家志望の美土路昌一がいた。山本笑月とともに文芸・文化欄を担当。文芸・文化欄の所轄は社会部にあり、上司には渋川玄耳がいた。のち名倉は渋川の命令で一連の野球撲滅論を執筆。『危険なる洋書』執筆の背後に渋川の存在があったか。

九月一七日　無署名の『危険なる洋書（二）▽所謂現代思想の毒泉』が『東京朝日新聞』に掲載される。

九月一八日　無署名の『危険なる洋書（三）▽破壊思想の火元』が『東京朝日新聞』に掲載される。

九月一九日　無署名の『危険なる洋書（四）▽自堕落人生観の本尊』が『東京朝日新聞』に掲載される。

九月二〇日　無署名の『危険なる洋書（五）▽姦通小説鼓吹の先達』が『東京朝日新聞』に掲載される。＊『ボヴァリー夫人』批判

九月二一日　無署名の『危険なる洋書（六）▽春機発動小説と紹介者』が『東京朝日新聞』に掲

載される。＊鷗外およびその夫人への中傷。《……鷗外先生は日本に於けるエデキントの最初の紹介者であるが、此の鷗外先生は昨年「スバル」に青年の性欲発達史めいたものを書いて発売禁止を受けさせられた而して博士の夫人は頻りと婦人生殖器に関する新作を公にされる》

九月二二日　無署名の『危険なる洋書（七）▽宗教道徳に反抗して悪魔気取』が『東京朝日新聞』に掲載される。＊ニィチェ批判。「「ザラッストラ」は在来の宗教、道徳、政治を破壊して超人の出現に憧憬したるものである此の信仰失墜の悪魔の叫びは欧州は愚か遠く日本に迄及んだ（中略）此人達の見当で進めば日本の祖先崇拝などは恁麼なるか考へても恐ろしいではないか」

九月二三日　無署名の『危険なる洋書（八）▽情けない模倣生活の文士』が『東京朝日新聞』に掲載される。

九月二四日　無署名の『危険なる洋書（九）▽「春」と「田舎教師」の種本』が『東京朝日新聞』に掲載される。

九月二七日　無署名の『危険なる洋書（十）▽優柔不断堕落殺人の奨励』が『東京朝日新聞』に掲載される。＊ダヌンツィオ『死の勝利』批判。

九月二八日　無署名の『危険なる洋書（十一）▽徴兵忌避の煽動』が『東京朝日新聞』に掲載される。＊アンドレーエフ『血笑記』（二葉亭訳『赤き笑』）批判。

九月二九日　無署名の『危険なる洋書（十二）』が『東京朝日新聞』に掲載される。＊ゾラ『ナナ』批判。

十月一日　雑誌『新潮』《人物月旦　早稲田派論》を特集。

十月一日　無署名の『危険なる洋書（十三）▽忠孝を冷笑する永井荷風』が『東京朝日新聞』に掲載される。荷風が最も批判されている。

十月四日　無署名の『危険なる洋書（十四）▽幸徳一派の愛読書』が『東京朝日新聞』に掲載される。＊クロポトキン批判。「目下訪問でよく見掛けるのは赤い冊子で「露西亜の恐怖」と題したもの……此のクロポトキンの著書の翻訳権は幸徳秋水が殊に著者から許可せられて居る」とその結びつきを強調。文末に「危険なる洋書の連載は痛く所謂先覚者の御機嫌に逆つたと見え脅迫的の中止請求書が頻々として来る、著者も恐いから之で罷めておく」と書く。執筆記者（共同体）には、思想や文芸に対する無理解もさることながら、高所から社会秩序を維持し、検閲官との同一の眼差しが感じられる。民間人の筆誅といえる。何よりも無責任なのは、高邁な理想をそこに展開されていないことであった。彼らに代替案がないことであった。

十月二二日　小松原英太郎（文部大臣）「文相の訓示」『東京朝日新聞』＊自然主義は、学生に人としての倫理を無視させる「危険」な思想だと主張。保守的な知識人による偏見的な自然主義批判がジャーナリズムに横行。

十月　一木喜徳郎（内務次官）「出版物発売禁止処分に就て」、古賀廉蔵（前警保局長）「出版物と検束」『太陽』＊桂内閣の言論弾圧を助長す。

十月　「現代青年に与ふべき主義もしくは主張」『文章世界』で、井上哲次郎、高田早苗、鎌田栄

吉、柳沢政太郎ら、自然主義・社会主義批判を展開。
(28) 『全集・鷗外』三六巻、三二八―三二九頁。
(29) 大塚美保「鷗外旧蔵『獄中消息』（大逆事件被告獄中書簡写し）をめぐって」（二〇〇八年七月、『鷗外』83号）、山崎一穎『鷗外ゆかりの人々』（二〇〇九年、おうふう）一七三―一七五頁。
(30) 周知の事実ではあるが、ここで簡単に雑誌『スバル』について触れておく。明治四一年、杢太郎をはじめ、北原白秋、吉井勇、長田秀雄らは、新詩社を脱退し、それが直接の契機となり、雑誌『明星』は百号記念で廃刊する。その後、同年一二月一二日から、杢太郎、白秋らを中心とした青年詩人や青年画家との談話会という形で、パンの会が発足し、さらに、その翌年にあたる明治四二年一月、森鷗外をプロモーターとして雑誌『スバル』が創刊される。
(31) 内田・二〇〇二、三二頁。
(32) 初出では、この間に「〇」が抜けているが、形式から見て、つけるはずのものと思われる。
(33) 引用は、明治四四［一九一〇］年六月一日発行の『スバル』九四―九五頁。尚、『全集・佐藤』第二巻、一〇九―一一〇頁に「小曲四章」が収録されているが、さいごの「犬吠岬の旅情」は抜けている。そのため、初出から引用させていただいた。
(34) 森長英三郎は、この詩を、三種の神器を賛美したものと読んでいる（森長・一九七七、三五五頁）。
(35) 瀧川政次郎「誰も知らない幸徳事件の裏面」『特集人物往来』一九五六年一二月。

(36) 礫川全次「喜田貞吉と「先住民史観」」『先住民と差別　喜田貞吉歴史民俗学傑作選』二〇〇八年、河出書房新社、六―九頁。

(37) ベネディクト・アンダーソン『定本想像の共同体』白石隆・白石さや訳、二〇〇七年、書籍工房早山、三四頁。

(38) 丸谷才一「楠木正成と近代史」『鳥の歌』〈一九八七年、福武書房〉、三八頁。

(39) 一連の〈五條秀麿もの〉には、大逆事件というフレーム・アップと、その余燼として発生し、歴史学界を二分して議論が戦わされた南北朝正閏問題に対する、鷗外の深甚な関心のほどが露呈している。その点について、吉田精一は次のように述べている。

「……鷗外の親友賀古鶴所と同じく井上通泰は、有力な南朝正統説の主張者であり、北朝正統、もしくは両統並立論者を圧伏するべく、山県の旨をうけて動いた形跡がある。この間の事情は、当然賀古もしくは井上から、鷗外にも伝わつていたに相違ない。この間に処して、鷗外はどう考えたか。(改行) 実はこの問題についての鷗外の言行は、私にははつきりわからない。積極的には何も発言しなかつたのではないかと思う。そして、想像がゆるされるならば、「かのやうに」「吃逆」「藤棚」の三篇には、それのみが目的でないことは勿論だが、多少とも鷗外のこの事件に対する感想がこめられているのではないか。「北朝正統論」者に対して、「誠実に世の為、人の為と思」う見地からしても「乱臣賊子の極印」をうつた人々は少くなかつた。或いは又、秀麿の「歴史を書く」行為をはばんだものは、必らずしも、手のつけられない神話と歴史の混淆のみではなかつたろう。」(吉田精一

「解説」『森鷗外全集』第二巻、一九六五年、筑摩書房、三五三―三五四頁）

（40）　春夫はそうした〈傾向詩〉について、「愚者の死」にまで言及することはなかった。それは、「愚者の死」が、それほど自身の内面に深く食い入り、春夫の精神と肉体と不可分な作品であることを示唆する。

（41）　大浜・一九六七、一六〇―一六一頁。

（42）　一九三〇年代に入り、軍国主義が台頭し、アジアを舞台に戦争が遂行されるとともに、再び〈忠烈悲壮〉〈悲壮・壮烈〉というタームが国民の意識を呪縛するようになる。春夫はそうした社会の動向に単純に迎合したわけではないが、時流に乗るかたちで人並みに戦争詩を量産した。それが冒頭で触れた吉田精一の〈愛国詩人〉とどう結びついているかは、表現レベルの問題を含め、今後の研究課題である。

第三章　〈美しい町〉のユートピア

第一節　〈美しい町〉計画と景観

(1) ユートピア譚の否定として

佐藤春夫「美しき町」は、日本橋中洲界隈を作品舞台とし、パトロン、画家、建築家の三人の男たちが、〈美しい町〉という理想的な町を建設しようと試み、資金的問題で計画が挫折する物語である。初出タイトルは「美しい町（副題　画家E氏の私に語った話）」で、大正八［一九一九］年八、九、一二月、『改造』に発表された。その後、三度にわたって改題と改稿が繰り返され、作品全体にわたって細かな加筆訂正が行われている[1]。こうした改稿作業からは、春夫の特別な執着を読み取ることができる。そのため「美しき町」は、代表作『田園の憂鬱』（一九一九年、新潮社）と同様に重要な作品として考察されなければならない[2]。

登場人物は、小説作家「私」、大正三年頃の春夫を彷彿させる画家E氏、そして「私」の友人でE氏を紹介したO君、E氏の旧友でパトロンになる川崎禎蔵（テオドル・ブレンタノ）、明治の欧化主義の時代に自費でパリ留学し、自由民権の思想を残す建築技師T老人。時代設定は「私」が語ったパートが大正八年前後、そしてE氏が語ったパートは明治四四年前後から大正三年前後と推定でき、入り子型の構造をもつ[3]。

〈美しい町〉計画は川崎禎蔵によって提案される[4]。それはE氏とT老人の心を捉えて、三人は三年間、共同で仕事をする。川崎は風変わりな人物で、ウィリアム・モリスの「何処にもない処からの便り」("*News from Nowhere*", *Commonweal*, 1890, 1-10.)を愛読し、[5]J・M・ホイッスラーを賛美する、自称資産家のアメリカ人と日本人女性の間に生まれた男である。[6]しかし終盤で計画は、川崎が初めから資金がなかったと暴露することで、崩壊してしまう。その後、川崎はドイツへ行くと言い残して立ち去り、残されたE氏とT老人は〈美しい町〉の残像と淡い記憶に愛惜の念を抱きながら友人として交流を続ける。T老人は、理想の家を一件だけたて、〈美しい町〉の記憶を共有して語り合えるE氏という良い友を持ち、暖かい家族に囲まれながら、「正しく美しい町の住人」として一生を終えるといったストーリーである。

先行研究によると「美しき町」は理想的な町を建設するユートピア譚(或いは夢物語)として位置付けられる傾向にあり、武者小路実篤の〈新しき村〉や西村伊作の〈芸術家村〉など、当時のユートピア志向の文学者や芸術家からの影響を論じられてきた。[7]しかし、武者小路は宮崎県、伊作は神奈川県小田原市に村を建設しようとしたのであって、〈美しい町〉での「東京の市中になければならない」という条件とは真逆の発想であることが読み落とされている。また、これらの先行研究では、作品内での現実レベルで〈美しい町〉計画が崩壊するという点も、あまり踏み込まれていない。大正期の春夫の作品は、現実を離れた幻想的な作品が多いが、[8]元来、鋭い批評精神を隠している作家であることは、「愚者の死」をはじめとする初期の詩や評論の存在が語るところであり、「美しき町」も例外ではない。そもそも〈ユートピア〉という発想自体が、文明や社会に対する批判的で逆説的な発想であり、社会性豊かな表現である以上は、〈美しい町〉のイメージが孕む時代批評的な側面は無視できない問題である。[9] そこで、福田和也の指摘に注目したい。

この作品では紙の中でというか、幻影の上で、隅田川の中洲の上に人工都市を作ろうというプランが立てられます。結局このプランは脱力するような形で挫折しますが、ここでは芥川的に手の込んだ配慮の中で、町のイメージだけが鮮明に残るという描かれ方がされています。ファシズムというのは佐藤春夫的な回路がないと出てこない。「美しき町」的な、審美化され空無化されたイメージ、つまりは「精神」と言ってもいいですし、あるいはサンボリスムのポエジーの否定としての詩といってもいいけれど。実篤（中略）的な良心的・現実的・限定的実践を切り捨てた時にアナーキズムは、審美（神話）的・技術的・包括的計画へと転換していく。（「共同討議　アナーキズムと右翼」『批評空間』二〇〇二年四月、一二四頁）

福田は、〈美しい町〉のイメージが「審美化され空無化されたイメージ」（＝理想的な「精神」）であるとし、〈美しい町〉は、実体がない美的空間であると同時に、その審美的精神の表現と見ている。〈実体がない〉という点は、〈美しい町〉計画が金銭的な問題によって崩壊してしまうストーリー展開に依拠する解釈であるが、他にも、何がどう美しいのか具体的に見えてこないと指摘する者もおり、[10]〈実体がない〉という点は「美しき町」が持つ最大の特色の一つである。しかし、計画が実現しなかったという描き方ゆえに〈実体がない〉とのみ解釈することや、ファシズムやアナキズムと重ね合わせてしまう早急さよりも、いかに〈美しい町〉を読者にイメージさせ、美的感興を呼び起こすのか、そのために、作品内でどのような工夫がほどこされ、いかなるキーワードが配置されているかという点について、作中に挿入された芸術家たちの名前や「サンボリスムのポエジーの否定としての詩」という指摘とを合わせて考察する必要がある。

そこで本章では、なぜ春夫はユートピア譚（夢物語）ではなく、ユートピアを現実的な理由で崩壊させることで、むしろユートピア譚（夢物語）の否定を描いたのか、という問題意識を軸に、主に作品の表現方法という点から考察をする。

（2）計画が孕む排他性

〈美しい町〉についての全体的なイメージや構想については、作品内で四ヶ所に描かれている。一つ目は、川崎が画家E氏に構想を話す場面、二つ目は〈美しい町〉のモデルである司馬江漢の銅版画、三つ目は建築技師のT老人が参加した後の川崎の説明、四つ目は、作品後半部分で川崎禎蔵が紙の模型を作る場面である。ここでは、川崎が〈美しい町〉の計画について語った、第一の場面で提示される条件に着目したい。

川崎は〈美しい町〉の視覚的な条件として、「東京の市中」に「一郭をつくつて」おり、「おおくの人々がそれをつくづく見」ることができて、「あんなところに住めたらさぞよからう」と思わせる町でなければならないとしている。そして、何故このような町を作ったのかと、人々に疑問を抱かせ、「傑作のメルヘン」のような印象を与える町でなければならないとしている。つまり、〈美しい町〉計画の目的の一つは、視覚的なイメージを通じて、〈好奇心〉や〈憧れ〉を誘起する、おとぎ話のような美的イメージを人々の〈心の中〉に印象づける点にある。[11]

次に、町の住人に関する条件では、「商人・役人・軍人以外の人」「町の中で金銭取引をしない人」とあり、制度や権力とは関わりのない人々が〈美しい町〉の住人として好ましいとされ、さらに「恋愛結婚で離婚せずに子供のある人たち」「自分の好きな職業を持ち、それで身を立てている人」という条件から、個人の意志と自由が尊重されていることがわかる。つまり、住人の自由と町の美観が、「東京の市中」に「一郭」をつくることで守られる構想である。[12]

しかし、同意と納得さえできるのであれば誰にでも開かれた町として構想されているものの、なんらかの共同体意識を持たないかぎり町に住むことはできない。そのため、〈美しい町〉は、川崎の提示する条件に同意し、それを〈美しい〉と捉えることのできる感性・価値観をもつ人々によるコミュニティのような側面をもつ。したがって、川崎の提示する条件そのものが一つの制度であり得るような排他性を内在させてしまう。そうした排他性を如実に示すのは、「市のなかにくつきりとして一郭をつくつて」いるという条件だが、それは、空間的な画一化によって他からの侵入を防ぐ意図を孕んでいる。他からの侵入を防ぐということは、町の美観や価値観を維持すると同時に、それ以外のものを排除する思想でもある。

また〈美しい町〉をめぐる排他性は、川崎の条件だけに留まらず、建築技師を雇い入れる際に、応募してきた多くの人々が不採用であった点や、信時哲郎の指摘するように、司馬江漢の銅版画を重ねながら「当然描かねばならないはずの中洲の『風俗』を、徹底して作品から締め出し、〈美しい町〉の舞台にふさわしい場所として中洲を描写していることによって、現実的な猥雑さから作品が切り離されているといった、表現上の問題にもあらわれている。[13]」それは、作品内で、現実的な人間関係や生活などを彷彿させる描写が極端に少ないことにも呼応している。[14]

このように、作品内では、登場人物の関係や〈美しい町〉の空間、それ以外の些細な描写に至るまで、人間生活に纏わる猥雑さは排除され、一切書き込まれていない。こうした潔癖なまでの美意識は、この作品全体を貫く〈思想〉であると言ってもいい。その背後には、大逆事件の際に深く刻まれた、国民全体への不信感が透けて見える。

春夫は、大正八年二月、「美しい町」を発表する半年前、『文章倶楽部』に「恋、野心、芸術」という短文の中で次のように述べている。

その頃━或はその以前から━読んだものの中には、オスカア・ワイドや、アラン・ポーや、アナトール・フランスや、さういつた風の作者のものが大部分である。私はどちらかといふと、人生そのものには余り興味がないので、どうしても芸術の為めの芸術の方へ傾いてゐるのである。さうして、人生といふものは、芸術といふものの極く朧ろな、不完全な影のやうに思つてゐた。或は今でもさうである。さうして、音楽のやうに、唯何となく人を蠱惑させるやうな世界への憧憬を強く人に起させるやうな芸術を心懸けてゐる。

（臨川書店『全集・佐藤』一九巻、八一頁）

「オスカア・ワイド」とはワイルドの誤記だが、春夫は現実的な側面を「影」として後景化させ、「芸術」を前景化するような創作を心がけ、「唯何となく人を蠱惑させる」音楽のような作品を目指していることがわかる。こうした創作上の方針から「美しき町」でも、意識的に現実的な側面を排除し、都市空間から画一化された町がイメージされたと考えられる。その点が、福田の指摘する〈実体のない〉美的空間であり、「サンボリズムのポエジー」の否定と解釈される所以であろう。では、「美しき町」では、どのような工夫によって「音楽のやう」な美的空間が描き出されているのだろうか。大正期のいくつかの作品を取り上げながら、検証したい。

第二節　水辺のユートピア

（1）作品の中に描かれる水辺

「美しき町」は、明治四五［一九一二］年頃から大正三、大正四年にかけての隅田川界隈を作品設定としている。そのため、〈美しい町〉のイメージには水辺の景観が欠かせないポイントとなっている。そこで、①春夫の描く水辺の景色のパターン、②司馬江漢《三囲之景》と《中洲夕涼》との関連、以上の二点に着目し、〈美しい町〉の視覚的イメージについて分析する。

大正期の春夫の小説には、次に挙げるように、水辺が登場するものが多い。

- 「月かげ」大正七年三月『帝国文学』(和歌山県新宮市、熊野川)
- 「李太白」大正七年七月『中央公論』(中国長江下流部、揚子江)
- 「指紋」大正八年七月『中央公論』(登場人物〈R・N〉の夢、湖)
- 「美しい町」大正八年八月、九月、一二月『改造』(隅田川)
- 「南方紀行」大正一一年四月、新潮社(中国、九竜江)
- 「厭世家の誕生日」大正一二年六月『婦人公論』(隅田川)

これらの作品群の中でも、特に「月かげ」「美しい町」「南方紀行」「厭世家の誕生日」に描かれた水辺の景色には、いくつかの共通点がある(便宜上、引用文には番号を附した)。

① 風を孕んだ大小いろいろの帆の上には(註、帆前船の帆のこと)、月の光が、一つ一つの曲線の丸みを撫でるやうに光つて居る。(中略、改行)……見ると、目の下は一面の川で

ある。玻璃板のやうに動かぬ水に、月がそつくり円い形のままでその上に浮かんで居る。やや遠い対岸の家々が、これも同じやうにはつきりと完全な形のままで影を落として居る。鏡のやうなといふよりもこの水一面が鏡そのものでないのが不思議なほどである。（「月かげ」、『全集・佐藤』三巻、六五頁）

②

我々の舟が未だかき乱されない水の行手には金が溶けて流れた。（中略）水上の薄暮は、おもむろに迫つて、うす暗がりのなかですべては哀婉で幽雅で、（中略）アルベエル・サマンの詩情の中に暮れ悩んでゐる。（中略）しかしそこにともされた街の灯はまだ暮れ切らない大気のなかに空しくぼやけてゐる。これは夕アナアの構図である。（中略）幾艘かのジャンクの下を抜けると、厦門の市街の灯がもうかがやかに水にうつり始めて、月かげは今から洽ねく降りそそがうと用意してゐる。（「南方紀行」、『全集・佐藤』二七巻、三八―四〇頁）

③

グレイハウンドといふここのレストランの酒場は、堀割に沿うてゐて、窓の下はすぐ水で、近いところにある大きな橋の下のアアチから船が現れて来た。（中略）それでも、もう夕方になつて水の上には向う河岸の窓の灯が流れてゐる。私はぢつと窓の外を見てゐた。さつきからひとりで頻りと酒を飲んでゐた私の友達は、私の視線を追ひながら言つた――（改行）「ターナアぢや。ウヰスラアぢや。フフ、水のほとりぢや。

（「厭世家の誕生日」、『全集・佐藤』四巻、三四二頁）

ここに引用した水辺の景色には、三つの大きな共通点がある。第一に、すべて、夕方から夜にかけての時間帯が描かれていることである。①の文中には「月」が書かれていることから、時間帯は夜である。②では「水上の薄暮」という部分から、夕方から夜にかけての時間帯であることが確認できる。また③では、「夕方」という時間帯が明確に書かれている。

第二に、河岸の家から漏れる光が水面に映るイメージ、或いは、河岸の建物が水面に映る、というような、風景が水面に反射するイメージが描かれていることである。①では「遠い対岸の家々」が「鏡のやうな水面」にその輪郭を映しており、②では「市街の灯」が水面に「かがやかに」映っていることが確認できる。同様に③では「向う河岸の窓の灯」が水面に映って「流れてゐる」。

第三に、①の「月かげ」にはあてはまらないが、画家や詩人の固有名詞が連想されていることである。

以上の共通点から注目しておきたいことは、それぞれの作品が、異なる場所の水辺を描いているにもかかわらず、大きなイメージの差異が見られない点である。特に②は厦門という異国の地を描いていながら、その土地の持つ特質が全く文章に反映されていない。それは、①や③でも同様で、熊野川や隅田川の特質が文章に反映されていないことがわかる。更に、このような特質は②や③の文章のように詩人や画家の固有名詞が挿入されていることで、実景としての水景が描かれているというよりも、絵画や文学などのイメージとして実景が捉えられており、そのイメージによって水辺の景色が描写されているような印象をうける。

こうして、春夫が描く水辺は、ときには絵画や文学のイメージと結び付きながら、一定のパターンにしたがって描かれることで、それぞれの土地の持つ特質は文中から排除され、現実とは似て非なるイメージになっている。それは、「美しき町」において顕著に現れている。

(2)「美しき町」に描かれる水辺――「月かげ」と新宮の水辺の記憶

川崎とE氏は、司馬江漢の銅板画に暗示を得て、[15]〈美しい町〉の建設を中洲に決定する。

その時我々がそこ(註、中洲)へ行つて見た時にはただごみごみとしたとりとめもないうすら寒い気持ちの場所で、私はすぐがつかりして、彼(註、川崎)の意見を聞いたり私(註、画家)自らが述べたりするやうな気力はもう到底なかつた。(中略)/彼は我々の歩いて行く前方を指しながら言つた。「まあ、橋の上へ行って見ようよ。司馬江漢もきつとそこから写したものだらう。僕は、よくボートであの橋をくぐつたものさ。」(中略)結局、彼はそこがひどく、本当にひどく気に入つたといふので―実際、大橋の上から消えて行かうとする冬の入日のなかに、未だ何の形もないところの併しそれはどんな形ででもあり得るところの「美しい町」を、今目の下にある汚らしい灰黒色の屋根のかたまりと置き代へて考へた時には、私でさへ、どうやらそこが気に入つたやうに思ひ直せたほどである。

（『全集・佐藤』三巻、三九六頁）

引用した場面の年代は、明治四五年頃で[16]、時間帯は、午後三時頃から夕方にかけての中洲である[17]。まず登場人物たちは、日中に中洲を歩き、「ごみごみとしたとりとめもない」景観に失望している。そこで彼らは橋の上に移動し、時刻は夕方に移る。すると、彼らは日中には失望していたはずの中洲をひどく気に入り、夕方に橋の上から中州を見たときには〈美しい町〉と実際の中洲とを「置き代へて」眺める。つまり、日中から夕方にかけてという時間の推移と、至近距離から遠景へといった視点の移動によって、登場人物らの印象が変化し、実景としての中洲が、夕刻になって〈美しい町〉のイメージにふさわしい場所として捉えなおされていることがわかる。

また、物語の後半で川崎が作るミニチュアの〈美しい町〉は、次のように描かれる。

その卓上の紙の「美しい町」には、その家のなかにはそれぞれに一つ一つのかすかな光があつて、（中略）その窓といふ窓からこぼれ出す灯影は擦りガラスの鏡の静かな水の面におぼろにうつつた―（中略）たくさんの灯影はちようど水の面をかすめた時のやうに、細く、長く、そこに映し出されて居た。／（中略）彼は青く極くほのかな電球の光をそれらの屋根に浴びせた。

（『全集・佐藤』三巻、三九六頁）

川崎禎蔵は人工的に月夜の状態を作り、町の窓から漏れる光が水面に映る景色を作り出しており、町そのものではなく、水辺に映る町の景色が描写されている。それは、先に引用した、「美しい町」より先に発表されている「月かげ」にも類似した描写がみられる。「美しい町」と「月かげ」の描写を比較すると、月の光が家々を照らし、その影や灯が水面に映るイメージが強調されている点が共通しており、描かれる土地が異なるにもかかわらず、全体として類似した景色が描かれている。

「月かげ」は、春夫が「田園の憂鬱」の執筆に行き詰まった際に筆ならしに書いたものであるが、「月かげ」に描かれる水辺の景色は、春夫の故郷である紀州新宮がモデルとなっている【図1】[18]。そのため、〈美しい町〉の水辺のイメージには、「月かげ」のイメージが含みこまれる。その意味では、〈美しい町〉の水辺には、意識的にせよ無意識的にせよ、間接的に新宮の水辺のイメージが投影されているのではなかろうか。しかし、そうであるならば、なぜ「美しき町」では、隅田川の水辺を選んだのだろう。

明治末期、春夫は永井荷風と共に隅田川を眺め、後年、次のように回想している。

【図1】新宮市丹鶴城址（佐藤春夫の旧居の裏山）から見た2004年頃の熊野川、筆者撮影

或る晩秋の午後、授業代りに文科の各級十名あまり、これは明かに永井教授の同行で大川を一銭蒸気で千住大橋まで遡つて、蘆の枯葉の夕風にそよぐのや、水上の暮色に夕もやの間に下流の町の燈が点々とかがやき出し、川に映つて流れるのを見ながら帰つたのを忘れない。或いは荷風先生が「秋の別れ」を書くためにあんな風景を見に行く序に学生を誘つたのであつたかも知れない。[19]

これは、春夫が慶応予科の学生時代を回想したものである。この記憶が正しければ永井荷風が「秋の別れ」を執筆している時期で、明治四三年前後、つまり大逆事件の検挙が開始された頃の隅田川である【図2】。晩年にさしかかった春夫が、二度にわたって同様の回想を記述している（昭和二一年『青春期の自画像』）ところをみると、このときに荷風と眺めた隅田川が生涯にわたって強い印象を残していることがわかる。

当時の中洲の景観は、真砂座を中心に小花柳街が形成されて賑わい、隅田川には多くの渡し舟が浮かび、明治後半、東京の新たな名所として機能していた[20]。対岸には、工場が立ち並び、江戸を彷彿させる花柳界の建物とが混交し、新旧のイメージが錯綜する独特の景観を持つ場所であった【図3】。こうした明治後半の隅田川界隈のイメージは、永井荷風や小山内薫の作品にも反映されている[21]。

しかし春夫の回想では、当時の中洲の風俗的側面が排除されて、夕方の隅田川河岸の町の光が川面に映る様子に強い印象を抱いている。そのため、ここでも〈美しい町〉や「月かげ」の水辺と類似した景色となっている[22]。こうした描写上の共通点から、明治四三年頃の隅田川、新宮の水辺、〈美しい町〉のイメージには、何らかの関係性があるのではなかろうか。そこで、「美しい町」の時代設定でもある明治四五年三月、『スバル』誌上に掲載された、「夜毎わが心のうたふ歌」に注目したい。

わが魂はくもれる空なり。
わが心は霧に閉ざされたる市（まち）なり。

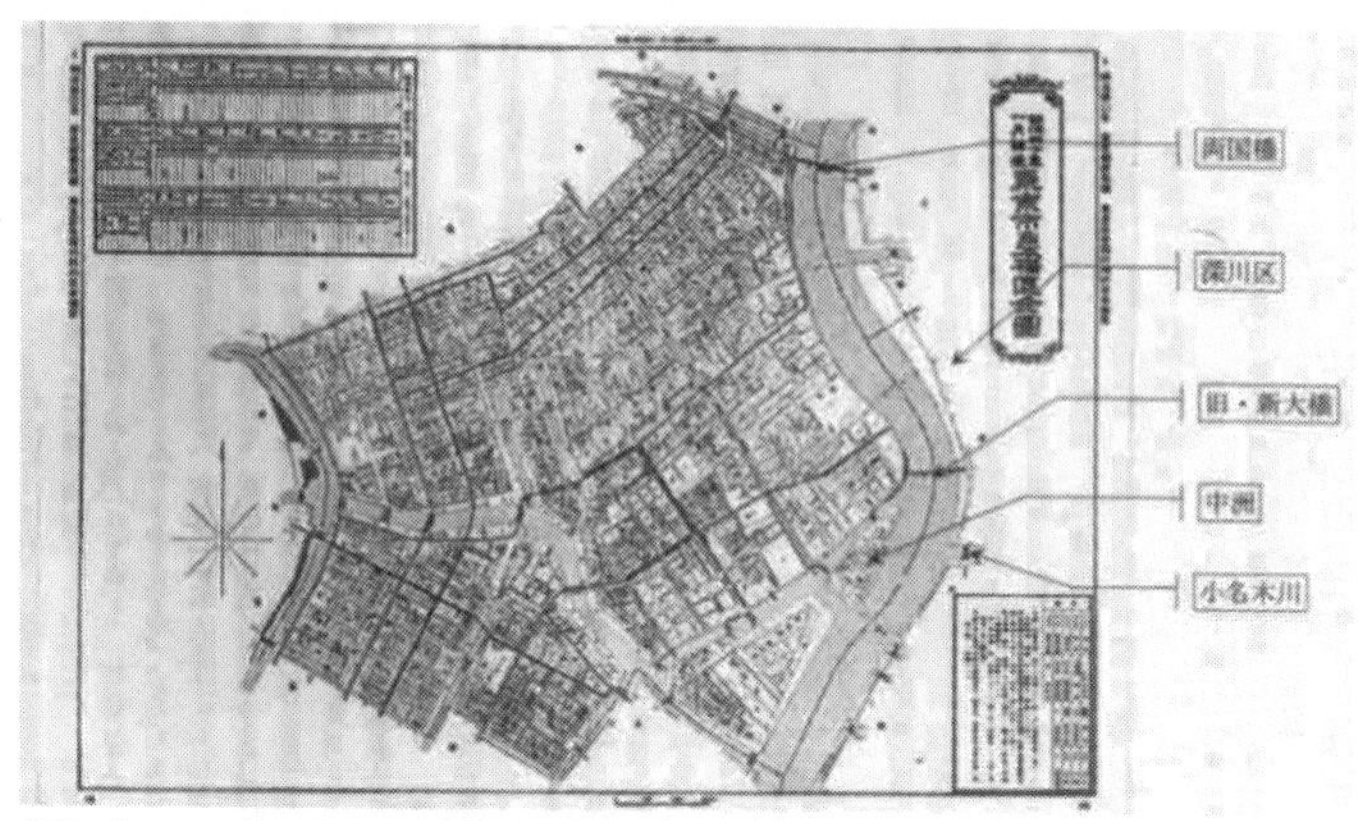

【図2】1907年頃の日本橋　東京都郵便局編『東京区分図』、指示線、筆者。引用は、『中央区沿革図衆［日本橋編］』（東京都中央区立京橋図書館、1995年、172-173頁）

【図3】『風俗画報』「新撰東京名所図会」明治30年代後半の中洲、画面中央が真砂座

みち潮のごときよろこびや、
月の出のごときかなしみや、
わが心望みてこれを得べからず。（中略）

わが愛は晝のともし灯なり
わが愁は流の上の水沫なり
わが償は風に対する吐息なり。（中略）

『人生の途半にして暗き森かげにわれ迷ひぬ。』　　（『全集・佐藤』二巻、一一七―一一八頁）

「わが心」を「市」に喩え、「かなしみ」（注、古語。心に染みとおる面白みや興のこと）は「月」、愛は「灯」、愁いは「水沫」に喩えられた上で、その人生を「暗き森かげ」に迷ったと詠っている。ここで注意したいのは、「市」「月」「灯」「水」というシンボルによって「わが心」が謳われていることである。つまり、この詩における「市」とは、「わが心」という一種の心象風景であることがわかる。

また、「市」「月」「灯」「水」は、先の水辺のパターンとも共通している。そのため、こうした水辺の景色が、春夫の何らかの内面を象徴する〈心象風景〉である可能性が高い。そうした心象風景が、明治四三年から四五年にかけての荷風と眺めた隅田川、そして、「月かげ」における新宮の水辺といったイメージの連鎖を生み、〈美しい町〉に至ったとしても不自然ではない。では、司馬江漢の銅版画との関係はどうなっているのだろうか。

(3) 隅田川の水辺――司馬江漢の二枚の銅版画における理想的風景

画家E氏は、「やがて生きた画であるところの『美しい町』になる」土地を捜し、都会を歩き回っていたある日、「日本橋O町のKといふ美術倶楽部」の展覧会で、「NAKASU」と題された司馬江漢の銅版画を目にする。

それは何でも銅版の上へ緑とオークルジヤンとを基調にしてあつさりと淡彩したもので、ところどころにあつたジヤンシトロン[23]はあまり淡いのでもう消え入りさうになつて居た。地平線を画面の三分の一よりもつと低く構図して、そこにはささやかな家並みがあり、あまり大きくない立樹があり、それに微細な草の生えて居る道の上には犬と幾人かの小さな人間とが歩いてゐた。確か、その極く小さな人間の衣物にはくつきりしたピンク色がぽつちりくつ附いてゐてエフイクテイブであつた。広い空には秋の静かな雲が斜に流れて居た。

(『全集・佐藤』三巻、三九四頁)

芳賀徹はこの描写について、「鋭敏な共感と観察をもって、そして美しい正確な言葉で、江漢の版画の基礎的特徴をとらえてしまった文章」と高く評価した上で、春夫は《三囲之景》（天明七［一七八七］年）、もしくは、《三囲景》（天明三［一七八三］年）か《不忍池》（天明四年）と《中洲夕涼》（天明四年）とをごっちゃにしているのではないかと推測している（芳賀・一九六八、一八九―一九〇頁）[24]。

江漢が描いた三囲の銅版画は、芳賀の指摘にもあるように、二種類存在する。一つ目は、天明三年に製作されたもので、眼鏡絵として日本で腐食銅版画をはじめて成功させた際のものである【図版4】。二つ目は、天明七年に製作され、ほぼ同じ場所を描いているが、天明三年のものよりも遠近法の技術が上達し、作品としての完成度が高い【図版5】。

《三囲之景》は、全体的に明るく淡い色彩を基調とし、地平線は画面三分の一より低い構図が取られ、遠近法によって空間的な奥行きと広がりが強調されている。青く霞んだ空は画面の三分の二を占め、雲が薄くたなびいている。その下には、隅田川が太くゆったりと流れ、屋形船や帆船が点々と浮かんでいる。さらに画面右には、筑波山が描かれ、そのまま地面に沿って前景に視線を移せば、茶屋のような家屋が並び、湯屋と思われる家屋からは煙があがっている。

また、画面左には、前景に水田。三囲神社の鳥居と参道を挟んで、遠景には空と川の青とは対照的に、うっすら桃色がかった畑が広がる。土手の前景には、顔が小さく全体的にほっそりしたシルエットの武士二名、その右隣には白い犬が描かれ、土手の道に沿って、老人や桃色の着物を

【図 4】《三囲景》1793［天明 3］年　紙本銅板筆彩　神戸市立博物館蔵

【図 5】司馬江漢《三囲之景》 天明 7 年　本間美術館蔵、筆者撮影

着た町娘二名などの人物が小さく点々と描かれている。この二名の町娘と、屋形船の中のピンク色の着物を身に着けた人物は、薄い色彩の画面全体を引き締める構図上の色彩的なポイントとなっている。

このように、《三囲之景》は、淡い色彩と静謐で伸びやかな隅田川、そして、小さな人物と家屋や船によって、どこかメルヘン的な味わいのする仕上がりになっている。一方、《三囲景》は、画面二分の一前後まで地平線が食い込み、川は円い水盤のようになっているため、春夫は、天明七年の《三囲之景》を念頭においていたと考えてよいだろう。

もう一つ、芳賀の指摘にあった《不忍之池》は、構図は地平線が三分の一程度にとられているものの、弁財天祠が画面の中心に位置し、春夫の描写とは一致しない。では、《中洲夕涼》はどうだろうか。

《中洲夕涼》【図版6】は、主題としては風俗的であるが、作品の仕上がりという表現様式から見ると随分異なったものとなっている。[25] 問題は、描かれている対象だけではなく、その対象がどのように描かれているかという点である。その点について詳述する前に、ここで、中洲の歴史と図像展開について確認しておこう。

寛永期、後年「中洲」と呼ばれる場所は、当時「三又」と呼ばれ、隅田川と箱崎川の分流地点に位置していた。だが、当時はまだ洲の状態であったため水害が多く、明和八［一七七一］年六月、埋築工事に着手し、安永四［一七七五］年、「三俣富永町」と命名される。ここに、江戸の

【図6】司馬江漢《中洲夕涼》天明7年　本間美術館蔵　筆者撮影

名所であり、「中洲」の俗称で親しまれる岡場所の原形が現われる。その後、中洲は、深川周辺の賑いを受けて繁栄し、江漢が銅版画を作成した天明期には大歓楽街と化していた。中洲には、茶屋や湯屋などが立ち並び、夜は花火が上がり、月観や納涼を楽しむ者たちが後を絶たず、昼夜を問わず弦歌が響き渡ったという。[26] ティモシー・クラークが、「安永・天明期の文化的興隆の象徴的現象」と見るように（クラーク・一九九二、七頁）、大都市江戸に興を添える中洲の光景は、文学や美術を生み出して行く母胎となった。[27]

中洲を描いた浮世絵（浮絵）については、クラーク論文に詳しいが、ここでいくつかの私見を加えつつ、中洲の図像イメージのポイントをおさえておきたい。

まず、初期の中洲の賑わいが描かれている

豊春の作例【図版7】では、前景の川には船がびっしりと描きこまれ、中景の河岸には茶屋などの家屋がところ狭しとひしめき合い、画面右上には大きく花火が描かれている。この点についてクラークは、「実景を描こうとする趣旨のものであることはまちがいないが、厳密にいうならば、実景らしくつくられたもの」であり、「図様をより面白いものにする」ために「隅田川畔の異なる地点の眺めを組み合わせたもの」で、西洋の遠近法に影響を受けたものではあるが不完全なものとしている（クラーク・一九九二、一二頁）。

次に、中期の中洲を描いた政美の作例【図版8】では、川にはいくつかの船、そして岸には家屋が立ち並び、画面二分の一を占める空には二筋の花火が描かれ、点々と光る星は、版木をくりぬくことで白く描かれている。この作品では、先の豊春のように、川幅が狭く、船がひしめきあう描き方ではなく、川幅が広く取られ、遠近法によって奥行きがあり、空間的に余裕のある仕上がりとなっている点が特徴のひとつとなっている。

ここで着目したいことは、これらの作例に共通するポイントとして、花火、家屋、船、が描かれている点である。とくに花火は、どの作例においても目立つように描かれていることから、中洲の歓楽街的な側面のシンボリックな表現であったと考えられる。中洲は【図2】の地図にもあるように、地形的に目立つ場所に位置していたので、花火を打ち上げると周囲を照らし出し、見栄えがし、絵師たちの目はすかさずそれを捉えたのであろう。では、江漢は中洲をどう描いたのだろうか。

【図 7】歌川豊春《浮絵　和国景夕涼中洲新地納涼之図》安永年間　大滝年美術館蔵

【図 8】北尾政美《浮絵　東都中洲夕涼之景》 天明年間　平木浮世絵財団蔵

江漢の《中洲夕涼》【図6】は、政美と同様に夜の中洲を描いている。提灯の薄い赤と川の青を基調とし、地平線と水平線が画面三分の一程度に取られ、川面には家屋や船の灯が映っている。画面三分の二を占める墨色の空には、薄い雲がたなびき、遠近法を用いながら、川には船がひしめき、岸には多くの家屋が立ち並ぶ様子が捉えられている。そして、家屋や船の中には、目を凝らさないと何をしているのか判別できないほど小さな人間たちが、細かく描き込まれている。構図的には政美のものと似ているが、何よりも異なる点は、光の描かれ方である。

政美は、星の光を白くくりぬいて表現していた。一方、江漢は、家屋や船から漏れる灯が川面に映り、川の小波に揺れる様子を、銅板を細かく削って手彩色をほどこすことによって表現している。そして、家屋の内部も船の内部も提灯の光の色が薄く塗られ、ぼんやりと朱を帯び、人々のざわめきが、提灯の光とそれを映す水のゆらめきの中に溶け合っているような仕上がりである。

また、江漢は、夜の中洲を主題としていながらも、花火を描き込んでいない。もし江漢が、中洲の歓楽街的な側面を主体として描こうとしたのならば、当然、花火は書き込まれてよかったはずである。まして、夜を描くのであれば、土地を明確に特定させるためにも、花火が必要であったと言えるだろう。それをあえて排除しているのは、作中に地名を書き込んで処理したためという理由もあろうが、川面に映る灯とその揺らめきを描こうという意図があったのではなかろうか。花火があがれば、あたり一面は光に満たされるので、家屋や船から漏れる灯や、それを映す川面は描きにくくなるためであろう。

つまり、《中洲夕涼》は、露骨な歓楽街を暗示するモチーフを強調するというよりも、光と水が織り成す視覚的効果によって、風景全体が醸す夜景の雰囲気を、一枚の銅版画の中に表現しようとしたと考えられる。その点は、〈美しい町〉の描写と共通する表現様式である。そこで再び、先に引用した川崎がミニチュアの〈美しい町〉を作る場面を確認すると、

その卓上の紙の「美しい町」には、その家のなかにはそれぞれに一つ一つのかすかな光があつて、（中略）その窓といふ窓からこぼれ出す灯影は擦りガラスの鏡の静かな水の面におぼろにうつつた——（中略）たくさんの灯影はちようど水の面をかすめた時のやうに、細く、長く、そこに映し出されて居た。（改行、中略）彼は青く極くほのかな電球の光をそれらの屋根に浴びせた。私たち三人が肩を並べて、その月の光の中の町を見下ろした時に

（『全集・佐藤』三巻、四〇一頁）

川崎は、人工的に夜の状態を作り、町の窓から漏れる光が水面に映るというイメージを意図的に作り出し、青白い電灯をあてて、明暗の変化を演出している。こうした作業によって、実景が抽象化され、河岸の家から漏れる光と、それが映る水面とのコントラストや月の微細な光などによって浮かび上がる町のイメージが描き出されている。つまり、景観の抽象化と美化によって、

中洲が持っているはずの、歓楽街のイメージは完全に無視され[28]、実景とは切り離された〈美しい町〉のイメージが描かれている。それは、電灯などの近代的な機器が使用されているものの、その表現様式は、《中洲夕涼》と共通している[29]。そのようにみるならば、《三囲之景》だけでなく《中洲夕涼》を対峙させることで、この場面での描写は、江漢の表現様式を新しく再構築する効果をもつことが見えてくるのである。ではなぜ、作品舞台は、三囲ではなく中洲が選ばれたのだろうか。

(4) 三囲の図像的系譜

三囲は、もともと、中洲ほど風俗的な場ではなかったが、位置的に吉原に近いことから、三囲神社付近に渡し舟が船舶し、この神社は向島と吉原とを結ぶ中継地点であった【図9】。江戸の都市文化が、独自の成熟を見るのは享保(一八世紀半ば)以後のことであり、狂歌や洒落本、浮世絵などが花開いたが、三囲が多くの芸術作品に取り込まれる契機となったのは、宝井其角が、元禄六[一六九三]年に三囲神社で農民に代わって雨乞いの句を詠み[30]、翌日、本当に雨が降ったことから、次第に有名になったためである。また、『江戸名所花暦』(文政十[一八二七]年)にも紹介される花や雪の名所で、隅田の土手沿いにある石の鳥居は、次第に三囲神社のシンボル的意味合いを帯び【図10】、浮世絵にもよく描かれ、川柳の題材にもなった。

こうして、三囲神社は、江戸の都市文化の発展とともに、吉原の賑わいと比例して、その地理

【図 9】2004 年頃の向島付近。桜橋から見た、隅田川。画面の左下のあたりが三囲神社。筆者撮影

【図 10】2004 年頃の三囲神社の鳥居。筆者撮影

【図 11】喜多川歌麿　《三囲神社の御開帳》寛政年間　メトロポリタン美術館

【図 12】歌川豊国《三囲社美人俳優図》文政年間　東京国立博物館蔵

関係から向島にある行楽地、あるいは名所として発展する。さらにそれは、明治期に入ると、幸田露伴や永井荷風の作品の中で、懐古的に描きこまれて行く。このように、三囲は、中洲とは性質が異なるものの、江戸文化を象徴するスポットの一つであった。(31)そこで、三囲を描いた浮世絵の作例を提示してみたい。

三囲神社の描かれ方は、大まかに二つの類型がある。第一の類型としては、【図版11】【図版12】に示した、吉原へ向かう文人墨客、遊女、町民の集う三囲神社である。図版から明らかなように、遊女や町民などが、鳥居と共に描かれており、歌麿の作例では、三囲を示す鳥居が背後に描きこまれている。この鳥居は、【図版6】から【図版9】に共通して描かれており、三囲のシンボルとして、地理的な位置を、見る者に理解させるための役目も担っている。つまり、これらの類型は、江戸文化の一側面を風俗的に描いている作品群なのである。そして、第二の類型は、遠近表現による理想的な風景の中での三囲神社である。

まず、豊広【図版13】や広重【図版14】の作例に見られるように、両者は、雪の中の三囲神社を、遠近表現による奥行きと広がりをもたせながら、隅田川沿岸と土手、そして三囲のシンボルである鳥居を描いている。これを、類型一の風俗的な作例と比較してみると、名所としての特色を引き出し、それらをコンパクトにまとめた、風光明媚な理想的空間を表現していることがわかる。それは、この両作品が、名所絵の中の一枚であることからも、その必要があったと言えよう。

こうした類型上の特徴から江漢の《三囲之景》を見た場合、二番目の類型に属す作品であることがわかる。ただし、江漢の場合は、構図的にはこれらの浮世絵に属しつつも、先ほど確認したように、遠近法が巧みに生かされて、牧歌的で伸びやかな空間表現となっており、作品の中に地名や鳥居が書きこまれている点を除けば、風俗的な場所としての側面が全て排除されている。そのため、上部の地名が無ければ場所の特定さえ危ぶまれるほど、名所としてのシンボルである鳥居さえも空間の中に溶け込ませた、和洋の調和した幻想的な風景になっているのである。春夫が

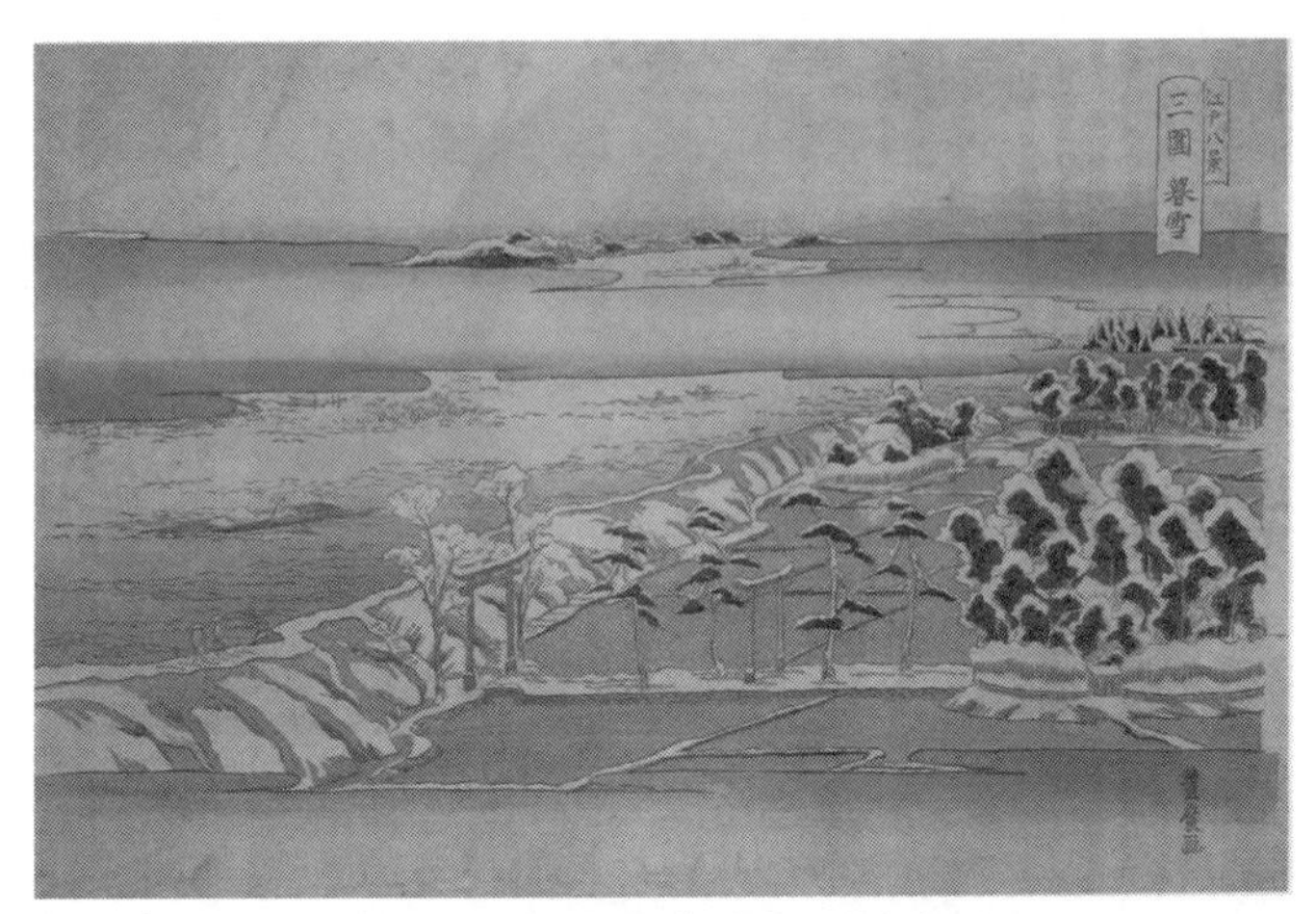

【図 13】歌川豊広《江戸八景三囲暮雪》享和―文化年間

【図 14】歌川広重《三囲暮雪》天保後期

江漢に着目し、《三囲之景》を「NAKASU」に変更し、《中洲夕涼》を想定しながら〈美しい町〉のミニチュアを描写したのは、夜の川と建物の灯が織り成す、幻想的で理想的な空間表現に、芸術家としての「共感」を覚えたからであろう。

また、川崎の考える〈美しい町〉が「町中になければならない」とされていることを想起するなら、三囲の風景画的系譜を引く《三囲之景》は、その土地の性質からしても「町中」ではない。くわえて、明治から大正にかけての三囲は、江戸文化に親しみを持つ荷風や露伴において は回顧的なスポットして描かれるが、実際は寂れてしまい、忘れられつつあった土地である。そのため、川崎の考える〈美しい町〉にふさわしいのは、三囲ではなく中洲でなければならなかったのである。また、〈美しい町〉が東京の「町中」に構想される以上、東京とは別個の、もう一つの〈都市計画〉でなければならない。そのため、江戸期の都市計画のモデルとして、田園が多く牧歌的な三囲よりも、中洲の方が、地理的にも相応しい場所である。さらに、色彩や構図という観点から見れば、江漢の《三囲之景》に見られる伸びやかで穏やかな空間表現が、〈美しい町〉の先駆的イメージとしてふさわしいため、春夫は、大胆に江漢の作品名そのものを変更したと考えられる。

芳賀徹は、「明治以後の日本文学の作品に、画人江漢当人でもその作品でも登場した例は、私は寡聞にして他に例を知らない」と述べ、荷風も木下杢太郎も江漢までは遡っていないと指摘しているが（芳賀・一九六八、一八九）、なぜ春夫は、大正八年という時期に、あえて江漢に着目し、その作品を「美しき町」に挿入したのだろうか。

(5) 前近代の美的イメージとしての司馬江漢

一九一七［大正六］年三月、国民美術協会主催の「西洋の影響をうけたる日本版画」展が上野竹ノ台陳列館で開催された。「美しい町」が『改造』誌上に掲載される、わずか二年前のことである。この展覧会は、石井柏亭が中心となったもので、西洋の遠近法が取り入れられた浮世絵や洋風画などを展示している。おそらくヨーロッパのジャポニスムからの影響を受けて、日本における版画の美術的価値の見直しを促したものであろう。[32] 柏亭と交流のあった春夫は、この展覧会に足を運び、出品されていた江漢《三囲之景》と《中洲夕涼》を目にしたと推測される【図15】。

石井柏亭は、第一章で触れたように、明治四三年に与謝野寛ら新詩社の一行と共に新宮を訪問し、春夫が前座をして中学校停学処分を受けたとき、「裸体画論」の題で講演している。春夫はこの時、柏亭から絵のてほどきを受けた。柏亭は大石誠之助の甥である西村伊作と親しく、大正期には西村邸に頻繁に出入りし、伊作の家族を油彩画にしている。そうした関係から、春夫と柏亭との関係も継続していたと考えられる。また、明治期には江漢に注目が集まるが、それは北原白秋が《御茶ノ水景》を所持していたことや、白秋の詩集『思ひ出』（明治四四年、東雲堂書店）の挿絵に使用されたことからもわかるように、柏亭も中心人物となっていた〈パンの会〉の周辺にいた人々が江漢の芸術を再評価したためである。こうした事情を視野に入れると、E氏が「美

西洋の影響を受けたる
日本版畫
附
第五回
國民美術協會
特別陳列目錄
大正六年二月

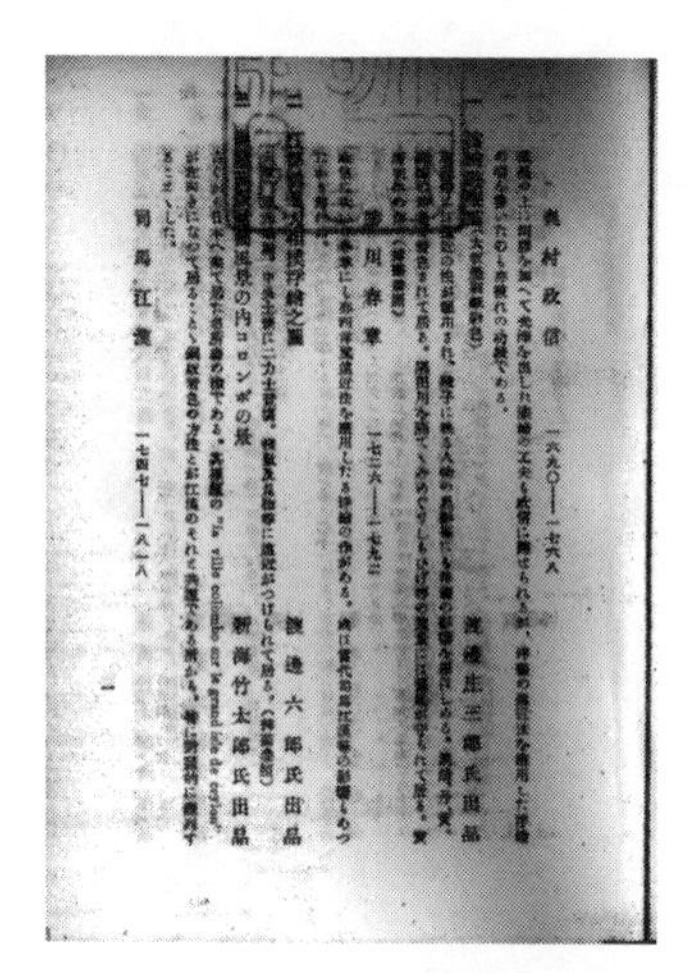
奥村政信　一六九〇―一七六八
河鍋庄三郎氏出品
司馬江漢　一七四七―一八一八

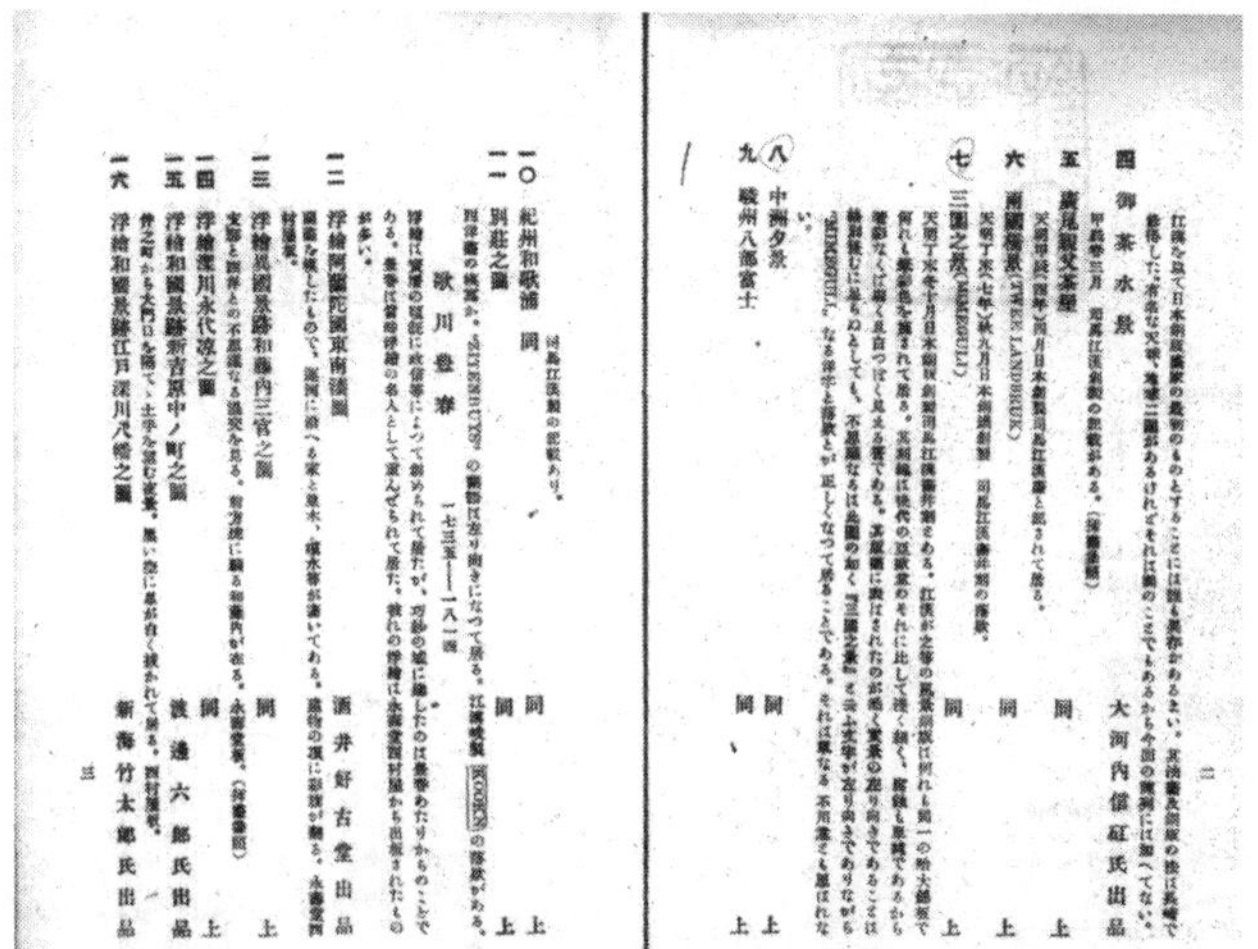
七　三囲之景
八　中洲夕涼
九　駿州八部富士
一〇　紀州和歌浦　同　上
一一　別荘之図　同　上
歌川豊春　一七三五―一八一四
一二　浮絵阿蘭陀国東南湊図　酒井好古堂出品
一三　浮絵異国景跡和藤内三官之図　同　上
一四　浮絵深川永代涼之図　同　上
一五　浮絵和国景跡新吉原中ノ町之図　渡辺六郎氏出品
一六　浮絵和国景跡江戸深川八幡之図　新海竹太郎氏出品

【図 15】『西洋の影響を受けたる日本版画』出品目録　1917［大正 6］年 3 月、国民美術協会主催
左上：中扉。右上、下：司馬江漢の作品一覧。この目録から、《三囲の景》と《中洲夕涼》が出品されていることがわかる。また、晴夫の郷里である和歌山県に関連のある、《紀州和歌浦》が出品されている点も注目される。

術倶楽部」の展覧会で江漢を目にしたという設定は、春夫が「西洋の影響を受けたる日本版画」展に足を運び、そこで雑誌や本の図版ではなく実際の作品を見て、その記憶をたよりに〈美しい町〉のイメージを膨らませたのではなかろうか。それは、芳賀も指摘するように、「美しき町」の中の江漢の描写が正確であることからも、図版ではなく、作品を実際に目にしたことが裏づけられる。

しかし、ここで注意しておきたいことは、《三囲之景》は、あくまで、明治以前（＝前近代）に描かれた〈美しい町〉の先駆的イメージとして、作品内に挿入されていることである。

> 彼（注・川崎禎蔵）はまた司馬江漢の例の画を、それは我々の企てに一つの暗示と決定とを与へた記念物として、また我々の町、「美しい町」がより古い時代にどんな場所であつたかといふことが人々に知られるためにも、それが手に入るものならば手に入れたいと言つた——（『全集・佐藤』三巻）

江漢の銅版画は〈美しい町〉のイメージに「暗示と決定を与へた記念物」であると同時に、『美しい町』がより古い時代にどんな場所であつたか」を示すものである。つまり、〈美しい町〉と江漢の銅版画との関係には、過去と現在という時代的な隔たりが意識されている。先行研究では、〈美しい町〉のイメージと江漢の銅版画を同一レベルにおいて論じられることが多かったが、時代的な隔たりは「美しき町」を分析する上で重要なポイントである。なぜなら、川崎が構想する町が、明治期の「東京の市中」なければならず、「百年」くらいは継続してほしいと考えられている以上は、江漢の銅版画を超えた〈美しい町〉がイメージされなければならないためである。では、三人の登場人物たちの時代における〈美しい町〉がどのように描かれるのか、もう一歩踏み込んで考察しよう。

第三節　〈精神〉としてのユートピア

(1)　実体のない美的空間

「美しき町」には、実在する芸術家（文学者・画家など）の名前や作品がいくつか登場する。文学系ではゲーテ『ファウスト』(*Faust*, 1808, 1833.) からの引用とノヴァーリス『青い花』(*Heinrich von Ofterdingen*, 1801.)。文学系以外では、先の司馬江漢の銅版画《三囲之景》（天明七年）、ホイッスラー（James McNeil Whistler, 1834-1930.）と冒頭で触れたモリス（William Morris, 1834-1896.）である。

ゲーテやノヴァーリスは、川崎の話の中で彼の教養の範囲で挿入されている。しかし、江漢は江戸期の〈美しい町〉のモデルとして、そしてホイッスラー、モリスは、川崎の趣味・嗜好というレベルで挿入されている。ここで、〈美しい町〉計画が川崎から提案されていることを想起すると、教養レベルで挿入されているゲーテやノヴァーリスよりも〈美しい町〉のモデルとしての江漢や、川崎が嗜好するホイッスラー、モリスといった芸術家たちは、より〈美しい町〉のイメージとの関連性が深いと考えられる。

イギリスで活動したアメリカ出身の画家であるホイッスラーは、川崎が激賞している画家という設定で、名前のみが登場している。詩人、工芸家、社会主義者であるモリスは、ホイッスラーと同時期に活躍している人物だが、その著書『ユートピア便り』（*News from Nowhere,* 1890.）が川崎の愛読書として登場している。

『ユートピア便り』と「美しき町」との関連性については、これまでも言及されてきた。しかし、ホイッスラーに関して詳しく触れたものはない。それは、ホイッスラーの場合はモリスと異なり、具体的な作品名が挿入されておらず、作品との関連性が不透明であるという点による。しかし、ホイッスラーとモリスがほぼ同時期にイギリスで活動していたことや、ホイッスラーもモリスもジャポニスムから影響を受けた芸術家であったこと、そして、ホイッスラーは都市の景観や川辺の夜景を独特の筆致で描き、モリスは未来のユートピアをテムズ川沿いに構想した点を考慮するなら、こうした固有名詞の挿入は、両芸術家の作風やその文化的背景を考慮した上で、一定の美的感興を読者に喚起させるために配置されていると考えられる。特にホイッスラーに関しては「西班牙犬の家」（大正六年一月『星座』）や「厭世家の誕生日」（大正一二年六月『婦人公論』）、「南方紀行」（大正一一年四月　新潮社）の中でも、その名が見られるが、モリスが作品中に表れるのは「美しき町」以後、高村光太郎の妻・智恵子について戦後に書かれた『小説　智恵子抄』（明治三七年、実業之日本社）のみである。そのため、モリスとの関連以上にホイッスラーとの関係について踏み込んで考察する必要がある。

先の司馬江漢は、江戸末期の隅田川界隈の文化的背景を視野に入れつつ、《三囲之景》が、〈美しい町〉の前近代のモデルとして発見された。その点は、一〇〇棟の家を建設するという都市計画に参加した老建築家が、開化の時代から取り残され、趣味的に設計しておいた住宅設計の何棟かが採用されたことと呼応し、江戸から明治へという時代における水辺の都市空間を、絵画的な美の残像の中で逆説的に考証する意図が隠されていると解釈できる。つまり、江漢《三囲之景》の出現によって暗示された〈美しい町〉のモデルは、登場人物と呼応することで、江戸から明治という過渡期の都市空間の美的イメージを作品内で再構成する機能を果たしているのである。こうした呼応関係は、ホイッスラーやモリスについても、同様の配慮があるのではなかろうか。

（２）ホイッスラーの芸術論との関係

「美しき町」の導入部分では、E氏のもとにテオドル・ブレンタノと名乗る人物から不可解なハガキが届く。E氏はハガキの指示にしたがって、日が傾いてからホテルへ向かう。その場面では、「五時になるともう暗くなつて、街は灯のある夜の街となつた」と記述され、夜の街を背景としてE氏の物語は幕を開ける。

ホテルに到着したE氏は、机に置かれた建築関係の書物を見てから、自身の絵画作品である《都会の憂鬱》が壁に飾られていることに気が付く。(33) 思いがけない場所で自身の作品に遭遇したE氏は、驚きながら作品の批評をしているうちに、テオドル・ブレンタノが登場する。そこでE氏は、テオドル・ブレンタノが旧友川崎禎蔵であることを知り、《都会の憂鬱》を購入したのも川崎であることが明らかになる。そして川崎は、E氏の作品を「君、あれは仲々いいところがある」と評価し、二人は、再会の感慨に耽るでもなく、思い出話をするでもなく。美術上の話へと移行してゆく。

彼が私の画に就いて述べたところから推して見て、なる程それは全然アマチユアが知つたかぶりをするのではなさそうに思へた。彼は、私の異論があつたにもめげずに自信をもつて、ホヰスラアを激賞した。

(『全集・佐藤』三巻、三八九頁)

ここでホイッスラーの名前が登場し、「さういふ風に我々が芸術上の話をしてゐるうちに」、川崎の話は「或る不思議な、さうして最も愉快な企て」である〈美しい町〉計画へと移行する。そして、川崎の話が、具体的な数字上の問題へ進むと、E氏は夢見心地になり、〈美しい町〉の漠としたイメージがE氏の目前に朧に浮かび上がる。

私はただぼんやりとなつて、その代りには彼が今数字でさうしてゐるよりももつと面白く今のさつき描いて見せたあの美しい町の姿が、私のくゆらせている香のいい葉巻、それは彼が私にすすめた葉巻のその紫色に渦を巻く重い香のある煙のなかにちらちらと私に見えて来るやうに思へた。

（『全集・佐藤』三巻、三九二―三九三頁）

紫色の煙の中に見え隠れする〈美しい町〉のイメージは、E氏が川崎に自動車で家まで送ってもらう次の場面で、さらに抽象化される。

自動車のなかでは、彼は喋りくたびれたのでもあらう、今のさつきまでとは打つて変つた態度になつて、彼は殆ど始終深く沈黙してゐた。さうしてそれは彼ばかりではなく長い夜の町も、彼そのものも……。外には街燈と並樹とがあつて、ふと私はどこだか知らないところを通つて、そのどこにも無い「美しい町」の方へ急いでゐるやうな気がした。

（『全集・佐藤』三巻、三九三頁）

E氏と川崎の再会は、芸術上の話と〈美しい町〉計画の話からはじまり、〈美しい町〉の抽象的なイメージのみが「紫に渦を巻く重い香のある煙」に取り巻かれ、「長い夜の町」の中で「深く沈黙」することで幕を閉じる。そこで注目したいことは、〈美しい町〉のイメージが、E氏の夢見心地な視点を通して、「煙」と「夜」に朧に浮かび上がる、「どこだか知らない」場所にある、不特定で抽象的、そして静謐な美的世界として描かれていることである。それは、霧に咽ぶ夜のテムズ川の都市空間を美的に描いた、ホイッスラーにも呼応する、都市空間を美的に再構成する視線であり、実景を〈美しい町〉と交錯させるための伏線のような効果があると考えられる。[34]

ホイッスラーは、オスカー・ワイルドの友人で、ラスキンとの裁判で知られる当時の前衛的な画家である。ラスキン裁判についてはリンダ・メリルの研究に詳しいが（Linda Merrill, *A Pot of Paint— Aesthetics on Trial in Whistler v. Ruskin*, Smithsonian Institution Press, 1992.）、ホイッスラーの芸術を知る上で重要な裁判なので簡単に要約すると、一八七七年にロンドンのグローヴナー・ギャラリーにホイッスラーが二〇〇ギニーの値段で出品した《黒と金色のノクターン―落下する花火》（*Nocturne in Black and Gold: The Falling Rocket*, 1875.）【図版16】についてラスキンが「公衆の面前にインク壺をぶちまけただけの作品」と酷評し、二〇〇ギニーという値段をつけるのは詐欺まがいだと述べ、[35]それに激怒したホイッスラーが名誉毀損で訴訟を起こした。裁判は一八七八年一一月二五日から二日間にわたって開かれ、裁判での弁論や質疑応答は当時の新聞でも報じられた。法廷では、ホイッスラー側の弁護士であるペセラムが、「ノクターン」という言葉の意味についてたずねると、ホイッスラーは、ノクターンという語を使用することで作品から外部的な物語的関心をすべて取り除き、一つの美術的な関心のみを示そうとしたと述べ、ノクターンとは、線、形、色彩のアレンジメントであると答えている。[36] さらにラスキン側の弁護士であるホルカーが《黒と金色のノクターン》の主題についてクレマーン・ガーデンズから見た風景ではないかと質問すると、ホイッスラーは『クレマーンからの風景』と題すると見る人を失望させるだけなので、この作品を一つの美術的なアレンジメントとしたいために、ノクターンと呼んだと答えている。[37] クレマーンは風紀が乱れた歓楽街であるが、ホルカーは、ホイッスラーの作品がそうした場所に題材をとることで公衆に悪影響を与え得ると指摘したかったのであろう。いずれにせよ、ホイッスラーは、実景としてのクレマーンの猥雑さを作品から切り離すために、作品名に音楽用語であり美術用語でもある「ノクターン」の語を用いたことがわかる。そこで、もう少しホイッスラーの作品について触れておきたい。

【図16】*Nocturne in Black and Gold: The Falling Rocket,* 1875. oil, canvas, The Detroit Institute of Arts.

　ホイッスラーの作品は、川辺の景観を抽象的に描いたものが多く、輪郭が不明瞭で、土地を確定しにくいことが特徴として挙げられる【図版17】。また、夜の川辺を描く際は、町の灯が川面に映る様子が書き込まれており【図版18】、絵画と文学という違いはあるものの、「美し

【図 17】*Nocturne Blue and Silver : Chelsea* 1871, oil, canvas, Tate Gallery.

き町」の描写と共通する表現様式である。

　ホイッスラーのこうした表現については、一八八五年二月二〇日にロンドンのプリンシズ・ホールでの講演をまとめた「十時」（*Ten O'clock*, 1885.）の中で、テムズ川附近の夜の霧は、都市の薄汚い建物や、倉庫や工場の煙突などを包み込み、都市空間を詩的に変貌させ、煙突は鐘楼に、倉庫は宮殿になると述べ、さらに昼の汚らしい都市空間は、夜の間だけ非現実的なおとぎの国になり、夜の闇と霧が都市の輪郭を抽象化し画家の美的なイマジネーションをかきたてる幻想空間が生まれるといった主張に結晶している[38]。また、「赤い布」（*The Red Rag*, 1878.）の中でも、絵画の価値について、

【図18】*Nocturne Grey and Gold : Westminster Bridge* 1871-2, oil, canvas, Tate Burrell Collection.

音楽が音の詩であり、絵画は視覚の詩であるとし、絵画はそれ自身の価値を持つべきであり、ドラマや伝説あるいは場所的な興味に頼るべきではなく、その主題は、音あるいは色彩のハーモニーと何の関係もない、と主張しており[39]、裁判での弁論にあった〈物語から作品を切り離す〉という考え方が深化していることがわかる。さらに、芸術は、あらゆるまがい物から独立していなければならず、献身、哀れみ、愛、愛国心といった、芸術とはまったく関係のない感情と混同させることなく、目または耳の芸術的な感覚に訴えなければならない。それが作品を「アレンジメント」と「ハーモニー」と呼ぶと言ってゆずらない理由だと強調している[40]。つまり、ホイッスラーの意図は、土地に付随する、あらゆる〈物語〉から芸術作品を切り離すことにあった。それは、「美しき町」で、歓楽街であった中洲を実景から切り離していることにも通じる表現である。

また、裁判でホルカーは《黒と金のノクターン》に二〇〇ギニーという値段をつけるのは妥当か否かということを問題にした上で、作品の製作時間について尋ねると、ホイッスラーは二日ぐらいと答える。これに対してホルカーが二日の労働に二〇〇ギニーを求めることに疑義を表明すると、ホイッスラーは、生涯にわたる仕事の中で得た知識に対して、それを求めるのだと主張している。[41] つまり、金銭は単に労働に対してのみ支払われるべきものではなく、生涯の知的活動においても支払われるべきであるとホイッスラーは考えているのである。それは、「美しき町」の中で川崎が提示する、金銭のための労働ではなく、自分の選んだ仕事によって金銭を得るといった考えにも通底する。

以上、ラスキン裁判を軸としてホイッスラーの芸術論を概観したが、裁判は結果としてホイッスラーが勝訴するものの、莫大な裁判費用がかかったためホイッスラーは破産に追い込まれる。しかし、ホイッスラーの主張は、荻野昌利も指摘するとおり、ロイヤル・アカデミーの伝統的な価値観を引きずる当時の美術界においては、印象派ともラファエル前派とも一線を画した先駆的かつ革命的な主張であり、それゆえに、ラスキンはホイッスラーの新しさを理解できなかった。[42] その意味で、当時の美術界で重鎮だったラスキンに対して真っ向から挑戦状を叩きつけたホイッスラーの行為は、結果的に破産に追い込まれたとしても、荻野の指摘する名実を得るという目的以上に自身の芸術上の信念のために闘った勇敢な行為であったと言えよう。それは、川崎が全財産をはたいて、実現しない〈美しい町〉計画のパトロンとなっていたことをも髣髴させる。
また、「美しき町」におけるホイッスラーの芸術論からの影響は、次のような場面にも見られる。

一つ新聞に広告をして「美しい町」の家の一つ一つを設計する建築技師を雇ひ入れようとも（川崎は）言つた。彼自身のことをその「美しい町」の作曲者であると言ひ、私（E氏）のことをそれの指揮者であると言ひ、今雇ひ入れなければならない技師といふのはその「美しい町」、美しい家から成り立つオオケストラに於て、その一つ一つの弾奏者であるとも言つた。
（『全集・佐藤』三巻、三九六―三九七頁）

ここでは、川崎とE氏、これから雇い入れる建築技師の三人が、それぞれが「オオケストラ」の一員として「美しい町」という一つの音楽的な調和を持つ美的空間をイメージしていることがわかる。また春夫は「美しき町」を発表した大正八年頃に、音楽用語を用いた作品評論や音楽と小説作品を結び付けるような言及が多く、[43]春夫がホイッスラーの芸術論を文学で行おうとしていたことがわかる。それは、「美しき町」が発表される直前に書かれた「音楽的な作品、芸術の宗教的な意義」（大正八年三月『雄弁』）で、次のように述べていることによっても裏付けされるだろう。

例へば、音楽には或心持がある許りで、別段何も理知的なテーマと云ふ様なものはなささうに思ふ。然し、矢張り立派に芸術として人の心を動かして居る。／私は其の音楽の様な意味がなくつて心持だけある作品を作つて見度いとよく思ふ。それには矢張り音楽が一番いいのであらう。けれども自分は音楽のことは解らない。だから文学でやつて見るより仕方がない。若し画で描くとすれば、唐草模様などは、最も適当に心持を一つの形に見せる事に適当して居る様に思ふ。

（『全集・佐藤』一九巻、八七頁）

春夫は小説において音楽のような「理知的なテーマと云ふ様なもの」はなく「意味がなくつて心持だけある」作品を目指している。それは、ホイッスラーの主張に呼応する姿勢である。春夫は文学者になる前に画家を目指していた時期もあり、石井柏亭から絵画の手ほどきも受けたことがあるため、ホイッスラーの芸術論についての知識に欠けていたということはないだろう。[44]

以上の考察から明らかなように、一見すると気まぐれに挿入されたように見えるホイッスラーという固有名詞は、作品内で実景を〈美しい町〉と交錯させるための伏線のような効果があるだけでなく、ホイッスラーの芸術論や作品との深い交響性の中から挿入された名前であったと考えられる。しかしそれは、ホイッスラーの作風や活動を知らない読者には全く伏線にもならない上、

「美しき町」が孕んでいる芸術論も見えてこないわけだが、「作品を通じて同意し合ふことの出来る或るものを持つてゐるところの人」、「芸術上の同感」によって理解し合えるような[45]、共通の美的感性を持つ読者にならば、理解される伏線であり、芸術論である。その意味で、一読しただけでは、何気なく挿入されているようにしか見えない固有名詞は、装飾的な効果よりも、読者を選別する機能がある。それは、春夫の創作上の態度であり、〈美しい町〉計画の孕む排他性でもあるのだろう。

また、人物設定という視点から見た場合も、ホイッスラーと川崎には若干の共通項が存在する。川崎は、日本人とアメリカ人との混血という設定で、異なる国の文化的背景を背負っている。その点については、ホイッスラーも、ロンドンとフランスを拠点に活動したアメリカ人であり、日本美術の影響を受けた画家であった。その意味ではホイッスラーも川崎と同様に、異なる国の文化的背景を背負って活動をした人物である。また、両者のこうした共通項は、日本の風景を、ヨーロッパ絵画の手法に倣って描いたという点において、洋風画家の司馬江漢とも呼応している。つまり、ホイッスラー、川崎、江漢は、その生い立ちや作品において、異文化を越境する芸術家たちという点で共通している。そうした実在する芸術家たちを物語と呼応させながら町のイメージを朧に浮かび上がらせることで、〈美しい町〉は江漢の銅版画を超え出て現実の中に投影されるのだ。その意味で〈美しい町〉は、春夫の芸術観のシンボルであると同時に、現実を批判的に捉えるための一つの視点でもある。しかし、ここで注意したいことは、冒頭で触れたように、作品が孕む時代批評的な側面である。

（3）大正八年前後と佐藤春夫の立場

「美しい町」が発表された大正八［一九一九］年前後は、デモクラシー運動の最盛期にあたり、現実の中に理想的な村を作ろうとするユートピア志向が盛りあがった。その一方で、大杉栄が、「世間もいよいよ面白そうだし、したがって社もますます忙しくなりそうなので、（中略）世間を騒がすのには決して事を欠きませぬ」[46]と述べ、山川均が「労働争議の激増したのもこの時期であり、組合運動の勃興を見たのもこの時期であり、新興階級の社会的な運動が、初めて真実に吾が国の土壌に根を張りかけたのもこの時期であった」[47]と回想しているように、大正七年の米騒動以後、活発化した労働運動と階級問題、そして、大逆事件以後潜伏を余儀なくされていた社会主義者が再び活動を開始した時期にあたる。それに伴い、社会変革・社会改造が叫ばれ、大逆事件前後から強化されていた思想言論弾圧が、一時的に緩んだ時期でもあった。「美しき町」が発表された雑誌『改造』は、こうした動きに敏感に反応して創刊された。

「美しき町」が掲載された前後の『改造』では、「労働問題批判・社会主義批判」（七月号）、「資本主義征服号・暴利の制限資本主義打破」（八月号）、「労働組合同盟罷工研究号・新聞職工の罷業同盟休刊の批判」（発売禁止）（九月号）、「社会主義研究」（一〇月号）、「労働組合公認論生活現状打破号」（一一月号）、「階級闘争号」（一二月号）といった特集が組まれている【図19】。これら

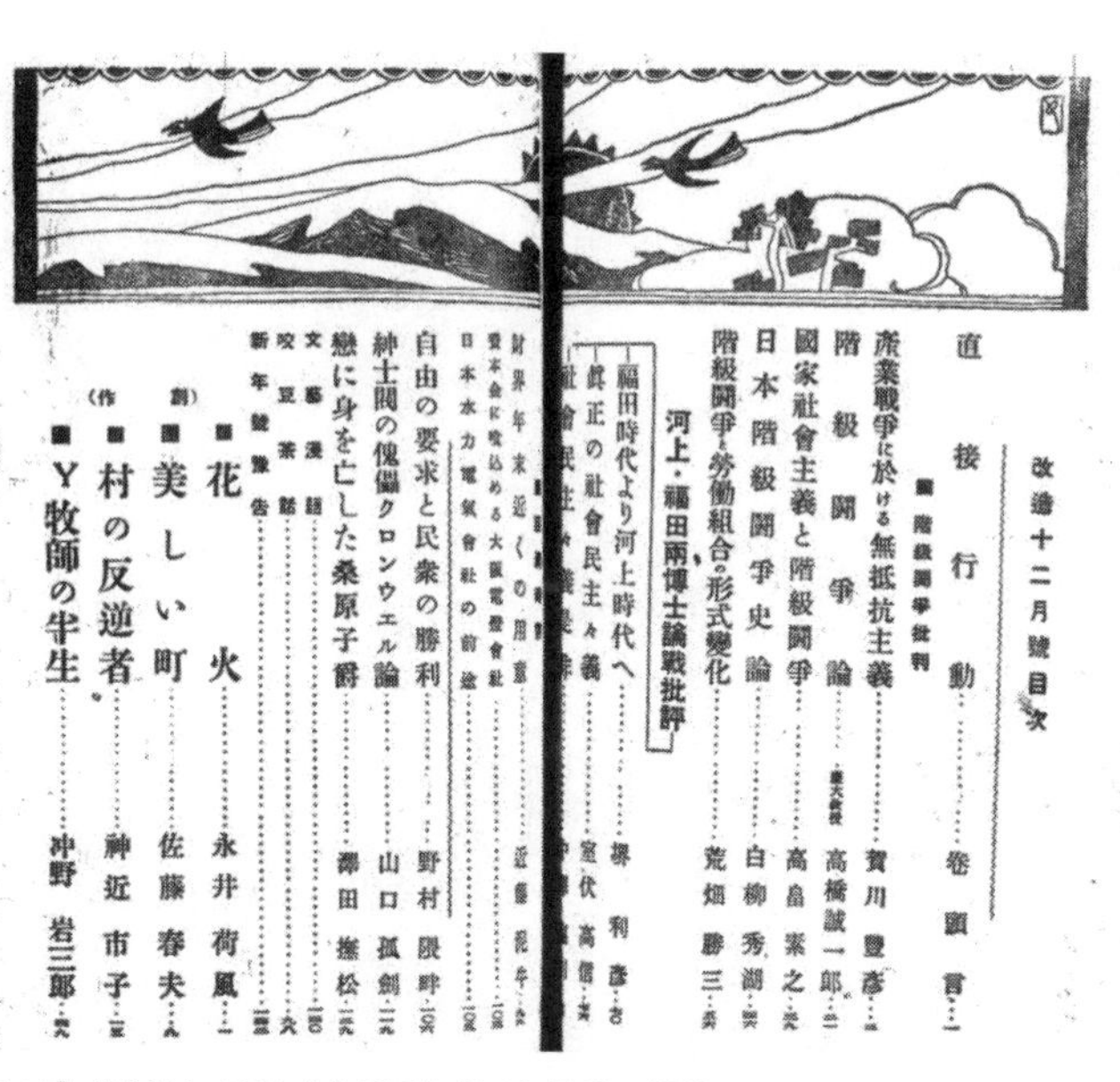

改造十二月號目次

直接行動……巻頭言

■階級闘争批判
産業戦争に於ける無抵抗主義……賀川豊彦
階級闘争論……高橋誠一郎
國家社會主義と階級闘争……高畠素之
日本階級闘争史論……白柳秀湖
階級闘争と勞働組合の形式變化……荒畑勝三

河上・福田兩博士論戦批評
福田時代より河上時代へ……堺利彦
眞正の社會民主々義……室伏高信

財界年末近くの用意
資本金に喰込める大阪電燈會社
日本水力電氣會社の前途

自由の要求と民衆の勝利……野村隈畔
紳士閥の傀儡クロンウエル論……山口孤剣
戀に身を亡した桑原子爵……澤田撫松
文藝漫語
咬豆茶話
新年號豫告

(創作)
■花火……永井荷風
■美しい町……佐藤春夫
■村の反逆者……神近市子
■Y牧師の半生……沖野岩三郎

【図19】『改造』1919［大正8］年12月号。目次

の特集は、当時の状況を踏まえた上での『改造』の方針であることは明確である。こうした時代背景の中で、『改造』誌上でユートピアの崩壊を扱った「美しき町」を連載した背後には、当時の春夫の社会状況に対する、なんらかの姿勢や立場が潜んでいると考えられる【図20】。その点については、「美しい町」が発表される四ヶ月前、「三枚になる迄」（『東京日日新聞』大正八年四月一八日）という短文の中で、春夫が次のような発言をしていることが一つのヒントになるだろう。

さて、近頃、デモクラシイといふやうな言葉が大分流行しますね。私のけちくさい象牙の塔へもそれ

【図20】『改造』表紙。1919［大正8］年8月号

の大声が響くほどです。富国強兵の合言葉が、いつの間にやらさう変つたのでせう。さうしてそれを高唱する唇は案外、富国強兵を叫んだ唇と同一のものかも知れません。（中略）デモクラシイの声ぐらゐでは有頂天にはなれません。私はユウトピアと言ひたいのです——夢心地でそれを夢想しながら祈禱者のやうな熱心と平静とで。何故かといふに私は、人間の正しい生活は制度では得られるものではなく、精神に依つてだと信ずるからです。／（中略）私は、何だか、我々の国民性のなかには真の保守家も真の急進家も―それぞれに自分自身の考へ方を信ずる人がゐないやうな心持がして、それがさびしい心もとない気持ちがします。——それともみんなが皆、私みたやうな夢想家なのでせうか……

（『全集・佐藤』一九巻、九〇頁）

春夫は、当時のデモクラシーの風潮を明治政府の国策である「富国強兵」と同質のものと見て、懐疑的なまなざしを送っている。また、国民性に対して「真の保守家も真の急進家も―それぞれに自分自身の考へ方を信ずる人がゐない」と批判し、ユートピアを志向する前に、まずそれを「精神」の中に見ようとしていることがわかる。ここで春夫が『改造』誌上に「美しき町」を掲載し、ユートピアの崩壊（ユートピア譚の否定）を描いたことを想起するなら、デモクラシーだけでなく社会改造やユートピア志向からも距離を置き、むしろそれらを批判的に捉えるために、精神的な「改造」を前提としたユートピアを構想していたと考えられる。それは、次に引用する文章によって裏付けされる。

われわれの力で「改造」することの出来るものは、いつもわれわれ自身でせう。われわれ自身が自覚して、それぞれに内面の「改造」を志さない以上、その他のすべての「改造」は、思ふに全く無意味でせう。

（アンケート〈改造の急を要するものは何か〉『婦人公論』一九一九年一〇月、『全集・佐藤』三五巻、二六八頁）

春夫は国民一人一人の精神的な改造の必要性を主張することで、その他一切の社会改造の気運からは距離を置き、「全く無意味」として批判的な姿勢をとっている。この時点で、〈芸術家村〉によって現実のレベルで人間生活の芸術化を試みた西村伊作、そして理想社会の実現を目的に現実レベルで建設された〈新しき村〉の武者小路実篤らとは全く立場が異なることがわかる。さらに、こうした春夫の立場は、次に引用するように、〈革命〉という言葉によってより強く主張される。

今の世の中は皆金力に支配されてゐる為めに、人間が幸福になれない。金儲をしようと思ふから自分の厭な仕事をして行かなければならない。若しそれが、自分の好きなものでなければやらないといふ事になつて、誰もがそれぞれ自分々々の好きな仕事をやるやうになり、籠を作る事の好きな人間は籠を、机を作る事の好きな人間は机を一心に作つてをれば、必ず立派な籠なり机なりが出来るやうになる。さうすれば必ずそれで生活出来るやうになる。各人が好きで選んだ仕事だから、そこに貴賤の別は生じない。寧ろ金銭の為めに何でもしようとするやうな人間は一般の人から卑しめられるやうになる。かうなつてこそ初めてユートピアが出来る。革命はまず文学からだ。

(大正八年九月「佐藤春夫氏縦横記」『文章倶楽部』)

ここで注目たいのは、金銭的な価値観からの解放を前提とすることで、階級問題が消滅し、金銭的な価値観が卑しめられると考えている点である。つまり、ここでも精神レベルでの「革命」(価値転換)が、ユートピアの前提として主張されているところから、春夫は、文学を人々の精神的な「革命」を促す一手段として考えていたのではなかろうか。ここで語気を強めて春夫が語る「革命はまず文学からだ」という主張の眼目は、そこにある。こうした考え方は、川崎が構想した〈美しい町〉の住人に対する条件に反映されている。つまり、「美しき町」は、文学による〈革命〉を意識しながら書かれた作品なのである。

第四節　崩壊から再生へ

〈美しい町〉計画の三年目の夏の終わり、「第一期の設備がもう多分今晩で終るといふ晩」に、川崎は、〈美しい町〉の模型が置かれているテーブルの上で、三つのグラスにシャンパンを注ぐ。そして、仕事に没頭しているE氏とT老人に声をかけ、「私のおやじも山師であつたが、山師の息子がまた山師なのだ」と唐突に述べる。そこで川崎は、EとTに当初から所持金が不足していたことを告げ、計画は崩壊する。その翌朝、川崎は忽然と姿を消してしまう。こうして三年の仕事があっけなく崩壊したにもかかわらず、E氏とT老人は不思議と川崎を恨むことがない。それは、川崎が計画の崩壊を「尊大な口調で」語っていながらも「蒼白な顔色と涙を帯びて光つている目つきとが彼の声を裏切」っていたということもあるが、〈美しい町〉がイメージされるレベルが、その崩壊によって、大きく変化したことによる。

私がいつものとおり夕方に家からこのホテルへ出て来る時には、我々の三年越しの計画があんな風に、一夜のうちに崩壊したとはどうも未だ信じられなくて、やつぱりいつもの通りにあの仕事のつづきのためにホテルへ急いで居るやうな気がした程であつた。けれどもすべてが華やかに灯をともされたホテルの窓のなかで、唯二つ、昨夜まで私たちが仕事をした部屋、川崎の部屋、二階の表側の角の部屋の窓だけが暗かつた。私はそれを見かえりながらわけもなく歩いた。私には『美しい町』のことばかりが思われた。私はどこをどう歩いたか知らない。ただ夜の町を歩きまわつた。ちやうど全く望みのない恋をして居る少年のやうに。—実際、私には気がついてみるとその『美しい町』が私の恋になつて居た。この時、歩きながらさう思つたこの比喩は、だうやらただの比喩以上のもので、どこまでそれらを押し進めて行つても全く相似て居たやうな気がする。

（『全集・佐藤』三巻、四一二頁）

ここで、〈美しい町〉は、「恋」と似たものとして語られているため、感傷的な一場面とみなされがちだが、思いのほか重要な場面である。何故なら、この時から、E氏の現実生活に大きな変化が起こるためである。

『美しい町』！『美しい町』！私はそんな馬鹿なものを、一時も早く忘れてしまおうと思つて、その次の日から絵の具の箱をひつかついではどこへでも出かけた。さうしてどこへでも行きあたりばつたりに三脚を据えて見た。けれども駄目であつた。樹を描いて居ると、私はふと『美しい町』の庭園を思ひ出す。家の屋根が見えるところだと『美しい町』の屋根を思ふ。夜になつて研究所へ出かけて行くと、私の木炭はいつの間にやら女の裸体のデッサンをやめて居て、私の木炭紙の片隅には小さな家が並んで居る。私は自分ながら時々気味が悪くなつて、何か物に憑かれて居るのではなかつたかとも考えた。

(『全集・佐藤』三巻、四一二頁)

E氏は、目に映るもの全ての中に〈美しい町〉の残像を見出している。ここで注目したいことは、〈美しい町〉計画をはじめた当初は、「ただごみごみとした、とりとめもない場所」としか認識されなかった都市空間が、計画の崩壊によって、むしろ〈美しい町〉の残像を映し出す場として再認識されていることである。いいかえれば、計画の崩壊によって〈美しい町〉がイメージされるレベルは、心の中だけでなく、むしろ心を通じて現実へと広がりを見せていることで再生している。そこで、「美しき町」が最後に『改造』誌上に掲載された翌月の「芸術家の喜び」(一九二〇[大正九]年一月『新潮』)に注目したい。

芸術の境土から一切の習俗的価値を出来るだけ追はうではないか。かうすることによつて習俗に挑戦しようではないか。かうしてこそ芸術家の社会的意義も生じ得るのである。この精神と態度なくして芸術家が、直接社会運動に関与しても、社会問題を取材しても、蓋しそれ

は末である。(『全集・佐藤』一九巻、一二一頁)

春夫は、意識的に「芸術の境土」から「習俗的価値」を排除することを主張した上で、そうした「精神と態度なくして」は、芸術家の社会参加も、社会問題を取り上げても「末」だとして批判的な姿勢をとっていることがわかる。ここで春夫が、〈精神〉としてのユートピアを主張していたことを想起するなら、それは、「美しき町」の三人の男たちのように、ユートピアの美的残像が人間性の奥深くに刻みこまれ、それに抗いようもないほどに突き動かされながら、現実を新しく再構築しようと試みる者たちを生むための、〈精神的土壌〉を意味するのであろう。それは〈美しき町〉計画の条件に孕まれている排他性とも呼応する、芸術家としての春夫の信念であったと言よう。

「美しき町」とは、ユートピア志向に連動したものでも夢物語でもなく、「愚者の死」を書いた詩人が、明治四四年一月一八日、大逆事件の死刑判決の報道に戦慄した、人間性の奥深くに食い入る底知れない闇の中からしか生まれえない、潔癖なまでの美意識の結晶であったようにさえ思えるのである。たとえそれが、挫折を運命づけられた〈象牙の塔〉であったとしても。

附記　「美しき町」という題名の表記は、混乱を避けるため、「美しき町」に統一し、必要に応じて「美しい町」と表記した。尚、イメージや概念としての〈美しい町〉については、山カギに統一した。

【注】

（1）「美しき町」は三度にわたって改題と改稿が繰り返されている。
一九一九［大正八］年八、九、一二月、「美しい町」（『改造』）
一九二〇［大正九］年一月、「美しき町（副題：画家E氏が私に語つた話）」（短編集『美しき町』天佑社）
一九二一［大正一〇］一〇月、「夢を築く人人」（短編集『幻燈』新潮社）
一九四七［昭和二二］年九月、「美しい町」（細川叢書5『美しい町』細川書店）
現在『定本佐藤春夫全集』（臨川書店）の中に収録されて流布しているのは②であるが、①から②③④へと移行する際、それぞれ数箇所にわたって細かな加筆訂正が行われている。こうした改稿作業からは、春夫の「美しき町」に対する特別な執着を読み取ることができる。その意味で「美しき町」は、代表作「田園の憂鬱」に次いで重要な作品であると言えよう。

（2）書誌と異同の問題に関する考察は今後の課題として、本稿では一般的に流布している『定本佐藤春夫全集』（臨川書店）を使用する。

（3）E氏の言葉の中にある「今から八、九年ほど以前」という　部分から推定。

（4）「美しき町」は、叙述する主体の捉え方によって、多様な解釈を許容する作品である。夢物語とするものとしては、吉田精一「佐藤春夫・人と作品」（『現代文学大系27佐藤春夫集』筑摩書房、一九六四年）、佐久間保明「夢想の好きな男とは誰か―佐藤春夫「美しき町」の由来―」（一九九九年三月『早稲田大学国文学会』二三―二五頁)。ユートピア的物語としては、遠藤郁子『佐藤春夫作品研究』(二〇〇四年専修大学出版局、三五―六一頁)。教養小説的なものとしては、海老原由香「佐藤春夫「美しき町」論―芸術家E氏の修行時代」(一九九九年九月『東京女子大学学会』四七―五四頁)を参照。尚、本稿では、いずれの立場もとらない。

(5) 我国における*News From Nowhere*の紹介については、堺利彦が抄訳した『理想郷』(一九〇四年一二月、平民社)が最も早い。堺利彦によるモリス紹介は、一九一四年を境にして一時的に消滅しており、一九二〇[大正九]年六月「芸術的社会主義者ヰリアム・モリス」を待たねばならない。

(6) 川崎禎蔵の人物設定に関しては諸説存在する。大杉栄として見る傾向にある論考として、佐久間保明(前掲書、二八頁)、桜井啓一「「美しき町」の夢想家たち―「美しき町」考―」(二〇〇〇年五月『文芸と批評』二六頁)。西村伊作と見るものとして、加藤百合『大正夢の設計家―西村伊作と文化学院』(一九九〇年朝日新聞社、一四四頁)。また、池田美紀子が指摘するように、エドガー・ポオの*The Domain of Arnheim*(一八四七年)の主人公からの影響も考えうる(「佐藤春夫の作家としての出発―ポオの「庭園物語」をめぐって―」一九八〇年三月『東京女子大学論集』一一二―一一三頁)。

(7) 海老原由香は、E氏が画家として成長するまでを描いた教養小説であるという見地から、武者小路の「新しい村」に「エールを送っている」作品としている(「佐藤春夫『美しき町』論―芸術家E氏の修行時代―」一九九九年『東京女子大学学会』)。しかし、E氏のみに軸を置いた解釈は、作品の孕む豊穣な奥行きや文化的、時代的背景が漏れてしまい、作品のもつ独自性が浮き上がらず、「新しい村」に便乗した作品になってしまう。また、加藤百合は、伊作の「芸術家村」計画の進行とほぼ同時期に「美しい町」が発表されていることから、伊作の影響が濃厚であると見ている(一九九〇年『大正夢の設計家—西村伊作と文化学院』朝日新聞社)。

(8) 大正期佐藤春夫の小説作品の多くは、現実とは似て非なる世界という意味での〈異空間〉を描いたものが多く、それは大正期佐藤春夫の作風でもある。詳しくは拙論「佐藤春夫「美しき町」に表現された水景の〈異空間〉」(二〇〇六年『藝術・メディア・コミュニケーション』)を参照。

(9) ユートピア(utopia)とは、現実に存在しない、理想的な世界をいい、理想郷、無可有郷などと訳される。トマス・モアが、ギリシア語をてがかりとして、〈どこにもない = ou 場所 = topos〉〈良い = eu 場所 topos〉を結びつけた造語である。ヨーロッパでは古くからユートピア思想と運動の伝統があり、代表的なものとしてはプラトンが描いたアトランティス、造語を生んだトマス・モア『ユートピア』(一五一六年)、カンパネラ『太陽の都』(一六二三年)など多数あり、十九世紀に入ると、ウイリアム・モリス『ユートピア便り』(一八九〇年)が典型例であり、オーエンやフーリエ、サン・シモンら初期社会主義運動もユートピア構想の一つである。ユートピア思想とは、歴史的にみて、それぞれの時代の社会のあり方と、それにかかわる一般的な思想動向と密接に関連し、〈どこにもない場所〉をもとめながらも、その場所は現にある場所との強い緊張関係を保つことになる。WIENER,Philip P.(ed.) *Dictionary of The History of Ideas,* 4vol.Charles Scribner's Sons,

1973, pp. 459-465.（邦訳、一九九〇年、フィリップ・P・ウィーナー、荒川義男ほか編『西洋思想大事典』全四巻、平凡社、四六八―四七五頁）。

(10) 佐久間保明「夢想の好きな男とは誰か―佐藤春夫「美しき町」の由来―」（『国文学研究』二〇〇一年一一月、早稲田大学国文学会）を参照。

(11)『全集・佐藤』三巻、三九〇―三九二頁。

(12)『全集・佐藤』三巻、三九〇―三九二頁。

(13) 信時哲朗「佐藤春夫「美しい町」論―「かはたれ」の物語」一九九九年『神戸山手短期大学環境文化研究紀要』二九―三〇頁）

(14) 山崎行太郎は登場人物らの「生活や現実的な人間関係のレベル」が「無視されている」と指摘している（一九九四年五月「佐藤春夫論十二建築への意志」『三田文学』二八四頁）。

(15) 司馬江漢の銅版画と『美しき町』との関連については、高橋世織・一九八五、中村三代司・一九九九、信時哲郎・一九九九を参照。また、大正期に書かれた司馬江漢の銅版画に関しての文献は、長原孝太郎「江漢の半面と版絵の媒介」（一九一七年四月『美術』三六―三八頁）、織田一磨「司馬江漢の銅版画について」（一九一七年四月『みづゑ』四―六頁）を参照。

(16)「私たち三人がそこに集つて、毎晩そんな仕事に耽るやうになつたのは明治の最後の年の二月初めであつたが、それが三年越しつづいた。」（『全集・佐藤』第三巻、四〇三頁）という記述から推定。

う。

(17) 登場人物の画家が司馬江漢の銅版画から暗示を得て、それを川崎偵蔵に伝えに築地のホテルへ向かい、到着した時刻が午後三時(『全集・佐藤』三巻、三九五頁)で、それから二人は中洲へ向かう。

(18) 佐藤春夫「うぬぼれかがみ」(一九六一年十月『新潮』)

(19) 佐藤春夫「天下太平三人学生」(一九五三年一月『小説公園』)

(20) 「其の繁華は旧中洲の如くならず。唯真砂座と称する小劇場ありて、常に観客を引くのみ。割烹店待合等あれども、夏の外はあまり雑沓せず。橋は浜町より架したるもの二ヵ所あり。又深川佐賀町に至る渡船あり。番地は総て幾号を以て呼べり。(改行)景色は水中に在るを以て、先つ佳絶と称するを得べし。汽船は絶へず其の東辺を往来し、船舶は常に其の南辺に繋船し、永代橋の晴虹水上に横る所、白鷗の群飛するさま書くに堪へたり」(一九〇一年二月「新撰東京名所図会」『風俗画報』日本橋区之部、巻之四、二頁)。

(21) 小山内薫、永井荷風の描いた当時の隅田川界隈の文章は、以下のようなものである。

「大川の月を眺めた事も度々あつた。向う河岸に列んで立つてゐる大きな蔵と蔵との間から、丸いい大きな月が上るに連れて、漆のやうに真黒だつた水が金のやうに光って来る。月が高く小さくなつて来ると、水も銀色に光つて来る。電車の通らない大橋が黒く高く絵のやうに浮び出ると、橋の下の水が生きた白魚の群れを見るやうにきらきらと細かく光つて来る。/橋の上を黄色い提灯が往来して、車の音ががらがらと聞える。光の強いアセチレン燈が飛ぶやうに橋を渡つてチリリンと鈴の音がする。夕顔の間から川へ響いて爪弾の音が冴えると『…たしかあの時や洗ひ髪』と男の声で唄うのが耳に沁み入る。／セメントの煙突も忘れられない。あの白い砂のやうな色をした太く円く丈の高い怪物は、昼間は眼に痛い煙を深川に靡けたり、中洲河岸に靡けたりしたし、夜は怪しい火を縦に吹いて、屢正雄と君太郎とを恐れさせた。」（一九一二年、小山内薫『大川端』籾山書店、引用は、『全集・小山内』第二巻、四七頁）。

ここに引用した小山内薫の文章では、夜の景観を中心に描いているが、傍線で指摘したように、前述した「新撰東京名所図会」の挿絵のイメージと共通した、新旧の錯綜する景観が描かれていることがわかる。一方、永井荷風は小山内薫よりも、克明で鮮やかに当時の様子を描写している。以下の文は『夢の女』からの引用で、東京湾にかなり近い部分を描写したものであるが、主人公のお波が、遠景で深川、芝浦、品川あたりを一望している場面である。

「築上げたセメントの堤防の上に佇んで見ると、宛然春の様に長閑く晴渡つた青空の下に、丁度今、広々した東京湾は近い部分だけ干潟になつて、不規則な歯朶の集り、乱雑な棒杭なぞを現した黒い泥の上に、無数の白い鷗が、日の光に光沢ある羽を翻へしながら、恰も花の散る如く飼を漁りに飛び集つて居る。左の方には遠く房総の山脈が、棚曳く霞の様に藍色に横はり、右の方には近く埋地の上に建てられた小い人家の屋根を越して、深川の沿岸から芝浦あたりまで数へ尽されぬ製造所の烟突が各真黒な煤烟を風柔かき空に漂はして居る。大い屋根小い屋根が、遂には雲が烟の様に、見えなく成つて居る辺は、最う品川の宿であらう。穏な光線はギラギラと輝いて、其れから先へは最う眼が達かず、蒼穹が唯だ茫々と蔽冠さつて居るばかりであつた。然し猶判別する事の出来る遠い水平線の上には、豆程に小い碇泊中の軍艦や御台場や、能く眼を定めて居ると、小型の蒸気船が烟を立てながら虫の這ふ様に動いて行くにも見えぬでは無い。」(一九〇三年、永井荷風『夢の女』新声社、引用は『全集・荷風』第三巻、七七頁)。

傍線で指摘しておいたように、ここでの描写は『新撰東京名所図会』の挿絵や小山内薫の文と共通したイメージが詳細に描かれていることが確認できる。そのほか、隅田川界隈が作品に登場する主な例を挙げておくと、島崎藤村『籔入』、北原白秋『鷺の歌』、谷崎潤一郎『母を恋ふる記』、木下杢太郎『永代橋工事』『両国』、芥川龍之介『本所両国』、高村光太郎『人形町』、室生犀星『洲崎の海』、野口雨情『深淵』、などを挙げられる。

(22) このような隅田川界隈の捉え方には、佐藤春夫の東京に対する関心の薄さも重要な一因であると言える。その点は、佐藤春夫が東京に対して言及している、以下のような文章が参考となる。「好みから言つて、東京は私にとつては何ほどのところでもなかつた。私はただ旅人のやうなつもりでここにゐたのだ。用事のある一個の永い滞在者であつた。事実、私は一年とは落着いた住ひを見出し得なかつた。私は常に郷愁—と言つても故郷へのといふわけではなく、寧ろどこへとも知らない—を忘れずにゐた。」『滅びたる東京』(一九二三年一一月『婦人公論』引用は、『全集・佐藤』一九巻、一八五頁) ここに見られる「どこへとも知らない」場所へのノスタルジーは、佐藤春夫の隅田川界隈に抱いたイメージに関与しただけではなく、『美しき町』の中で、*News From Nowhere* が、既に堺利彦によって『理想郷』という訳で題されていたにもかかわらず、作品内では敢えて「何処にもない処からの便り」と訳し、それを川崎禎蔵が愛読しているという設定にも呼応している。

(23)「オークルジャン」はフランス語で、jaune d'ocreと表記し、「ジャンシトロン」はフランス語でjaune citronと表記する。前者はd'ocreが黄土色、jauneは黄色、citronはレモン色であるが、「オークルジャン」というのは、表記として誤りではないか。当時輸入された画材が、日本語表記の際に誤られて、そういった表記をしていたのか。

(24)信時哲郎も、《三囲之景》であると分析し(信時・一九九九)、高橋世織(高橋・一九八五)や中村三代司(中村・一九九九)らも、簡単にではあるが触れている。こうした先行研究からも、〈美しい町〉のイメージと司馬江漢の銅版画は深い関連性があることがわかる。そこで、少し詳しく江漢の銅版画について触れておきたい。

(25)樋口穣氏によると、江漢の描く風景画は「洋風画法を手段として、もしくは画面効果として用いたのであり、一方で、彼の視覚形式じたいは、伝統的な流れの中にあったと言えるかも知れない。そこで、さらに一歩踏み込んで、江漢は実在する風景を描きながら、実景を(忠実に)描こうとしたのではないと言える」(「司馬江漢の風景画―名所風景の定型とその主題について」二〇〇四年『京都外語大学研究論叢』一〇八―一〇九頁)と述べている。

(26)『武江年表』の安永元年の項には「安永四年より天明八年迄十四年の間也。この間中洲のみ賑ひ、両国前後の地至りて淋しくなりしが、寛政巳来元のごとし」(引用は、一九〇一年二月『新撰東

京名所図会　日本橋区之部　巻之四』三頁）とあり、『江戸文学地名辞典』（「中洲」の項）によると、これは中洲新地富永町の妓街についてであるという。当時の中洲の船宿や茶屋は「地獄」と呼ばれた吉原での年期があけた二十代後半くらいの女たちが経営しており、私娼窟を形成していた（『親子草』四二―四三頁）。

(27)　洒落本『中洲雀』（一七七七年　道楽散人無玉著）や『大抵御覧』（一七七九年、朱楽管江著）、随筆『親子草』（喜田有順著『新燕石十種』）、黄表紙『奇事中洲話』（山東京伝著　北尾政美画）などに、当時の有様や土地に纏わる出来事が鮮やかに伝えられているのは周知の通りである。既述の江漢のほか歌川豊春（一七九六―一八二五年　参考図版を参照）、北尾政美（一七六四―一八二九年参考図版を参照）、鳥居清長（一七五二―一八一五年）などは、好んでこの埋立地の光景や、芸者たちを描いている。

(28)　「美しい町」に見られる、隅田川界隈の先行イメージの排除については、信時哲郎も「盛り場としての中洲のイメージ、つまり酒と女と芝居の町としての中洲の現状が、作品世界には全く反映されていない」と指摘した上で（前掲論文、二九頁）、「盛り場としての中洲を作品に紛れ込ませなかった結　果、この町の特徴として何が残ったのかというと、『地形のおもしろさ』と『観月の名所』の二点である。」前掲論文、二九―三頁）と述べているが、本論文で述べてきたように、中洲のイメージは、単に「盛り場」や「酒と女と芝居の町」として簡単に片付けられるようなものではない。中洲が選定された眼目は、隅田川界隈に付随する先行イメージを敢えて切り離し、その上で新たに「美しい町」のイメージを作り上げようとする行為そのものを、作品として提示することにこそある。

(29) 川崎禎蔵のミニチュアの場面については、高橋世織氏は東京の景観の「倒景」として捉えて、以下のように述べる。「この光景は、『今でも汚いごみごみした場所として昔のままにある』、『中洲の土地』、いな現実態としての帝都東京それ自体を転倒した『倒景』に他ならなかった。」(高橋・一九八五、五頁)。

(30) 参考までに、次に三囲を詠った狂歌、川柳などを引用する。

夕立や田を見めぐりの神ならば (宝井其角、一六六一―一七〇七)

三囲へたえずに舟のつき雪や花のお江戸のまんむかふ島 (恋川春町、一七四四―八九)

女日でりもみめぐりの神ならバ (古川柳)

(引用は、二〇〇一年、矢羽勝幸『三囲の石碑』三囲神社)

(31) 参考までに、次に幸田露伴と永井荷風の作品の中で、三囲が描かれている箇所を引用する。

「待乳山の対岸のや、下に三囲祠あり。中流より望みてその華表の上半のみ見ゆるに、初めてこれを見る人も猜してその三囲祠たるを知るべし。この祠の附近よりは川を隔てながら、特に近々と浅草なる観音堂ならびに五重塔凌雲閣等を眺め得べし。」幸田露伴「水の東京」(一九〇二年二月、引用は『露伴全集』二九巻、岩波書店)

「掘割づたいに曳船通から直ぐさま左へまがると、土地のものでなければ行先の分からないほど迂回した小径が三囲稲荷の横手を巡って土手へと通じている。……いかにも田舎らしい茅葺の人家のまばらに立ちつづけている処もある。それらの家の竹垣の間からは夕月に行水をつかっている女の姿の見えることもあった。蘿月宗匠はいくら年をとっても昔の気質は変わらないので見て見ぬように窃と立ち止まるが、大概はぞっとしない女房ばかりなので、落胆したようにそのまま歩調を早める。」永井荷風「すみた川」（一九一一年、引用は『全集・荷風』第二巻）

（32） それは、柏亭が明治四二年に発足した〈パンの会〉と平行して、同人雑誌『方寸』を発刊することで試みた目的でもある。

（33） 「都会の憂鬱」という題は、この後、一九二三年に新潮社から刊行された中篇小説の題名になっている。その意味で画家E氏は、春夫を潜在させた人物であると考えられるだけでなく、『都会の憂鬱』と「美しき町」の関連についても考察する必要がある。

（34） ホイッスラーの作品に関しては、以下の文献を参照した（本文や註で触れたものは除く）。

PENNELL, E. R. and J., *The Life of James McNeill Whistler*, vol.I & II, William Heinemann, 1908.

SPENCER,Robin, *The Painting of James McNeill Whistler*, Yale University Press ,1980.

LOCHNAN,Katharine, *The etching of James McNeill Whistler*, Yale University Press,1984.

CURRY,David Park *James McNeill Whistler at the Freer Gallery of Art* Smithsonian Institution ,1984.

千足伸行監修『ホイッスラー展』読売新聞社、一九八七年。
島田紀夫「ホイッスラー芸術と日本美術」『三彩』一九八〇年九月。
松本典久「日本美術のアメリカ美術への影響—James Abbott McNeill Whistler の場合」（前半・後半）『慶応義塾大学日吉紀要』一九八八、八九年。
寺田光徳「印象派コロリストとしてのホイッスラー」『文経論叢』一九九〇年三月。
清水真砂「ジェームズ・マクニール・ホイッスラーと日本」『日本美術工芸』一九九三年八月。
Anderson, Ronald and Anne Koval : *James McNeill Whistler*, John Murray, 1994.
DORMENT,Richard MACDONALD,Margaret *James McNeill Whistler* London Tate Gallery Publications, 1995.
MACDONALD, Margaret *James McNeill Whistler Drawings,Pastels,and Watercolours* Yale University Press,1995.
フランシス・スポールディング著　吉川節子訳『ホイッスラー』西村書店、一九九七年。
真屋和子「プルーストの眼—ラスキンとホイッスラーの間で」『一橋論叢』一九九九年九月。
大森達二、他（編）『ホイッスラーからウォーホールまで　版画に見るアメリカ美術の一〇〇年』谷口事務所、一九九九年。
MACDONALD,Margaret *Palaces in the Night Whistler in Venice* Lund Humphries ,2001.
SATO,Fumiko *James McNeill Whistler as a Victorian japonist*『津田塾大学大学院英文学会』

二〇〇二年。

ADEGAWA,Yuko *Henry James and J.M.Whistler,*『大東文化大学紀要』二〇〇三年。

鈴木祥史「『失われた時を求めて』のシャルダンとホイッスラー」『立命館言語文化研究』二〇〇三年六月。

小熊佐智子「1880年代から1900年代アメリカにおけるジェームズ・マクニール・ウィスラーの評価について」『芸術学研究』二〇〇四年三月。

SATO,Fumiko *A Study of James McNeill Whistler : "Japanese" Printing and Transcultural Experience*『経営論集』二〇〇四年二月。

（35） I have seen, and heard, much of Cockney impudence before now…but never expected to hear a coxcomb ask two hundred guineas for flinging a pot of paint in the public face. （*"Letter 79: Life guards of new life,"* Fors Clavigera 7, July 1877., in The works of John Ruskin, ed. E. T. Cook and Alexander Wedderburn, Library Edition, 39 vol., p.160.）

（36） MERRILL, Linda, *A Pot of Paint— Aesthetics on Trial in Whistler v. Ruskin,* Smithsonian Institution Press, 1992. p. 144.）

（37） Ibid., p. 145.

（38） And when the evening mist clothes the riverside with poetry, as with a veil, and the poor buildings lose themselves in the dim sky, and the tall chimneys become campanili, and the warehouses are palaces in the night, and the whole city hangs in the heavens, and fairy-land is before us (…)

(*Ten O'clock* , London, The Riverside Press ,Cambridge, 1888, p.15.)

(39) I should hold it a vulgar and meretricious trick to excite people about Trotty Veck when, if they really could care for pictorial art at all, they would know that the picture should have its own merit, and not depend upon dramatic, or legendary, or local interest.

As music is the poetry of sound, so is painting the poetry of sight, and the subject-matter has nothing to do with harmony of sound colour.

The great musician knew this. Beethoven and the rest wrote music—simply music; symphony in this key, concerto or sonata in that.

(*"The Red Rag," The Gentle Art of Making Enemies,* Dover Publications, Inc., New York, 1967.,p.127)

(40) Art should be independent of all chap-trap—should stand alone, and appeal to the artistic sense of eye or ear, without confounding this with emotions entirely foreign to it, as devotion, pity, love, patriotism, and the like. All these have to kind of concern with it ; and that is why I insist on calling my works " arrangements " and " harmonies ." (Ibid., pp.127-128.)

(41) Ibid., pp.145-148.

(42) 萩野昌利「ホイッスラー vs.ラスキン裁判の芸術論的意味」『アカデミア』一九九九年三月。

(43) 久保田万太郎「老犬」について「あの作風は一すぢのメロディではなくして、錯絡したさうしてそれのなかに自らなる約束のあるシンフォニイである。」(『「恋の日」』一九一九年三月九日『読売新聞』引用は『全集』一九巻、八九頁)と評しており、「メロディ」「シンフォニイ」などの音楽用語が見られるが、それ以前には全く見られない。その意味では、春夫がこの時期に文学作品の中に、音楽的なものを見るようになっていたと考えて良い。

(44) 日本におけるホイッスラー紹介については、以下の略年譜を参照。

岩村透「椋亭閑話(ウイッスラー逸事)」(『美術新報』)一九三〇[明治三六]年十月

久米桂一郎「ウヰスラー対ラスキン及び印象主義の起原」(『精華』)一九〇四[明治三七]年一二月

坂井義三郎「フイッスラー評伝」(『スケッチ』)一九〇五[明治三八]年八月

久米桂一郎「フイスラーが伝記の一面」(『光風』)一九〇六[明治三九]年一月

石井柏亭「芸術の歴史」(『方寸』)一九〇七[明治四〇]年八月

「絵画雑論」(『方寸』)一九〇八[明治四一]年四月

石井柏亭訳「敵をつくる優雅な方法」(『方寸』)一九一〇[明治四三]年八月

石村透「ウイッスラーのヴェニス滞在期」(『美術新報』)一九一一[明治四四]年七月

山宮允「ホイッスラー雑誌」(『みづゑ』)一九一三[大正二]年二月

石川欽一郎「ホイッスラーとサージェント」(『みづゑ』)一九一四[大正三]年一二月

これより以後は、『白樺』誌上などでも、ビアズリー、ブレイクなどと共に紹介された。また、本論文で使用したホイッスラー文献の一つである *The Gentle Art of Making Enemies* はホイッスラーの芸術と社会に対する考え方について書かれたものをまとめて再録したものだが、これは春夫に絵画の手ほどきをした石井柏亭によって一九一〇年に「敵をつくる優雅な方法」の題で抄訳されている(尚、『方寸』は春夫が『白樺』以上に高く評価していた美術雑誌である)。したがって、春夫におけるホイッスラーの影響は石井柏亭経由のものであると考えられるが、それは今後の課題としたい。

(45) 「私」という一人称で語られる「美しき町」のプロローグでは、次のような部分がある。「正直に言へば、私は今までにこれは多分君の小説になるであらうと親切な人々が私に聞かせてくれた話であまり満足した例に乏しい。けれども私は、画家E氏の場合に限つて、それはきつと私にも面白からうと予測された。といふのは、私はE氏その人は未だ知らないけれども、彼の制作は時折に展覧会などで見ることがあつて、その度ごとに私は或る芸術上の同感をもつて彼の制作の前に暫く佇むのが常であつた。(中略)互に互の作品を通じて同意し合ふことの出来る或るものを持つてゐるところの人、E氏が私に聞かせたい話があるといふ。」(『全集』第三巻、三八七頁)

(46) 大杉栄「入獄の辞」(一九一九年一二月『労働運動』、引用は『全集・大杉』第一四巻、三二一頁)。尚、初出は『労働運動』三号、一九二〇年一月、労働運動社、二九頁。

(47) 山川均「『改造』十年の回顧」(一九二九年四月、『改造』)。

第四章　大逆事件の痕跡、ユートピアの母胎

第一節　無名時代の佐藤春夫とその周辺

（1）川崎禎蔵のモデル

先行研究では、「美しき町」の川崎禎蔵のモデルとして、西村伊作、大杉栄などが挙げられている。西村伊作は大逆事件で処刑された大石誠之助の甥で、誠之助に育てられた人物である。大正期には石井柏亭などと交流し、春夫も西村邸に頻繁に出入りしていたことは、既に述べた。また、春夫が大杉と接触したのは、一九一五［大正四］年頃で、春夫が西村邸に出入りし、堺利彦の弟子であった荒川義英と共に大久保に住んでいた時期に相当する。ちょうど、春夫が画家を目指して二科展に作品を出品していた時期でもある。春夫と伊作は同郷出身者であると同時に、大逆事件を身近に体験した人物たちである。そのため、先行研究で指摘されてきたように、川崎の人物造形の背景に、芸術家であった伊作や、社会運動家であると同時に人間的魅力を備えた大杉のイメージが含み込まれていたとしても不自然ではない。また、これまで考察してきたように、春夫の作風は、様々な要素を組み合わせて一つの作品を仕上げているものが多い。したがって、一人の人物にモデルを特定するよりも、大杉栄と西村伊作などの部分的な要素を混交させてイメージされていると考える方が、作品に奥行きと広がりが生れる。そこで本章では、川崎のモデルの源泉をたどりつつ、無名時代の春夫の周囲にいた人物たちについて触れておきたい。

（2）大逆事件の後

今から思ふと、当時は今とは別の意味で文士と社会主義者とがよほど接近してゐた。其時のは社会主義者の方から文士の社会の或る部分へ接近して来たのだ。ちやうど世に謂ふ大逆事件なるものの後であつて、生き残つた社会主義者たちは文士社会へ亡命して来たのであつた。

（大正一二年一一月　佐藤春夫「吾が回想する大杉栄」『中央公論』）

大正一二年九月一六日、大杉栄、伊藤野枝、野枝の甥・橘宗一は、関東大震災の避難先に訪問した帰宅途中、自宅付近で東京憲兵隊本部へ連行され、甘粕正彦を隊長とする憲兵隊に虐殺された。このとき、宗一はたったの六歳。震災直後の混乱した状況を利用して、大杉と野枝、そして、偶然そこに居合わせた宗一が残忍に殺されたこの事件は、甘粕事件として有名である【図21】。

佐藤春夫は、この年の一二月「吾が回想する大杉栄」を『中央公論』に掲載し、大杉の死を悼むとともに、その人間的魅力、そして彼との出会いの契機や人間関係を生きいきと描いている。また、この文章で春夫は大杉を「隣人」と呼んでいるが、それが一部の読者の誤解を招き、大杉との縁が薄かったことを弁明している、と捉えられたりもした。だが、実際に春夫の文章を読むと、大杉に対する淡い憧憬や、若者らしい生意気ともいえる対抗意識、そして精神的に通じる共感にも似た何かがあったのだろうということがわかる。

【図21】大杉栄

また、こうしたある種の春夫への誤解のようなものは、明治四四年一月に大逆事件によって、春夫と同郷の医師である大石誠之助が処刑されたことを詠った詩「愚者の死」においても見られるが、それは春夫の表現方法が婉曲的であることによる。そうした春夫の表現については、第一章に詳述した。いずれにしても、「吾が回想する大杉栄」は、春夫の見た大杉とその周辺について、事実を淡々と書き連ねるスタイルをとることで、社会運動家としてではなく一人の人間としての大杉に対する哀悼の念を読み取ることができる。それは、社会的な評価とか現実的な肩書きではなく、そういうものを削ぎ落としてもなお残る、その人間の精神のようなものを見ようとする春夫の創作スタイルでもあった。

(3) 荒川義英・大杉栄

大正元［一九一二年］一一月一日、大逆事件後のいわゆる〈冬の時代〉、大杉栄と荒畑寒村は、雑誌『近代思想』を創刊した。この雑誌の創刊にあたり、当時四〇代の堺は「時機を待つほかない」と、状況に配慮した消極的な態度をとった。そうした堺に対し、当時二〇代半ばだった大杉と寒村の二人は「時機は自らつくるべきだ」という挑発的な姿勢をえらび、創刊にふみきったのは有名な話である。『近代思想』の内容は、思想、社会科学、小説、評論、詩歌、戯曲など多岐にわたり、窒息しそうな当時の社会状況を知的啓蒙と価値転換によって打破すべく、意欲的に発刊を続けた。寒村は、次のように回想している。

顔ぶれが多彩のように誌面も雑色で思想的な統一のある筈もなかったが、しかし清新な意気と批判的な精神とは文壇の時流をぬく特徴をなしていた。大杉と私はほとんど毎号執筆したが、特に大杉の発表した論文には生の拡充とか生の創造とか、自我と自由と解放のための社会的闘争というテーマが、彼の強烈な個性に裏付けされていた。

（一九六一年『寒村自伝』論争社）

この時期の文壇を概観すると、雑誌『白樺』に集まる作家たちが、個性の自由や尊重を唱え、雑誌『青鞜』に集まった女性たちも、女性の個性や自由について高らかと声をあげ、新しい時代の精神が芽吹きはじめる時代であったが、そうした新しい声も大杉や寒村らの立場からすると、表面的で生ぬるいものに見えていたのであろう。その意味では、『近代思想』は新しい時代の幕開けと、精神を象徴する雑誌であった。

このとき佐藤春夫は、大逆事件の煽りを受けて明治末期から上京しており、〈超人社〉と名づけられた批評家・生田長江の自宅に住み込み、長江から創作上の教えなどを受けていた。そして、明治四五年九月の乃木希典殉死の後あたりから、西欧一九世紀末の作家に傾倒しつつ、創作スタイルの模索を続けていた。その後、〈超人社〉を出て住まいを転々と変えながら、川路歌子という女優と同棲をはじめて西大久保に居を構え、そこへ荒川義英が転がり込んでくる。荒川は、大杉栄や荒畑寒村、堺利彦の周辺にいた人物であった。

先づ十年の歳月を遡る必要がある。／当時、私が怪しげな新家庭を牛込から大久保に移したころのことである。／荒川義英といふ男があつた。死んでしまつた今日も多分はまだ忘れ切つては居られないであらうが、当時の新進作家の一人で、私よりも三つぐらゐ年が若かつたらう。私は無名作家だつたし、荒川は原稿を売ることができたのだ。

（「吾が回想する大杉栄」）

荒川義英は堺利彦に才能を見出されて、『近代思想』のほか、社会主義系の人物が多く集まる雑誌に作品を発表していた。春夫がどのような経路で荒川と知り合ったのか詳細はわからないが、当時の大久保には社会主義者が多く住んでいた上、春夫の師である生田長江が、馬場孤蝶のもとに頻繁に訪れていた大杉やその仲間と知り合っている。そのため、春夫が荒川と接点を持ちやすい環境にいたことは確かである。さらに春夫は、荒川を通して春夫は大杉や野枝と知り合ったと「吾が回想する大杉栄」に書いているが、馬場孤蝶のもとで、明治四五年ころから大杉や荒畑と顔を合わせていたようだ（佐藤春夫『詩文半世紀』）。つまり、無名時代の春夫は文壇で活躍する作家たちよりも、長江や孤蝶などを介して、大杉や寒村などの「大逆事件の残党や、その手下」（『詩文半世紀』）たちの周辺にいた。『近代思想』が与えたその後の文壇への影響を鑑みると き、無名の春夫がこうした環境にあったことの意味は大きい。

大杉栄は、明治四三年一一月から大正四年一二月まで大久保百人町に住み、春夫は大正四年八月に、牛込から西大久保に転居しており、春夫が大久保に転居して大杉が大久保を引っ越すまでの約四ヶ月間のうちに五回くらい二人は顔を合わせているようだ。つまり、ほぼ月に一回かそれ以上のペースということになる。たしかに、遠すぎず近すぎず「隣人」と呼ぶにふさわしいペースである。また、大杉は大正五年十月から一二月まで、伊藤野枝と本郷菊富士ホテルに滞在しているが、その頃にも二、三回は会っているようだ。それらを合計すると、それなりに顔を合わす機会が多かったと考えざるを得ない。大杉は強烈な個性の持ち主であり、文壇とは一線を画す『近代思想』を意欲的に出していたことを想起すると、春夫の目に大杉はどう映ったのだろうか。

大杉は先づ無二の友荒畑寒村の小説を推賞した。それからドレフュス大尉事件で習俗と戦ったエミイル・ゾラのことや、アナトオル・フランスの名も出た。私はウキリヤム・モリスのことを尋ねたら、彼はその烏有郷消息（ルビ：ニュース・フロム・ノーホエヤ）を大変好きだと言つた。「美しい」と彼は言つた―美しいといふ言葉を確かに使つたのを覚えてゐる。

（「吾が回想する大杉栄」）

これは、春夫が荒川と二人で大杉を訪問したときの回想であるが、「美しい」という言葉を強調していることがわかる。この記述から、春夫の「美しき町」の登場人物・川崎禎蔵は大杉がモデルだったと論ずるものもあるが、ともかく、この回想で着目したいのは大杉が発した「美しい」という言葉と、大杉が話したとするアナトオル・フランスやウイリアム・モリスの名である。春夫はその後、アナトオル・フランスの作品を多く読んで翻訳を試み、ウイリアム・モリスは「美しき町」に登場する。先にも述べたように、この時期の春夫は無名で模索状態であり、西欧一九世紀末の作家たちに傾倒していた。そんな春夫にとって、大杉とのこうした会話は、それ以後の創作活動になんらかの指標を示したのではなかろうか。

春夫は〈超人社〉にいた頃、長江から次のようなことを言われたという。

君は人間よりは文章のほうが未熟だと手痛い批評のあとで、しかし文章の方が人間よりできすぎてゐるよりは、このほうがよからう。大杉栄なども二三年前までは拙劣見るに堪へない文章を書いてゐたものであつたが、人間ができてゐただけに見る見る自然と長足の進歩を遂げたやうな例もある　（『詩文半世紀』）

長江が大杉の文章を高く評価していたことが窺えるが、春夫の文章との比較として大杉の文章を持ち出している点に着目したい。模索を続ける無名の作家への指導の中で、比較例として挙げられた大杉の名を、春夫はどのように捉えたのだろうか。さらに、春夫が〈超人社〉に住み込んでいた頃、生田春月も住み込んでいたが、春月も大杉の思想について興味をもっていた一人であった。春夫が大久保に転居する少し前の大正四年四月頃、春月は荒川義英から『近代思想』を借りたあとに、荒川に連れられて大杉を訪問しているらしい。そのとき、春月の友人・江連沙村も同行していたという。ちなみに江連は、春夫の中篇小説『都会の憂鬱』（大正一二年、新潮社）の登場人物・江森渚山のモデルとなっている。この訪問については、春月の自伝小説『相寄る魂』（昭和五年、新潮社）に詳しいので触れないが、大杉が語った思想的なことについて春月も強く共感する部分があり、刺激を受けて帰ったという。

大杉を高く評価する長江や、大杉から刺激を受ける春月と共に暮らし、その後も大杉に心酔する荒川と暮らした春夫。周囲には大杉の情報が溢れ、何度も直接大杉に会っている春夫。本来ならば、頻繁に大杉やその周辺について書かれていても良さそうなものだが、不思議なことに大杉についてのまとまった文章は「吾が回想する大杉栄」が初であり、その後も第二次大戦後を待たねばならない。つまり、春夫は大杉について、やけに寡黙なのである。その寡黙さの真相は不明であるが、そこで想起されるのは、大石誠之助の甥・大石七分である。

第二節　大石七分の病

（1）大石七分の個性と川崎禎蔵

大石七分（一八九〇―一九五九）は、近藤富枝『本郷菊富士ホテル』（一九八三年、中公文庫）や西村伊作『我に益あり』（一九六〇年、紀元社）、伊作の娘石田アヤ「大石七分と玉置徐歩」（一九八一年『熊野誌』）などの中で触れられている【図22】。七分の生き方は、近藤富枝が指摘しているように、積極的な社会活動はせず、厭世的で怠惰であったが[1]、加藤一夫、西村伊作らが大正五［一九一五］年に創刊した雑誌『科学と文芸』に寄稿し、大正七年に創刊する雑誌『民衆の芸術』の編集兼発行人も務めた時期もあった。また、昭和六年には資生堂ギャラリーで、山形県東置賜郡高畠町などを描いた画家・萩生田真吉と合同で洋画展覧会が開かれている。その他、七分と同郷の作家である佐藤春夫邸と加藤一夫邸の設計を行い、設計図集のようなものも残しており、伊作は『我に益あり』の中で、七分の芸術的才能を高く評価していることは無視できない。石田アヤが「機智と詩的な空想力を言葉や行動で表した」と回想しているように[2]、その芸術的才能を開花させずにいたことが惜しまれる。

七分は、大逆事件で処刑された医師・大石誠之助の兄にあたる大石余平を父とし、文化学院を創設した西村伊作（長男）、大石真子（二男）の三人兄弟の末子にあたる。父余平は、『紀伊東牟婁郡誌』（一九一七年、東牟婁郡）にもその名が記載されているプロテスタント系のクリスチャンで、現地におけるキリスト教の伝道に尽力した人物であった。伊作、真子、七分という名前は聖書に由来している。余平は、多額の財産を投じて伝道活動を行ったため、親族の反感を招き、伊作の親権を剥奪されて愛知県名古屋市熱田へ移住する。七分は、明治二三年七月に熱田の地で誕生した。

その後、明治二四年、濃尾大地震が起こり、余平夫妻は死亡する。七分らは両親を失い、奈良の西村家（余平の妻冬の実家）に預けられる。その後、誠之助が三人を引き取り、伊作は誠之助、真子は叔父の玉置酉久（余平の弟・誠之助の兄）、七分は叔母くわ（余平の妹・誠之助の姉）に預けられた[3]。明治三六年、七分は同志社普通学校に入学するが、中退する。一九〇六年には、誠之助の勧めにより、一六歳でアメリカへ渡る。アメリカでの七分の動向の詳細は不明であるが、伊作によれば、再び中退しているという[4]。ともあれ、七分は大正三年夏頃に帰国しており、大逆事件の検挙や処刑、『近代思想』創刊の際にはアメリカにいたことになる。

【図22】大石七分　16歳

帰国後は、大逆事件後の故郷に住むのは厳しい状況だったため、東京で堺利彦の元に出入りして大杉栄らと親交を結び、大杉に関係する集会に足を運んでいる。そのため七分は、要視察人名簿に「大杉栄一派の無政府主義斬新派」として分類されている。さらに七分は、大杉に資金的援助をし、大正五年には伊藤野枝とともに本郷の菊富士ホテルに住まわせる。同時期に七分も、後に結婚する角田いそと滞在していた。

また、この頃、第三回二科展に絵画作品《セメント工場》を出品して入選。そのとき佐藤春夫も、絵画作品《猫と女との画》《夏の風景》の二点を出品し、入選している。春夫による大杉栄の追悼文「吾が回想する大杉栄」（一九二三年一一月『中央公論』）によれば、この頃に春夫は、『近代思想』の寄稿者である荒川義英と同居していた[5]。春夫は次のように回想している。

私が大杉を知つたのはこの荒川義英を通してである。私の家が大久保にゐたころに、大杉もやはり大久保にゐたのだ。三四丁は離れてゐただらう。荒川は殆んど毎日のやうに大杉のところへ立ち寄つたやうであつた。或る日、荒川が私のところへ大杉を引つぱつて来た。その時が初対面であつたが、無論、そんな挨拶などは誰もしなかつた。（中略）私は大杉のなかに思想家を認めるよりも第一に好もしい隣人を見たのである[6]。

既に触れたように、春夫は荒川を通して大杉と知り合い、その後もしばしばホテルを訪ねて大杉や野枝らと歓談しているが、同時期にホテルに滞在していた七分に関する記述はない。同郷出身で、大杉と親しく、年齢も春夫のたった二歳年上の七分。春夫は、伊作については折に触れて書いており、誠之助についても触れているにもかかわらず、世代の近い七分については、文献上は奇妙なほど無言なのである。[7] その理由について考えるとき、大杉栄一派として官憲につけまわされていた七分については意図的に書くことを避けていたとも言えるが、荒川と同居して大杉のもとに出入りし、大杉の追悼文を『中央公論』に堂々と掲載していることから、その可能性は薄くなる。ともあれ、こうした奇妙な沈黙の一方で、七分は春夫の短編「F・O・U」（一九二六年一月『中央公論』）の主人公マキ・イシノ（石野牧雄）のモデルとして描かれ、同年に小石川区関口にあった春夫の自邸を設計してもらっていることを勘案すると、七分は春夫に何らかの芸術的感興を与える人物であったことは間違いないだろう。七分のキャラクターについては、伊作が興味深い回想を残している。

> 金をもらうことにしている間彼は安心であつた。しかし金がなくなると精神に異常を起こしたような行動をする。（中略）彼は私が少しずつやる金を当てにして暮して、自分には天から金が降ってくるのだといつも言っていた。そして人間は働かずに暮せれば、倹約な生活をしてでも働かないでいる方がいいと彼は信じていたようである。[8]

七分は無職で、伊作をあてにして、大金を持っていると思い込んでいたことがわかる。さらに、金がなくなると自殺を試みることもあったという。

注射によってひと眠りした七分は真子（注、七分の兄）の自動車へ乗せて精神病院へ連れて行った。連れて行く途中で七分は、「みんなが計画しておれを殺すのだ。殺されるのであるならば自殺した方がいい」と言って、走っている自動車から飛び降りようとしたり、エンジンをクランクするハンドルで自分をなぐろうとした。(9)

伊作の回想から、七分が何らかの精神疾患を抱えていたことがわかるが、それについては後に触れる。

ともあれ、「美しき町」の川崎に視点を戻すと、このような七分の言動は、川崎が、「私には、時々、自分自身がそれだけの金を現に自分の現金の帳簿のなかに持つてゐるのだと思ひ込む秒間があつた」(10)と述べている点を彷彿するだけでなく、〈美しい町〉計画の挫折を宣言した時に、川崎禎蔵が、「私の小説のなかではその主人公がそれらの計画が完全に成立した時に、不幸にも死ぬことになる」と述べ、〈死〉を匂わせる発言をしていることや、E氏が川崎禎蔵の自殺を予感する場面を想起させる。

私は、私を引き留めようとするこの老人を押しのけるやうにして、後をも見ずに早足でホテルの方へひき返した。私の目には血まみれになつて白いシイツの上で呻吟してゐる私の友達が見えるやうに思つた。彼は独逸へ行くといつた。それは嘘だ。彼は死ぬつもりだ。

（『全集・佐藤』三巻、四〇九頁）

佐久間保明は、この部分に大正八年の大杉栄の入獄との関連を指摘しているが、当時の大杉は、労働運動に強い期待を抱いており、入獄したにせよ、これまで要視察人と目されていた人々の活動は、先に引用した大杉の「入獄の辞」にあるように、一時的に思想言論弾圧が緩み、活動的になってきていた点を視野に入れると、当時の大杉栄と川崎禎蔵の自殺のイメージを、直線的に結びつけることはできない。

また、伊作の長女である石田アヤはが七分について「機智と詩的な空想力を言葉や行動で表した」と回想している点や、[11] 七分（ステファン）の言動や人物像は、二つの名前を持ち、「十六になつたその時に婦人は死」に、その後「アメリカへ帰化」した川崎禎蔵の風変わりな人物像と重なる点が多い。そのため川崎は、大杉栄、西村伊作の要素を部分的に混交させながらも、それらを総括するキャラクターとして、七分のイメージを投影させていたと考えられる。そのように、改めて川崎を捉えなおすなら、「美しき町」という作品には、また新たな奥行きが見えてくるのである。

（2）『民衆の芸術』創刊

大杉栄らの『近代思想』について考えるとき、それ以降に刊行された様々な雑誌が想起されるが、七分の生涯の中で、ほとんど唯一とも言える社会活動であった雑誌『民衆の芸術』【図23】の創刊を看過することはできない[12]。

『民衆の芸術』は、大正七［一九一八］年、七分が奥栄一、永田衡吉、下村悦男ら同郷の青年たちと協力し、大杉栄をプロモーターとし、当時の民衆芸術論争（運動）に連動して発刊した雑誌である。寄稿者は、大杉栄や伊藤野枝、荒川義英、馬場孤蝶、生田長江の弟子の生田春月、そして佐藤春夫の作品『都会の憂鬱』（一九二三年、新潮社）の登場人物の江森渚山のモデルとなった江連沙村などもいた。こうした執筆者を見る限り、大杉のサポートのもと、七分と同郷の青年たちが集って、大杉たちの運動とは異なる視点、つまり〈芸術〉を社会運動から切り離すような立場から、自分達の新しい表現とその表現の場を意欲的に模索しようとしていたことがわかる。

創刊号の「宣言」【図24】には、次のように書かれている。

> 僕等の民衆芸術は、反『芸術の為の芸術』である。あるが侭に生を生きやうとする現実主義者の表現である。（中略）／僕等の民衆芸術は、反個人主義である。（中略）個人主義を徹底さして見ると、現実的には人を先づ無能と仮定して置いて無闇と世話をやきたがる人道主義者や慈善的カピタリストの手合いが出来上がる。（中略）／僕等の民衆芸術は通俗芸術に反

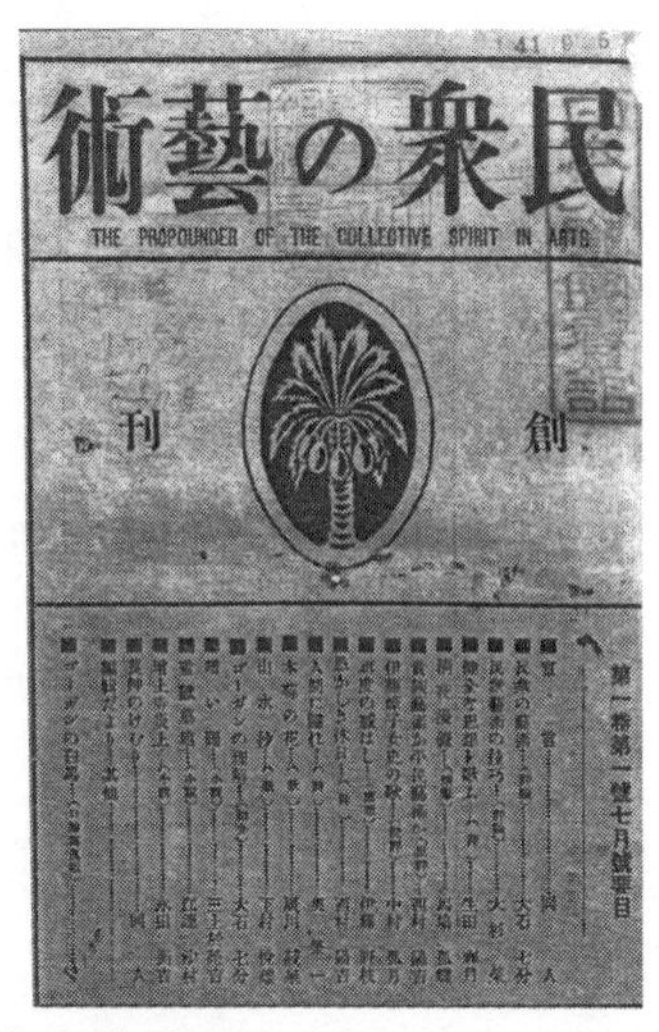

【図23】『民衆の芸術』創刊号　表紙

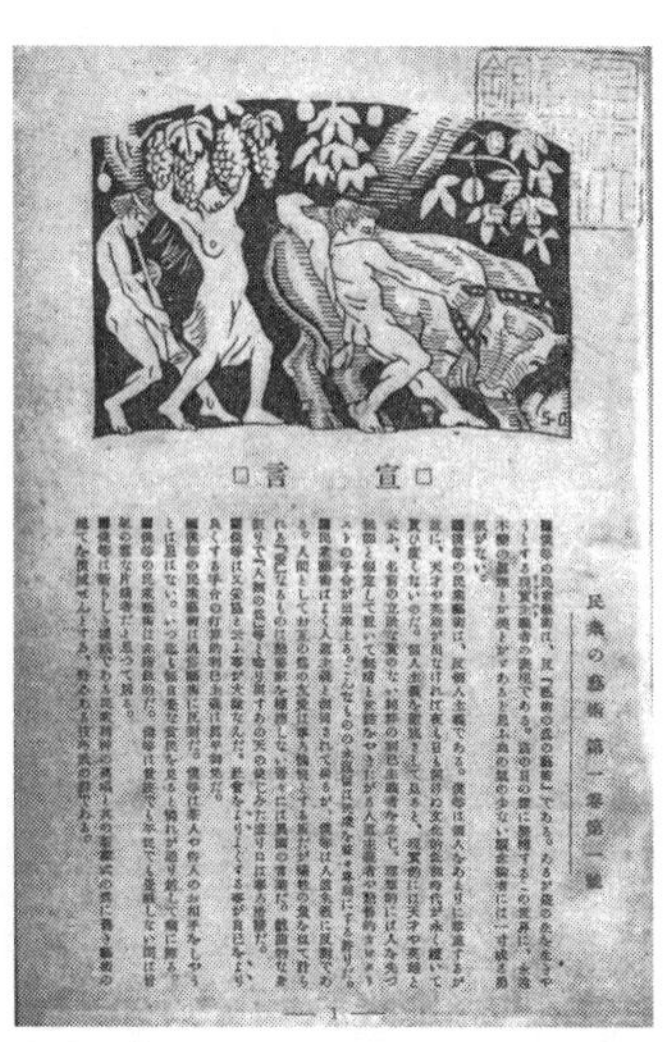

【図24】創刊号『宣言』

対だ。（中略）いつ迄も無自覚な貧民を見ると憐れが通り越して癪に障る。／僕等の民衆芸術は非階級的だ。僕等は貴族でも平民でも覚醒しない間は皆気の毒な片端者だと思つて居る。／僕等は新しき権威である民衆精神の高唱と其の新様式の為に旧き芸術の全てを撲滅せんとする、野心ある技巧派の群である。[13]

「宣言」の上部にある木版画は、七分によるものである。この「宣言」に見られるように、『民衆の芸術』の立場は、労働者階級の解放と闘争に念頭を置きつつ民衆芸術論を展開していた大杉栄とは異なる立場であることがわかる。[14]それは、「宣言」では〈民衆〉という言葉の定義が曖昧な上、〈民衆精神〉に覚醒した人間なら階級に拘泥しない、という意味での非階級的な主張がなされているためである。

民衆芸術論争とは、本間久雄、大杉栄、安成貞雄、加藤一夫などが主な論者で、本間久雄が発表した「民衆芸術の意義及び価値」（一九一六年八月『早稲田文学』）を皮切りに、大正五年後半から大正七年にかけて論議され、大正一二年くらいまで続いた文学・芸術論である。大杉は、ロマン＝ロラン『民衆芸術論』（大正一一年、阿蘭陀書房）を全訳刊行してから、この議論に参加している。大杉はロランを援用しながら、サンジカリズムの立場から労働運動との関連で〈民衆芸術〉を提唱してゆく。

そこで注意したいのは、『民衆の芸術』の「宣言」に主張されている「民衆芸術」が、「民衆精神」の「覚醒」を前提としていることである。そして、「民衆精神」を「新しい権威」として絶対視することで、一切の権威が否定されており、「精神の覚醒」が階級問題や現実社会に先行した上で、漠然と「民衆芸術」が構想されていることが確認できる。そのため、現実離れをした「宣言」とも読めるが，大正七年前後の時代を彩る様々なキーワードがちりばめられ、彼らなりの解釈と価値観によって、それらを読み替えようとしていることがわかる。それは、大杉栄と荒畑寒村らが『近代思想』を創刊し、それまでの社会のあり方や文学、思想などを新しく読み替えてゆく姿勢を示していたことにも呼応する、一種の〈価値転換〉を促す挑発的な姿勢でもあった。その点にこそ、この雑誌の意義と可能性があった。また、こうした主張は、先に触れた春夫の主張する〈精神〉としてのユートピアとも重なる。その点は、次に引用するように、春夫が

『民衆の芸術』に期待を寄せている事実によって裏書されるだろう。

雑誌は予期以上によく出来て居て、非常に愉快です。巻頭の宣言を一読して、お世辞ではなく、雑誌の健全な発育を最も期待さるるやうになりました。[15]

春夫は伊作の『科学と文芸』の創刊には、何の反応も示していないが、「宣言」を読み、『民衆の芸術』に期待を寄せている事実から推すに、この雑誌に強い関心を向け、共感を覚えたからに違いない。それは、寄稿者の顔ぶれが、春夫と深い関りのあった人物が多いことからも、推測可能である。[16] しかし、ここで忘れてはならないのは、七分らをとりまく状況である。

(3)『民衆の芸術』の挫折以後

『民衆の芸術』は、芸術雑誌であったにもかかわらず、官憲から一方的に社会主義機関誌と目されて、大正七［一九一八］年一一月、創刊から僅か五号で挫折してしまう。直接の原因は、八月に刊行した第二号、一〇月の第四号が発売禁止になったことによる資金難であるが、なぜ二号と八号が発禁になったのか、不透明なところがある。その点について西田勝は、「八月号は一体どういう理由から発売禁止の処分を受けたのか。いま改めて細かに読み返してみても小説にも論文にもとりたてて検閲官の眼を刺激するような箇所はない。ただその『遠近消息』欄中に『警視庁氏―麹町―民衆芸術広告の件に関し明二十日出頭可有之候』という嘲弄的な記載が見られる」と指摘し、第四号については、同号に掲載された「民衆の歌」が検閲官の眼に触れたのではないか、という七分の発言を引用して発禁事情について推測しているが、いずれにしても明確な理由ではなく、不明なままである。[17]そこから推すに、雑誌の内容よりも、その存在そのものが問題だったのではなかろうか。なぜなら、この雑誌には七分と同郷、つまり大逆事件で処刑された大石誠之助と同郷の青年達が多かったためである。こうしたある種の偏見の背後には、大逆事件に関連した人物への執拗なまでの弾圧の片鱗が透けて見える。

七分や春夫と同郷の和貝彦太郎は、当時について、次のように回想している。[18]

　茲に忘却し得ないのは、本事件（著者注、大逆事件）と直接若くは間接に、何程かの関係を持ったものと、官憲からにらまれた、要視察人と云う名の良民達が、以来十数年に亘って受け続けた弾圧で、その執拗であり非常識である点は、恐らく有史以来の暴虐であったと思われる。それらの人々の中には、希望に満ちた前途を抹殺されたもの、恐怖懊悩の末発狂死を遂げたもの、一家離散して自暴自棄に陥ったもの等、悲惨の数々が語り伝えられている。私自身にしても、青雲の志に燃えた修学三昧の途上をこの弾圧に会い、中道にして学を廃するのみならず、ために老父は傷心のあまり死期を早めるなど、事件当初の受難のみを考えても、長く悔恨の種となって残っているのである。[19]

こうした大逆事件後の不当な弾圧を視野に入れると、『民衆の芸術』は、デモクラシーの高まりの中にあっても根強く残り続ける大逆事件余波と思想言論弾圧の陰湿さと執拗さによって、廃刊に追い込まれた可能性は否定できない。だが、重苦しい状況を背負いながらも、七分をはじめとする若い「技巧派の群」が現状を打破すべく『民衆の芸術』の発刊に踏み切った事実は、もっと評価されてよいのではなかろうか。

『民衆の芸術』の廃刊後、七分は積極的な社会活動をほとんどせず、故郷の土地を売却し、東京に家屋を購入して改築して過ごしていたようである。大正一一年にはフランスに渡り、大正一四年頃に帰国する。フランスでは大杉と何らかの関係があったようであるが、詳細はわからない。その後は、伊作の援助や残った遺産などで生活し、建築に携わったり、絵を描いたりしながら過ごし、金が無くなると精神的な病が起こって、〈死〉の脅迫観念に囚われて、恐怖に怯えていたという。彼の脅迫観念は、大杉らが虐殺されたことで、より深刻な様相を帯びてゆく。伊作は、次のように回想している。

今の政府がうそに革命を起こさせて、自分を殺そうとしているのだと弟は考えた。それは前にいた牧師の沖野氏が陰謀をたくらんで自分ばかりでなしに、自分の兄弟をも殺そうとしているらしい――自分は殺されるのはいやだと、そういうことを想像して逃げ回ったらしい。[20]

石田アヤは、次のように指摘している

七分はいささか本格的で、二度も精神病院に入っているが、古いところを調べても、島崎藤村の家のように、本式の座敷牢に入れられたり、精神病院に行かなければならなかった人たちは他にはいなかったらしい。七分のおじは、大石誠之助や親しかった大杉栄の殺されたことをはじめとして、あの頃の思想取締りのおそろしさにおびえたことが原因となっていたに違いないと思われる。(21)

冒頭で触れたように、七分は大杉の周辺にいた人物であると同時に、大石誠之助の甥である。この二人の不当な死は、その後の執拗な弾圧により、七分の心の中で重なり合い、彼自身の存在そのものにさえ投影された。その意味で、大石七分の存在とその半生は、『近代思想』以後の大杉の仲間であると同時に、広い意味での大逆事件の犠牲者の一人であるという点において、日本近代史の闇を映し出す一つの〈生〉の在り方であり、鋭敏な感性に映し出された不条理な現実との、精神的格闘の在り方でもあったのではなかろうか。しかし、最後にもう一つ触れておきたいことは、七分をモデルにした佐藤春夫の小説作品「F・O・U」である。

「F・O・U」は、フランスにいた時期の七分を題材にしている。作中では、七分をモデルとするマキ・イシノは狂人（＝ＦＯＵ）として描かれる。しかし、単なる精神異常者としてではなく、「誠にこの上もなく邪気のない笑顔」を持つ「優雅で柔和な紳士」であり、存在そのものが「社会に対するアイロニイ」であるかのような、[22]一種の天賦の才能を有する芸術家として描かれる。「Ｆ・Ｏ・Ｕ」については今後詳述したいので深く踏み込まないが、春夫の作品の中では他に類を見ないほどの、最上級とも言える賛辞が並んでいる。作中の人物と実在の人物の間には相当な差があるのはもちろんだが、この作品を読むとき、石田アヤが七分について「機智と詩的な空想力を言葉や行動で表した」と回想していたことが想起されるのである。

おそらく春夫は、七分の中に、二人といない稀有な芸術家を発見したのであろう。それは、文献上の事実として書くことも躊躇われるほどに、あまりに無垢な精神の発露として、春夫の目に映ったのではなかろうか。春夫が七分について文献上で沈黙を貫いていた秘密は、そこにあるのかもしれない。

佐藤春夫の小説「美しき町」が発表される一年前、大逆事件の連座を奇跡的に免れた沖野岩三郎が、大逆事件に関わった人物たちをモデルに短編集『煉瓦の雨』（大正七年十月、福永書店）を刊行し、春夫はその序文を沖野から依頼される。その際、大正七年八月二日付けで、父・豊太郎に宛てて、次のような書簡を送っている。

昨日、沖野岩三郎氏が来ました。同氏も九月には書物を出すさうです。私にも序文を書けといふやうなことでした。同氏の自転車は作品としても悪作です（注、『煉瓦の雨』所収）。しかし作者がモデルとして実在の人を書く場合に、描かれた人はどんなに書かれても不快なものに相違ありません。けれども、モデルは必ずしも作中の人物と同じものではありません。寧ろ作者その人です。私は沖野氏が沖野氏のあまり円熟したとは許しがたい人生観の見界から、人間を書き出して居ることを面白くないと思ひます。沖野氏のなかに出てくる人間は、ほんとうの人間のやうな活き活きとした点が一つもありません。その人間の真実と、霊活とが書けて居れば、たとひどんな不快な事件を書き出して居てもいいのだと私は思ひますが。……理屈は、面倒になつて来ましたからやめませう。兎に角、沖野氏の創作家としての態度は、腑に落ちません。[23]

こうした創作上の信念が、七分の存在を通して、川崎禎蔵を経て、マキ・イシノという「誠にこの上もなく邪気のない」稀有な存在へと結晶したのであろう。

それとも芸術家はふとした光線の加減で、何でもないガラスをよき鏡にして彼自身を映し出したのであつたらうか。そんなことはどちらでもいい――但、マキ・イシノの芸術はその事の如何にかゝはらず厳として在る[24]

第三節　ユートピアの母胎

これまで、川崎禎蔵のモデルを探りつつ、無名時代の佐藤春夫の周囲にいた大杉栄と大石七分について取り上げてきた。そこで最後に、先行研究を辿りながら、佐藤春夫の故郷である新宮と、大逆事件で処刑された大石誠之助についても簡単に触れておきたい。

佐藤春夫が生を受けた新宮は、和歌山県南部に位置し、三重県に隣接している。春夫の旧居の裏には熊野川が流れており、新宮は、太平洋沿岸を中心として材木の運搬や漁業などによって江戸時代から栄えた土地である。町の東に位置する丹鶴城址からは、現在でも新宮市内と熊野川河口、太平洋を一望することができる。鮮やかな紺碧の海と古の神々の宿る険しい山々は、自然が形作る壁となって小さな新宮の町を取り囲んでいる。

また、新宮は災害の多い土地であった。夏になると、「台風銀座」と呼ばれるように台風の通り道になるため、古くから暴風と出水が町を襲い、家屋も倒壊した。江戸から大正初期にかけては災害に備えて、川原家という釘を一本も使用しない組み立て式の特殊な家屋に住む人々もあり、出水の度に家屋をばらして、別の場所に家屋を組み立てたという（多い時は、二〇〇棟を超えたようだ）。材木以外で生計を立てている人々も、近隣の材木商から質の良い杉を見立ててもらい、腕の良い大工が家屋を組み立てた。それでも、どこかで火事を起こすと材木はたちまち燃え上がり、時には町を焼き尽くすほど燃え広がった。こうした災害は、新宮の人々にとって〈自然の脅威〉という、もうひとつの壁であった。だが、家を失った人々は近隣と協力し、知恵と工夫によって、度重なる災害の中を逞しく生き抜いたのである。それは、人と人、そして、人と土地とを結びつける力強い絆を意味する。この僻地では、その絆こそが命を繋ぎ、町を生かすのである。こうした当り前の事実を、この小さな町の歴史を通して読み取ることができる。

修験道を努める山伏たちは、古来熊野の自然を信仰の対象として、厳しい修行に励んだという。現在でも新宮では、山伏の伝統を引き継いだ「お燈まつり」が行われている。新宮節で謡われているように、この祭りは、神倉山の頂上から、松明を持ち荒縄を締めた白装束の男たちが急な石段を駆け下りる、女人禁制の「男のまつり」である。この「お燈まつり」に象徴されるように、新宮は、男性的な土地である。山を越えるにしろ、海を渡るにせよ、近代以前の人々の足と交通手段では至難の技であり、そこには、屈強な男の身体と精神とが要求されるからである。だが、時代が移り変わったときに、こうした厳しい自然環境は、新宮を外部から守る壁であると同時に、新宮を外部の情報から遮断し、文化的に孤立させてしまうこともできる壁である。つまり、「陸の孤島」と呼ばれる新宮は、古来の聖地であると同時に、日本本土から隔絶された僻地であった。そのため、明治時代以降、外部の情報や文化に対する強い渇望が、新宮の文化人の間に芽生えるのである。

交通の発達が遅い土地ではあったが、水上航路によって明治期に入るとアメリカへ出稼ぎに行く人々が増加し、帰郷する度にアメリカから珍しい品々を持ち帰ったという。また、僻地であるため、政府の方針である性急な欧化主義政策の直接的な影響が少ない。そのため、異国の文化を脅威として受け止めるのではなく、柔軟な姿勢によって、取り入れようと試みている。

欧化主義政策の反動として興った国粋主義と軍国主義が、学制による新教育や言論の規制を媒介として次第に国民を支配して行く明治三〇年代から四〇年前後の新宮では、大石誠之助が中心となり、西洋近代の思想や文化を町に浸透させようと試みていた。それは新宮で初めてのキリスト教会設立や、メディアの発達にも、多かれ少なかれ大石一族が常にかかわっていた事実からも明らかである。つまり、新宮の文化的近代化の第一歩は、国が直接的に関与したのではなく、土地の人である大石一族とその周辺の人々が中心となって切り開いたのである。その点が、新宮の文化的発展の特殊性を物語っている。

こうした新宮における文化的近代化の第一歩は、大石誠之助の兄余平による、キリスト教の布教活動によって切り開かれたと言える。

大石余平（一八五四―一八九一年）は、妹の大石（改姓、井手）睦世から贈られた漢語訳『馬可伝』（マタイ伝）によって、急激な精神革命を起こす。その様子について、余平の息子である西村伊作は、以下のように述べている。

その聖書のマタイ伝を読んだ私の父は、イエスの山上の説教を見て驚いた。その教えは、余平が持った教養である支那の古典の道徳と比べて、その表現が全くちがっていた。「幸なるかな、心の貧しきもの」「幸なるかな、義のために責められるもの」イエスは人間一般の論理と反対なことを言っている。理論ではなく、わかりやすい人間の情を表わしたことばのみを発する。イエスは学者や、物知りや、金持や、官吏がきらいだ。イエスは習俗の法則に縛られないで、人間性を率直に表わした言動をする。それが私の父、余平の心にぴったり合った。

（西村・一九六〇、二一一頁）

余平は、イエスの自由な、理想主義的思想とその生涯に強い共感を覚えて、精神的な革命を引き起こしたと推測される。先にも述べたように、大石一族は学者家系であり、明治期に入って、それまでの儒者としての立場が根底から覆され、自己の拠って立つ規範を見失った時に出会ったキリスト教とは、その屈強な血が見出した活路としての新天地であった。更に、その精神革命は、アメリカ人宣教師の齎した開拓精神と西洋文化に結びついたとき、新宮における生活改革が目指される。

明治一五年一一月、カンバーランド長老教会の宣教師・ヘールが訪れて、新宮では初の洗礼が行われた。余平はその時に受洗している。この時代の宣教師はピューリタン精神を持ち、聖書の教えに忠実に倣い、「清貧」を良しとしている。アメリカ長老派はカルヴァン主義の流れを汲んでいるため、改革精神に富んでいた。こうした宣教師の教義は、当然、余平にユートピア志向を芽生えさせる契機になった。

酒も飲まず、自我の強い父は全く人のために生きることを目的とするようになった。そして父は精神主義であったから、この日本という国へ天国をもち来たらそうとして、すべてが心のうるわしい人に満たされたところの美しく、楽しい国を造ろうと考えた。

（西村・一九六〇、四〇頁）

こうした余平のユートピア志向は、新宮教会を中心として、英語学校や幼稚園など、一種の教育機関を教会の敷地内に設置している事実から窺い知ることができる。[25] また、余平は生活改革の一貫として、徹底的に偶像崇拝を否定して、自宅の仏壇から仏像や位牌を取り払い、妻冬の実家である西村家の仏壇まで取り払った。[26] クリスマスなどのキリスト教の行事も行っている。更に、近隣の信者たちと協力して〈パンを焼く会〉を結成して、牛乳やパンの普及など、食べ物の改革にも努めた（西村・一九六〇、五五頁）。

アメリカ人宣教師が齎したキリスト教と生活上の知識は、余平を中心とした信者たちの手によって、新宮の地に次第に浸透して行った。こうした新宮の近代化の過程を土壌として、春夫が青春を生きたことを想起するなら、これまで考察してきた春夫のユートピアの原型を、大石兄弟のユートピア志向のうちに求めることができるのではなかろうか。

明治四三年、獄中での誠之助は、次のような言葉を残している。

自分はこれまで種々の理想を抱いたり、捨てたりした。さうして又没理想とか無理想とかいふ言説にも多少は耳を傾けて見た。併し自分は決して全く理想といふものを打ち捨てる事が出来ない。／此宇宙の構成を説明して精神的なものとする人があるならば、自分は敢えてそれに反対しようとは思はぬ。唯だ自分の心持として之を目的論的なものと見た方が呑込みやすいのだ。それが必ずしも人格を持つた神とか霊智あるものの意志だときめるわけではないが、何か知らぬ、其処に一つの目的があつて、その方に向つて動いて居るもののやうに思ふ。そして終に人間はいふに及ばず、万物の間に一大調和の実現する日が来るであらう。それで今の世に行はれて居る事は、悉く其処に達するの動行だといふ事を信ずるのみである。

（「獄中手記」『全集・大石』1、三二九頁）

誠之助の理想とした「万物の間に一大調和の実現する日」は来ない。だが、彼は、その希望を自己の言論によって表現し、その人間性によって示した。しかし、誠之助は次のように自身を回想する。

自分は未だ嘗て何物にも耽溺した事がない。歓楽といふものを味はつた事がない。美しい自然を見ても、直ぐに其あたりの醜悪な人事に目を奪われてしまつた。酒を飲んでもほんとうに酔つた事がない。—あでやかなる少女を見ても、必ずそのうちに寂しさと哀しさとを見出さずにはやまなかつた。これは故らにひねくれた根性だと言ふ人があるだらう。又たしかにさうであるかもしれぬ。併しその場合に、ひねくれるより外自分に取るべき道がなかつたやうに思ふ。

（「獄中手記」『全集・大石』1、三三四頁）

こう語る誠之助は、さらに「自分は人から非常に誤解せられて居る」と自身を振りかえり、「到底人は誤解に生き誤解に死ぬものだと自分は思ふ」と述べる。そのような、「寂しい悟り」の内に、彼は一月二四日をむかえる。

誠之助の兄余平から誠之助に受け継がれたユートピア志向は、大逆事件によって挫折した。しかし、その挫折は、彼の周囲にいて事件を目の当たりにし、強い衝撃を受けた佐藤春夫をはじめとする新宮の青年文化人の中に、陰に陽にと反映されているように思えてならない。

春夫の描くユートピアは、大正八年「美しき町」で崩壊し、〈精神〉としてのユートピアが目指された。その〈精神〉とは、この大石一家のように、〈近代〉そのものを真摯に受け止める努力をし、権力によって近代化を遂行するのではなく、「この日本という国へ天国をもち来たらそう」という余平の姿勢に象徴されるように、ある種の理想に突き動かされて、新宮の地に浸透させるべく身を削った人々たちの中に求めることができるのではなかろうか。それは、どことなく

「美しき町」の三人の男たちを髣髴させずにはいられない。その意味で、新宮のユートピア志向は、春夫の作品の中でも、形を変えて生き続けてきたように思えるのだ。

【註】

（1）近藤富枝『本郷菊富士ホテル』（一九八三年、中公文庫）。

（2）石田アヤ「大石七分と玉置徐歩」（一九八一年一一月『熊野誌』二二頁）。

（3）余平夫妻の死の前後については、沖野岩三郎が『煉瓦の雨』（一九一八年、福永書店）の中で小説として描いている。

（4）石田アヤによると、七分が学んだのはマサチューセッツ工科大学建築科（ＭＩＴ）であるらしい（石田アヤ、前掲書）。

（5）荒川義英は堺利彦に才能を見出されて小説を書きはじめ、新人作家としての地位を固めた。『近代思想』にも多く登場している人物である。荒川については、資料が少ないため先行研究に乏しいが、堀切利高「荒川義英の生涯」（一九七九年『大正労働文学研究』）が最も詳しい。また、黒岩比佐子『パンとペン　社会主義者・堺利彦と「売文社」の闘い』（二〇一〇年、講談社）の中でも若干触れられている。

（6）佐藤春夫「吾が回想する大杉栄」（『佐藤・全集』第一九巻、一七二頁）。

（7）大正一五年五月二九日、佐藤豊太郎宛、佐藤春夫書簡の中には、佐藤春夫邸の設計を大石七分

にまかせたことが明記されており、必ずしも完全に沈黙していたわけではない。(『佐藤・全集』第三六巻)

(8) 西村伊作『我に益あり』(一九六〇年、紀元社、二四五頁)。
(9) 西村伊作、前掲書、二六三頁。
(10) 川崎禎蔵の言葉(『自選』第五巻、一九四頁)。
(11) 石田アヤ「大石七分と玉置徐歩」(一九八一年十一月『熊野誌』二二頁)。
(12) 先行研究としては、西田勝「『民衆の芸術』の位置」(一九七九年『大正労働文学研究』)。
(13) 「宣言」(一九一八年七月『民衆の芸術』第一巻第一号、一頁)。
(14) 西田勝「『民衆の芸術』の位置」(一九七九年『大正労働文学研究』七二—七五頁)。
(15) 「遠近消息」(一九一八年八月『民衆の芸術』第一巻第二号、六〇頁)。
(16) 本文中の表紙を参照のこと。
(17) 西田勝、前掲論文、七一—七二頁。
(18) 和貝彦太郎は和歌山県新宮町出身の明星派の歌人で、佐藤春夫の先輩にあたる。彼は、大石誠之助が関わっていた雑誌『サンセット』に短歌を寄稿していたことから、『特別要視察人状勢一斑』に名前が掲載されて官憲の尾行がついてまわった。その苦境の中、彼は平出修の事務所で膨大な事件関連書を筆記する。その傍らで石川啄木はメモを採り、思想的転換を引き起こした。その後、啄木は「日本無政府主義者陰謀事件及び附帯現象」を執筆し、一方、和貝彦太郎の労務は、昭和に入ってから日の目を見て、『秘録大逆事件』上下巻（一九五九年、春秋社）に纏められる。

(19) 和貝彦太郎「大逆事件裏面史」（二〇〇一年十月『熊野誌』三頁、尚、執筆は一九六〇年一月と推定されている、一三頁）。

(20) 西村伊作、前掲書、二六五頁。

また、引用中にある「牧師の沖野氏」とは、大逆事件の連座を奇跡的に免れた沖野岩三郎のことである。詳しくは、森長英三郎『禄亭大石誠之助』（一九七七年、岩波書店）、野口存彌『沖野岩三郎』（一九八九年。踏青社）を参照。

(21) 石田アヤ、前掲書、一二三頁。

(22) 『佐藤・全集』第五巻、三六四頁。

(23) 『佐藤・全集』第三六巻、一二一頁。

(24) 『佐藤・全集』第五巻、三六八頁。

(25) ヘール兄弟は、大阪女学院設立の他、多くの英語学校、夜間学校も設立しており、青年教育を重視した宣教師であった（『日本キリスト教歴史大事典』、教文館、三五一頁、参照）。そのため、大石余平による英語学校や幼稚園などの設立も、大石一族が私塾を営んでいたこともあって、彼がもともと教育に無関心ではなく、宣教師らの影響を強く受け易い基盤があったことに拠る部分が大きいと考えられる。

(26) 長老派の大部分は、改革派に属しており、改革派は偶像崇拝を徹底的に否定している

（一九八八年、『日本キリスト教歴史大事典』、教文館、二七七頁、参照）。

あとがき

「佐藤春夫と大逆事件」というテーマについて、漠然と考えはじめたのは、二〇〇六年大学院後期課程二年の夏の終わり頃からであった。修士課程では主に文学研究の方法論を学んでいたが、後期課程になってから、指導教授の木村三郎氏（日本大学芸術学部教授）から、フィールド・ワークを含めて西洋美術史研究の方法論を学んだため、春夫が絵を描いていたということや、小説の中にたびたび絵画作品が登場することなどから、春夫の活動を文学史と美術史との関連のなかにどのように位置づけることができるか、ということを主要テーマにしていた。その研究調査の目的で、和歌山県新宮市の佐藤春夫記念館に何度もお世話になり、実際に春夫の絵画作品を見せていただき、撮影もさせていただいた。また、春夫の蔵書（とくに洋書）の閲覧と調査もさせていただいた。そのときはまだ、大逆事件についての意識や関心は薄かった。

記念館で午前中から調査をはじめて、閉館してからに外に出ると、良い具合に日が暮れている。記念館の近くには、陰になった山々を背後にした熊野川が美しく流れ、それを眺めてしばらく川辺を歩いてから町をぶらぶら散歩する。すると、ふと目に入ってくるのは大石誠之助の自宅があったという標識。そこから十分弱歩くと、春夫の実家があった丹鶴城跡。そこからさらに十分くらい歩くと、西村伊作邸。駅の付近にゆくと、大逆事件の碑があり「志を継ぐ」の文字。こうして、とくに何も考えずに、夕方に一人で散歩をしていると、いろいろなものが目に入ってくる。そして思ったのは「みんな、大石誠之助の近所に住んでいたのだなあ」という、ごくありふれた感想だった。地元の方々からすれば当たり前のことかもしれないが、近所付き合いの希薄な東京で生まれ育ったからだろうか、不思議と新鮮に感じられた。その後、数回新宮へ調査に通い、その度に町を散歩しているうちに、これほど春夫の近所に住んでいた町の医者である大石誠之助が、紀州・新宮グループの中心人物として大逆事件で拘束され、処刑されたというのは、若かった春夫の中でどのように受け止められたのだろう。しかも、紀州・新宮グループとして拘束された者は六名にも及んでいる。新宮の町は広くはないため、きっと、現代を生きる私の想像をはるかに超えるほどの衝撃が町全体に走っただろう。それは、どのような衝撃だったのだろうか……それから、新宮市立図書館などにもお世話になりながら、大逆事件に関する地元の資料を調査するようになった。また、宿の方や、たまたま話しかけてくれた市民の方々との些細な会話の中にも時折「高木顕明さんが」とか「大逆事件」という言葉が混ざっていることがあり、そうした市民の方々との出会いからも、大逆事件そのものについて学ばなければ佐藤春夫の文学の本質を理解することはできない、と考えるようになった。

その後、東京では、初期社会主義研究会、大逆事件の真実をあきらかにする会に参加させていただき、大逆事件が過去の事件などでは決してなく、現在も生々しく生きているということを目の当たりにして学び、今も学び続けている。その過程で、美術だけではなく、大逆事件との関連を春夫の活動の原点として位置づけて、本格的に研究テーマとするに至った。

このように振りかえってみると、私事ではあるが、本書の題名である「佐藤春夫と大逆事件」というテーマの発端は、どこかの文献から影響を受けたとか、なにかから示唆を得て取り組んだとか、誰かに勧められたとか、そういうことではなく、新宮という土地に足を運んでゆくうちに自然発生的に芽生えたものだった。その事実が意味するものは、大逆事件という闇が現代にも生き続けていることを、新宮という町そのものと、そこに生きる人々の姿が、訪れる者に自ずから教えてくれて、問題意識の糸口を与えてくれるということなのだと思う。さらに、大逆事件の真実そのもの、そして過去から現在にわたり、その真実に向き合って尽力している人々の姿そのものが、時間の隔たりを超えて、今を生きる者たちに多くの問題を投げ続けているということなのだと思う。土地や事件そのものが持つ問題と、その本質、そして、そこに真摯に向き合って尽力する人々、そうした全てが研究上の〈師〉であったのだと、改めて思う。

佐藤春夫については、第二次大戦中の戦争協力をふくめて、戦中戦後の活動については、今も批判的な見方があることは否めず、実際に、不可解な点がいくつかある。ただ、その活動の原点に大逆事件の衝撃があったということを念頭におき、それがどのような形で戦争協力に結びついているのかという点を含めて、今後も慎重に分析されてゆかねばならないだろう。

さて、本書は二〇一〇年三月に日本大学大学院芸術学研究科に博士論文（芸術学）として提出したものを土台とし、その後に発表した論文加えて、全体を加筆訂正してまとめたものである。また、博士論文の段階では、『田園の憂鬱』から「美しき町」への流れを英文学との関係から考察する章を設けていた。本来ならば、佐藤春夫の代表作といえば『田園の憂鬱』であるのだが、本書では大逆事件の痕跡と表現の問題を浮き彫りにすることに主眼を置いたため、今回は外すことにした（『田園の憂鬱』論については、別の形でまとめたい）。

また、院生時代に、夏目漱石研究者であり元立教大学教授である石崎等氏が日芸の非常勤講師として赴任されて、後期課程の五年間を通じてゼミに参加した。当時、私の拙い発表を毎回聞いていただき、そこで多くのご意見やご教示をいただいたことは、今ここで改めて感謝したい。

そして、野口雨情のご子息であり『沖野岩三郎』（一九八九年、踏青社）の著者である野口存彌氏とは、春夫の「愚者の死」をめぐって、お会いする度に、「反語じゃない」と穏やかにおっしゃり、長文の書簡もいただいた。私の解釈も「反語」ではないものの、「諷刺・寓意」といったものだと考えているので、いつも意見が割れるのであったが、二〇一五年一二月五日にご逝去されたと伺った。野口さんにお会いしたのは、二〇一三年六月九日に浅草で行われた故・堀切利高氏を偲ぶ会が最後となったことが惜しまれる。

本書の刊行にあたり、初期社会主義研究会や大逆事件の真実をあきらかにする会などで大変お世話になっている山泉進氏からお力添えをいただいた。また、辻本雄一氏は院生時代から記念館や新宮で大変お世話になり、多くのご教示をいただいてきた。そのようなお二人に「序文」を寄せていただいたことは、身に余る望外の喜びである。そして、論創社の森下紀夫氏のご協力と励ましがなければ、本書の刊行の運びには至らなかった。この御三方には、どれほどの御礼と感謝を申し述べても足りない。そして、これまで研究を続けてゆく上で、院生時代から現在にわたり、多くの方々から励まされ、様々な機会を与えていただいている。その一人ひとり、全ての皆様に、心より御礼申し上げます。

二〇一六年二月二九日

山中 千春

【引用文献】

荒畑・一九七五：荒畑寒村『寒村自伝』一九七五年、岩波書店
磯田・一九八二：磯田光一「『田園の憂鬱』の周辺―鹿鳴館の系譜（7）」『文学界』一九八二年八月
猪野・一九八二：猪野謙二『明治の作家』一九六六年、岩波書店
内田・二〇〇二：内田隆三「大逆と殉情」『国土論』二〇〇二年、筑摩書房
大浜・一九六七：大浜徹也『乃木希典』一九六七年、雄山閣
加藤・一九九〇：加藤百合『大正の夢の設計家　西村伊作と文化学院』一九九〇年、朝日選書
河上・一九五一：河上丈太郎「蘆花事件」『文藝春秋』一九五一年十月
クラーク・一九九二：ティモシー・クラーク著／鬼原敏枝訳「中洲の盛衰―安永・天明期の浮世絵と戯作文学にみる江戸の岡場所」『国華』一九九二年
佐藤・二〇〇七：佐藤嗣夫「佐藤春夫の大逆事件」『大逆事件の言説空間』二〇〇七年、論創社
島田・一九七五：島田謹二『日本における外国文学』上　一九七五年、朝日新聞社
『全集・石川』：『石川啄木全集』第一六巻、一九五四年、岩波書店
『全集・鷗外』：『鷗外全集』一九八九年、岩波書店
『全集・大石』：『大石誠之助全集』全二巻、一九八二年、弘隆社
『全集・大杉』：『大杉栄全集』第十四巻、現代思潮社

『全集・佐藤』：『定本佐藤春夫全集』全三十八巻、臨川書店
『全集・辻』：『辻潤全集』全十巻、一九八二年、五月書房
『全集・蘆花』：『蘆花全集』全二十巻、新潮社
高橋・一九八五：高橋世織「佐藤春夫「美しい町」について―「倒景」としての東京」『媒』一九八五年八月
竹内・一九九一：竹内洋『立志・苦学・出世　受験生の社会史』一九九一年、講談社
『ツアラトウストラ』：生田長江訳『ツァラトゥストラ』一九一一年、新潮社
中上・一九七九：中上健次「物語の系譜」『国文学』一九七九年二月
成瀬・一九九五：成瀬不二雄『司馬江漢　生涯と画業』一九九五年、八坂書房
野口・一九八九：野口存弥「大逆事件その後Ⅲ」『沖野岩三郎』一九八九年、踏青社
野田・一九五一：野田宇太郎『日本耽美派の誕生』一九五一年、河出書房
信時・一九九九：信時哲郎「佐藤春夫「美しい町」論―「かはたれ」の物語」『神戸山手短期大学環境文化研究紀要』一九九九年
西尾・二〇〇二：西尾幹二『ニーチェ』第Ⅰ部、二〇〇二年、筑摩書房
西田・一九七九：西田勝「『民衆の芸術』の位置」『大正労働文学研究』一九七九年、十月
西村・一九六〇：西村伊作『我に益あり』一九六〇年、紀元社
芳賀・一九六八：芳賀徹「画人司馬江漢」『自由』一九六八年六月

村井・二〇〇八：　村井則夫『ニーチェ―ツァラトゥストラの謎』二〇〇八年、中公新書
森長・一九七七：　森長英三郎『禄亭大石誠之助』一九七七年、岩波書店
吉田・一九五三：　吉田精一『現代文豪名作全集18　佐藤春夫集』一九五三年、河出書房

本文の略号に続く数字は、基本的に刊行年、頁数とする。
全集は、煩雑さを避けるため、刊行年を省略し、略号の後に巻数、頁数を示す。

【参考文献】

第一章

佐藤春夫の傾向詩

中村光夫『佐藤春夫論』一九六二年　文芸春秋社

大岡信「佐藤春夫と堀口大學」（『日本の近代詩』一九六七年　読売新聞社）

森長英三郎『禄亭大石誠之助』一九七七年　岩波書店

野口存弥『沖野岩三郎』一九八九年　踏青社

中上健次「物語の系譜」（『国文学』一九七九年二月）

内田隆三「大逆と殉情」（『国土論』二〇〇二年　筑摩書房）

佐藤嗣夫「佐藤春夫の大逆事件」（『大逆事件の言説空間』二〇〇七年　論創社）

磯田光一「『田園の憂鬱』の周辺―鹿鳴館の系譜（7）」（一九八二年八月　『文学界』）

平凡社『国民百科事典』4（一九七七年二月二五日初版第1刷発行）所収

『新高八十年史』「明治大正編」（一九八三年、和歌山県立新宮高等学校同窓会）

生田長江「紀州旅行日記」（『文学者の日記5　長与善郎・生田長江・生田春月』一九九九年　博文館）

辻本雄一「『愚者の死』をめぐって　佐藤春夫と〈大逆事件〉序説―」（一九八四年十月、『近代文学研究』一〇二―一〇三頁）

ニーチェ、生田長江関連

生田長江『ツァラトゥストラ』一九一一年、新潮社

『登張竹風／生田長江』二〇〇六年　新学社近代浪漫派文庫

『ニーチェ』第一、二部　西尾幹二著　二〇〇一年　ちくま文芸文庫

『ニーチェ』ジル・ドゥルーズ著／湯浅博雄訳　二〇〇四年　ちくま文芸文庫

『悲劇の誕生』ニーチェ著／西尾幹二訳　二〇〇四年　中公クラシックス

『ツァラトゥストラはこう言った』上下巻　ニーチェ著／氷上英廣訳　二〇〇三年　岩波文庫

生田長江訳『ツァラトゥストラかく語りき』二〇〇八年　書肆心水

グロイター社『ニーチェ全集』(Friedrich Nietzsche, *Werke, Kritische Studienausgabe*, hrsg. von G.Colli, M.Montinari, Walter de Gruyter, 1967-77.) ベルリン、ニューヨーク

生田長江訳『ニイチェ全集』全12巻、一九三五年　日本評論社

『ニーチェ全集』全16巻＋別巻1巻、一九六三―八〇年、理想社（後、一九九四年、ちくま学芸文庫）

村井則夫『ニーチェ―ツァラトゥストラの謎』二〇〇八年　中公新書

ジャン・グラニエ著／須藤訓任訳『ニーチェ』一九九五年　白水社（Jean Granier, *Nietzsche Que sais-je? N°2042*, Presses Universitaires de France, 1982.)

K・レーヴィット著／柴田治三郎訳『ニーチェの哲学』一九六〇年　岩波現代叢書（Karl Löwith, *Nietzsches Philosophie der ewigen Wiederkehr des Gleichen*, neue Ausgabe, Kohlhammer Stuttgart, 1956.)

藤田健治『ニーチェその思想と実存の解明』一九七〇年　中公新書

マルティン・ハイデッガー著／細谷貞雄監訳／杉田泰一・輪田稔訳『ニーチェⅠⅡ』一九九七年　平凡社（Martin Heidegger, *Nietzsche*, 2Bde., Neske 1961.)

ジル・ドゥルーズ著／江川隆男訳『ニーチェと哲学』二〇〇八年　河出書房（Gilles Deleuze, *Nietzsche et la philosophie*, PUF, 1962)

明治文学関連

『近代文学回想文集』日本近代文学体系60　一九七三年　角川書店

木村毅著『明治文学展望』一九二七年六月　改造社

「近代文学史の構想」『三好行雄著作集』第六巻

一九九三年六月　筑摩書房
中村光夫『明治文学史』一九六三年八月　筑摩叢書
奥野健男『日本文学史　近代から現代へ』一九七〇年　中公新書
瀬沼茂樹『近代日本文学のなりたち』昭和二六年　河出書房
猪野謙二『明治の作家』昭和四一　岩波書店

新宮市史、大石誠之助関連

『紀伊東牟婁郡誌』一九一七年　東牟婁郡
『新宮史誌』一九三八年　新宮市
『新宮市史』上下巻　一九八三年　新宮市
『大石誠之助全集』全二巻　一九八二年　弘隆社
西村伊作『我に益あり』一九六〇年　紀元社
『熊野誌』第六号、大石誠之助特集号　一九六一年七月　新宮市立図書館
山口功二「明治後期における地方言論文の役割—大石誠之助とその周辺」、一九六八年三月『新聞学評論』
絲屋寿雄『大石誠之助—大逆事件の犠牲者』一九七一年　濤書房
浜畑栄造『大石誠之助小伝』一九七二年　成江書店・宮井書店、共同刊行
森長英三郎『禄亭大石誠之助』一九七七年　岩波書店
沖野岩三郎『沖野岩三郎自伝』一九八三年　沖野岩三郎先生顕彰事業実行委員会
沖野岩三郎『生を賭して』一九一九年
Joseph Cronin, *The Life of Seinosuke:Dr. Oishi and the High Treason Incident*, Whight Tiger Press 2007.（ジョセフ・クローニン『誠之助の生涯ドクトル大石と大逆事件』）
辻本雄一『熊野・新宮の「大逆事件」前夜—大石誠之助の言論とその周辺』二〇一四年　論創社

日本社会主義運動史、大逆事件

石川三四郎「日本社会主義史」、『明治文化全集・社会編』一九〇七年　日本評論社
吉川守圀『荆逆星霜史　日本社会主意運動側面史』

一九三六年　青木文庫
神崎清編『大逆事件記録』全二巻（第二巻のみ上下巻）一九五〇年　世界文庫
赤松克麿『日本社会運動史』一九五二年　岩波書店
堺利彦『日本社会主義運動史』一九五四年
三宅雪嶺『同時代史』全六巻　一九五四年　岩波書店
石川三四郎『自叙伝』上下巻　一九五六年　理論社
『社会主義者沿革』上中下巻　一九五六年　近代日本史料研究会
塩田庄兵衛・渡辺順三『秘録大逆事件』上下巻　一九五九年　春秋社
絲屋寿雄『大逆事件』一九六〇年　三一新書
山川菊栄・向坂逸郎編『山川均自伝』一九六一年　岩波書店
荒畑寒村『寒村自伝』一九六五年　筑摩書房
神崎清『革命伝説』全五巻　一九六九年　芳賀書店
絲屋寿雄『日本社会主義の黎明』一九七二年　新日本新書
荒畑寒村『平民社時代』一九七三年　中央公論社
飯田鼎「大逆事件における『近代』と『前近代』―浜畑栄造『大石誠之助小伝』によせて」一九七三年五月　『三田学会雑誌』六十六巻五号
伊藤整『日本文壇史』一九七九年　講談社
森山重雄『大逆事件―文学作家論』一九八〇年　三一書房
平出修研究会『平出修とその時代』一九八五年　教育出版センター
吉田東伍『倒叙日本史』全十巻　一九一三年　早稲田大学出版部
梅棹忠夫『文明の生態史観序説』一九五九年　中央公論
遠山茂樹『明治維新と現代』一九六八年　岩波新書
遠山茂樹『明治維新と現代』一九六八　岩波新書
前田愛『幻景の明治』一九七八年　朝日選書
鹿野政直『近代日本思想案内』一九九九年　岩波文庫
鈴木正行『近代の天皇』一九九三年　吉川弘文館

笠原英彦『明治天皇　苦悩する「理想的君主」』二〇〇六年　中公新書
橋川文三編著『日本の百年4　明治の栄光』二〇〇七年　ちくま学芸文庫
橋川文三『橋川文三著作集3』二〇〇〇年　筑摩書房
野村正男『自由人の眼』一九七〇年　一粒社
石井柏亭『柏亭自伝』一九七一年　中央公論美術出版
石川松太郎『日本教育史』一九八七年　玉川大学出版部
山住正己『日本教育小史—近・現代』一九八七年　岩波新書

第二章

参考図書

『日本文学大事典2』全八巻　一九五〇年　新潮社
『日本近現代史辞典』一九九四年　東洋経済新聞
『岩波哲学・思想事典』二〇〇三年　岩波書店

近代史・明治天皇関連

吉田東伍『倒叙日本史』全十巻　一九一三年　早稲田大学出版部
梅棹忠夫『文明の生態史観序説』一九五九年　中央公論
遠山茂樹『明治維新と現代』一九六八年　岩波新書
ANDERSON,Benedict, *Imagined Communities: Reflection on the Origin and Spread of Nationalism*, VERSO, 1983.（邦訳は、ベネディクト・アンダーソン、白石隆・白石さや訳『定本想像の共同体』二〇〇七年　書籍工房早山）
石川松太郎『日本教育史』一九八七年　玉川大学出版部
山住正己『日本教育小史—近・現代』一九八七年　岩波新書
丸谷才一「楠木正成と近代史」『鳥の歌』一九八七年　福武書店
安丸良夫『近代天皇像の形成』一九九二年　岩波書店
鈴木正行『近代の天皇』一九九三年　吉川弘文館

西川長夫・松宮秀治編『幕末・明治期の国民国家形成と文化変容』一九九五年　新曜社
村井紀『民族・国家・エスニシティ』一九九六年　岩波書店
竹内洋『立身出世主義　近代日本のロマンと欲望』一九九七年　日本放送出版協会
鹿野政直『近代日本思想案内』一九九九年　岩波文庫
橋川文三『橋川文三著作集3』二〇〇〇年　筑摩書房
原武史『可視化された帝国―近代日本の行幸啓』二〇〇一年　みすず書房
姜尚中『ナショナリズム』二〇〇一年　岩波書店
飛鳥井雅道『明治大帝』二〇〇二年　講談社学術文庫
内田隆三『国土論』二〇〇二年　筑摩書房
笠原英彦『明治天皇　苦悩する「理想的君主」』二〇〇六年　中公新書
橋川文三編著『日本の百年4明治の栄光』二〇〇七年　ちくま学芸文庫
礫川全次『先住民と差別　喜田貞吉歴史民俗学傑作選』二〇〇八年　河出書房新社
徳冨蘆花
河上丈太郎「蘆花事件」『文藝春秋』一九五一年十月
野田宇太郎「幸徳事件に関する徳冨蘆花と池辺三山の往復書簡（明四四・一）」（『明治大正文学研究』〈特集・徳冨蘆花研究〉一九五七年十月　東京堂
東京都近代文学博物館開館披露「生誕百年記念徳冨蘆花展」図録　一九六七年
明治文学全集42『徳富蘆花集』一九六六年　筑摩書房
関口安義「「謀叛論」と芥川龍之介」『日本文学』一九九一年
関口安義「万華鏡　蘆花「謀叛論」の衝撃―「成瀬日記」「井川日記」の出現をふまえて―」『近代文学研究』一九九七年
吉田正信編『徳富蘆花作品集　梅一輪　湘南雑筆（抄）』二〇〇八年　講談社文芸文庫

①ニーチェ NIETZSCHE,Friedrichの原典と邦訳

生田長江訳『ツァラトゥストラ』一九一一年　新潮社

生田長江訳『ニイチェ全集』全十二巻　一九三五年　日本評論社

Also sprach Zarathustra, Reclam, 1944.

『ニーチェ全集』全十六巻＋別巻一巻　一九六三―八十年　理想社（後、一九九四年、ちくま学芸文庫）

Nietzsche Werke : kritische Gesamtausgabe, G.Colli, M.Montinari, Walter de Gruyter, 1967-77.

『ニーチェ全集』全二十四巻　一九七八―八七年　白水社

西尾幹二訳『悲劇の誕生』二〇〇四年　中公クラシックス

生田長江訳『ツァラトゥストラかく語りき』二〇〇八年　書肆心水

②研究書

藤田健治『ニーチェその思想と実存の解明』一九七〇年　中公新書

高松敏男・西尾幹二『日本人のニーチェ研究譜』（『ニーチェ全集』別巻）一九八二年　白水社

西尾幹二『ニーチェ』全二巻　二〇〇一年　ちくま文芸文庫

渡邊二郎『ニヒリズム』「ニーチェのニヒリズム」二〇〇二年　東京大学出版会

『登張竹風／生田長江』二〇〇六年　新学社近代浪漫派文庫

村井則夫『ニーチェ―ツァラトゥストラの謎』二〇〇八年　中公新書

森鷗外・思想言論統制

『森鷗外全集第二巻』一九五九年　筑摩書房

稲垣達郎「森鷗外」『近代文学鑑賞講座』第四巻　一九六〇年一月　角川書店

三島憲一「鷗外と貴族的急進主義者としてのニーチェ」『ドイツ文学』一九六八年十月

氷上英広「鷗外とニーチェが近づいた」『比較文学研究』一九七一年一月

長谷川泉『鷗外文学の位相』一九七四年　明治書院
長谷川泉『鷗外文学の機構』一九七九年　明治書院
竹盛天雄「鷗外その紋様―10―「ファスチェス」から「沈黙の塔」へ―言論圧迫への諷刺と提言」『国文学　解釈と教材の研究』一九八〇年二月
宮武外骨「筆禍史」『宮武外骨著作集　第四巻』一九八五年　河出書房
小堀桂一郎「森鷗外と山縣有朋（上）」『日本及日本人』一九八七年十月
小堀桂一郎「森鷗外と山縣有朋（中）」『日本及日本人』一九八八年一月
小堀桂一郎「森鷗外と山縣有朋（下）」『日本及日本人』一九八八年四月
中村文雄『森鷗外と明治国家』一九九二年　三一書房
槇本敦史「「舞姫」と言論統制」『国語と国文学』一九九四年六月　東京大学国語国文学会
渡辺善雄「「沈黙の塔」・その背景と鷗外の意図」『森鷗外研究』第六号　一九九五年八月
大塚美保「鷗外旧蔵『獄中消息』（大逆事件被告獄中書簡写し）をめぐって」『鷗外』二〇〇八年七月
山崎一穎『鷗外ゆかりの人々』二〇〇九年　おうふう

③その他

三鹽熊太「正閏論問題の起源と大日本国体擁護団」『日本及日本人』一九一一年
向坂逸郎『嵐のなかの百年』一九五四年　勁草書房
瀧川政次郎「誰も知らない幸徳事件の裏面」『特集人物往来』一九五六年十二月
大浜徹也『乃木希典』一九六七年　雄山閣
林尚男『冬の時代の文学―秋水から「種蒔く人」へ―』一九八二年　有精堂
村上重良『正文訓読　近代詔勅集』一九八三年　新人物往来社
平岡敏夫『日露戦後文学の研究』上・下

一九八五年　文巧社
石川松太郎『日本教育史』一九八七年　玉川大学出版部
渡邊二郎『歴史の哲学一九九九年　』講談社学術文庫
吉川弘文館編集部『近代史必携』二〇〇七年　吉川弘文館
礫川全次「喜田貞吉と「先住民史観」」『先住民と差別　喜田貞吉歴史民俗学傑作選』二〇〇八年　河出書房新社

第三章　第四章

①文学・歴史・思想・地名

『日本文学大事典2』全八巻　一九五〇年　新潮社
石川一郎ほか編『江戸文学地名辞典』一九七三年　東京堂出版
WIENER,Philip P.（ed.）,*Dictionary of The History of Ideas*,4vol.,Charles Scribner's Sons, 1973.（邦訳、フィリップ・P.ウィーナー、荒川義男ほか編『西洋思想大事典』全四巻　一九九〇年　平凡社）
『国史大辞典』全十七巻　一九七九年　吉川弘文館
菊地英夫『江戸東京地名事典』一九八一年　雪華社
西山松之助『江戸学事典』一九八四年　弘文堂
『日本大百科全書』全二十五巻　一九八四年　小学館
北村一夫『江戸芸能・落語地名辞典』一九八五年　六興出版
『日本近現代史辞典』一九九四年　東洋経済新聞
『日本歴史大事典』全四巻　二〇〇〇年　小学館
『岩波哲学・思想事典』二〇〇三年　岩波書店
『日本歴史地名大系』全五十巻　二〇〇二年　平凡社

②美術

OSBORNE,Harold（ed.）, *The Oxford Companion to Art*, Oxford University Press, 1970.（邦訳、佐々木英也（監）『オックスフォード西洋美術事典』一九八九年　講談社）.

MYERS,Bernards（ed.）*Encyclopedia of World Art*,17vol., McGraw-Hill,（1958）1959-1983.
TURNER,Jane（ed.）*The Dictionary of Art*, 34vol.,GROVE, 1996.

③浮世絵

朝岡興禎『古画備考』全四巻　一九〇三―〇五年　弘文館
市古夏雄・鈴木健一『江戸名所図会Ⅰ』一九九六年　筑摩書房
市古夏雄・鈴木健一『江戸名所図会事典』一九九七年　筑摩書房
市古夏雄・鈴木健一『江戸切絵図集』一九九七年　筑摩書房
吉田暎二『浮世絵事典《定本》』、全三巻（一九六五）一九七四　画文堂（初版、緑園書房）.
山口桂三郎『原色　浮世絵大百科事典　第九巻』一九八一年　大修館
吉田漱『浮世絵の基礎知識』一九八七年　雄山閣
出版

④年表

斉藤月岑『武江年表』（一九八〇年『江戸叢書』第十二巻、日本図書センター）一八七八年

大正デモクラシー

信夫清三郎『大正政治史』全四巻　一九五二年　河出書房
松尾尊兊『大正デモクラシーの研究』一九六六年　青木書店
松尾尊兊『大正デモクラシー』一九七四年　岩波書店
信夫清三郎『大正デモクラシー史』一九七八年　日本評論社
太田雅夫『大正デモクラシー研究』一九九〇年　新泉社
『吉野作造選集』全十六巻　一九九七年　岩波書店

中洲・三囲

『新撰東京名所図会』（臨時増刊『風俗画報』第二六六号日本橋区之部巻之四）一八九二年三月

クラーク（ティモシー）・鬼原俊枝訳「中洲の盛衰—安永・天明期の浮世絵と戯作文学にみる江戸の岡場所」『国華』一九九二年二月

近藤義休『新編江戸志』一九一七年　珍書刊行会

『江戸叢書』全十二巻　一九一七年　江戸叢書刊行会

達磨屋活東子編『新燕石十種』全五巻　一九二五年　国書刊行会

石井義男編『第十二地区土地区画整理完成記念会』一九二七年　東京印刷

『大東京繁昌記　下町篇』一九二八年　東京日日新聞社

『中央区史』全三巻　一九五八年　東京都中央区役所

安藤菊二篇『中央区町誌』一九八〇年　東京都中央区役所？

『中洲築立百周年記念』一九八六年　日本橋中洲町会

朝倉治彦・槌田満文『明治東京名所図会』全二巻　一九九二年　東京堂出版

『中央区沿革図集［日本橋篇］』一九九五年　東京都中央区立京橋図書館

矢羽勝幸『三囲の石碑』三囲神社宮司（永峯光一）二〇〇一年

司馬江漢

『洋画の先覚者—司馬江漢展』一九八三年三月　大阪美術商協同組合

『銅版画の先駆者司馬江漢展』一九八四年十月　浮世絵太田記念美術館

成瀬不二雄編『司馬江漢全集』全四巻　一九九二—一九九四年　八坂書房

成瀬不二雄『司馬江漢　生涯と画業』一九九五年　八坂書房

『司馬江漢百科事展』一九九六年八月　神戸市立博物館／町田市立国際版画美術館

展覧会

東京文化財研究所編『明治期美術展覧会出品目録』一九九四年　中央公論美術出版

東京文化財研究所編『近代日本アート・カタログ・コレクション』全八十二巻　二〇〇一—

二〇〇四年　ゆまに書房
東京文化財研究所編『大正期美術展覧会出品目録』二〇〇二年　中央公論美術出版
東京文化財研究所編『大正期美術展覧会の研究』二〇〇五年　中央公論美術出版
浮世絵・近代美術
山口桂三郎『浮世絵大系11　広重』一九七四年　集英社
鈴木重三・北原進、『名品揃物浮世絵』一九九一年　ぎょうせい
辻惟雄（他）『原色日本の美術　第十八巻』一九九四年　小学館
小林忠『江戸絵画史論』一九八三年　瑠璃書房
小林忠・大久保純一『浮世絵の鑑賞基礎知識』一九九六年　至文堂
（編）白石つとむ『江戸切絵図と東京名所絵』一九九三年　小学館
柏亭全集刊行会『石井柏亭の人と芸術』一九五九年　平凡社
高田瑞穂『近代耽美派』一九六七年　塙書房
宮城達郎『耽美派研究論考』一九七六年　桜楓社
小崎軍司『山本鼎評伝』一九七九年　信濃路
吉田精一『耽美派作家論』一九八一年　桜楓社
高階秀爾『日本近代の美意識』一九七八年　青土社
芳賀徹『絵画の領分』一九九〇年　朝日新聞社
中村義一『日本近代美術論争史』一九八一年　求龍堂
中村儀一『続日本近代美術論争史』一九八二年　求龍堂
高階秀爾『日本美術を見る眼』一九九一年　岩波書店
明治美術学会編『日本近代美術と西洋』一九九二年　中央公論美術出版
その他
WHISTLER,James.McNeill, *Ten o'clock*, London, The Riverside Press Cambridge, 1888.
WHISTLER,James.McNeill, *The Gentle Art of Making* Enemies,William Hwinemann, 1892.
MORRIS,William, *The Collected Works of William*

Morris,20vol.,Longmans Green Company, 1910-1915.

野田宇太郎『日本耽美派の誕生』一九五一年　河出書房

『芥川龍之介全集』全二四巻　一九九八年　岩波書店

シュティルナー（マックス）片岡啓治訳『唯一者とその所有』全二巻　一九六八年　現代思潮社

大沢正道『大杉栄研究』一九七一年　法政大学出版局

石井柏亭『柏亭自伝』一九七一年　中央公論美術出版

西田勝「『民衆の芸術』の位置」『大正労働文学研究』一九七九年

SPENCER,Robin,*The Painting of James McNeill Whistler*, Yale University Press, 1980.

石田アヤ「大石七分と玉置徐歩」『熊野誌』一九八一年十一月

芳賀徹『平賀源内』一九八一年　朝日新聞社

『辻潤全集』全十巻　一九八二年　五月書房

関川左木夫、コーリン・フランクリン『ケルムスコッド・プレス図録』一九八二年　雄松堂書店

近藤富枝『本郷菊富士ホテル』一九八三年　中公文庫

LOCHNAN,Katharine, *The etching of James McNeill Whistler*,Yale University Press, 1984.

CURRY,David Park,*James McNeill Whistler at the Freer Gallery of Art*, Smithsonian Institution, 1984.

紅野敏郎『文学史の園　一九一〇年代』一九八四年　青英舎

大沢正道『個人主義　シュティルナーの思想と生涯』一九八三年　青土社

小野二郎著作集1『ウイリアム・モリス研究』一九八六年　晶文社

小松隆二『大正自由人物語』一九八八年　岩波書店

野口存弥『沖野岩三郎』一九八九年　踏青社

加藤百合『大正の夢の設計家─西村伊作と文化学院』一九九〇年　朝日選書

『もうひとりの芥川龍之介―生誕百年記念展―』一九九二年　産経新聞社
中島国彦『近代文学にみる感受性』一九九四年　筑摩書房
DORMENT,Richard, MACDONALD,Margret, *James McNeill Whistler*, Tate Gallery Publications, 1995.
MACDONALD,Margaret, *James McNeill Whistler Drawings,Pastels,and Watercolours*, Yale University Press, 1995.
久保田淳『隅田川の文学』一九九六年　岩波新書
松村達雄訳『ユートピアだより』一九九九年　岩波書店
MACDONALD,Margaret, *Palaces in the Night Whistler in Venice*, Lund Humphries, 2001.
田中修司『西村伊作の楽しき住家』二〇〇一年　はる書房
今橋映子『異都憧憬　日本人のパリ』二〇〇一年　平凡社
『西村伊作の世界』二〇〇二年　ＮＨＫきんきメディアプラン
小熊佐智子「日本におけるウィスラーの受容―明治期から大正期まで―」『藝叢』二〇〇二年
川本三郎『川―隅田川―』復刻版（一九五〇）二〇〇七年　岩波写真文庫
小倉孝誠『パリとセーヌ川　橋と水辺の物語』二〇〇八年　中公新書
『日本キリスト教歴史大事典』一九八八年　教文館
『新カトリック大事典』全五巻　一九九六―二〇〇九年　研究社
『岩波哲学・思想事典』二〇〇三年　岩波書店
佐波亘編『植村正久と其の時代』全五巻　一九三七年　教文館
佐波亘、別冊『植村正久夫人季野がことども』教文館　一九四三年
塩田庄兵衛・渡辺順三『秘録大逆事件』上下巻　一九五九年　春秋社
西村伊作『我に益あり』一九六〇年　紀元社
神崎清『革命伝説』全五巻　一九六九年　芳賀書店

J・B・ヘール『日本伝道二十五年』一九七八年
大阪女学院
『大石誠之助全集』全二巻　一九八二年　弘隆社
『新宮市史』上下巻　一九八三年　新宮市
水垣清『日本プロテスタント抄史』、日本キリスト
改革派中津川教会内家長会　一九八五年
野口存弥「大逆事件その後Ⅲ」『沖野岩三郎』
一九八九年　踏青社

佐藤春夫関連

テキスト（全集）

筑摩書房版『現代日本文学全集』「佐藤春夫集」
一九五四年
河出書房版『自選佐藤春夫全集』第五巻
一九五七年
新潮社版『日本文学全集25』「佐藤春夫集」
一九六一年
講談社版『日本現代文学全集59』「佐藤春夫集」
一九六四年
講談社版『佐藤春夫全集』第六巻　一九六七年
筑摩書房版『現代日本文学大系』「佐藤春夫集」
一九六九年
河出書房版『日本文学全集19』「佐藤春夫」
一九七〇年
国書刊行会『日本幻想文学集成』「佐藤春夫」
一九九二年
臨川書店版『定本佐藤春夫全集』全三八巻
一九九八年

作家論・作家研究

生田長江「佐藤春夫の『田園の憂鬱』」『中外』
一九一八年十月
広津和郎「新人佐藤春夫氏」『雄弁』一九一八年
一一月
江口渙「佐藤春夫氏」『雄弁』一九一九年一月
赤木桁平「佐藤春夫論」『文章世界』一九一九年
四月
柳沢健「佐藤春夫論」『新潮』一九一九年五月
藤森成吉「所謂田園の文学」『早稲田文学』
一九二〇年三月
堀江朔「佐藤春夫君の芸術」『早稲田文学』

一九二一年十月
今東光「佐藤春夫論」『新潮』一九二二年三月
大木雄三「春夫・浩二と並べて」『局外』一九二三年五月
小林秀雄「佐藤春夫のジレンマ」『文芸春秋』一九二六年二月
藤森淳三ほか「佐藤春夫論」（合評会）『不同調』一九二六年一二月
保田與重郎『佐藤春夫』一九四〇年　弘文堂
堀口大学『詩と詩人』一九四八年　講談社
中村光夫『佐藤春夫論』一九六二年　文芸春秋新社
江口渙『わが文学半生記』一九五四年　青木書店
谷沢栄一『大正期の文芸評論』一九六二年　塙書房
大岡信『日本の近代詩』一九六七年　読売新聞社
井村君江『大正文学の比較文学的研究』一九六八年　明治書院
丸岡明『近代日本の文豪3』一九六八年　読売新聞社
半田美永『佐藤春夫研究』二〇〇〇年　双文社
遠藤郁子『佐藤春夫作品研究』二〇〇四年　専修大学出版局
明治期の詩歌関連
山本健吉「解説」『佐藤春夫全集』第二巻、講談社一九六六年
辻本雄一「『愚者の死』をめぐって―佐藤春夫と〈大逆事件〉序説―」、『近代文学研究』一九八四年十月
紅野敏郎「『南紀芸術』―春夫・潤一郎・加藤一夫・竹内勝太郎・阪中正夫・沖野岩三郎ら」、『解釈と教材』一九九三年三月
辻本雄一「近代作家と熊野―中上健次／「大逆事件」／佐藤春夫／沖野岩三郎／それぞれの発信」、『国文学解釈と鑑賞』二〇〇三年十月
二〇〇三年一二月、山崎泰「佐藤春夫と大逆事件」、『熊野誌』第四十九号
辻本雄一「佐藤春夫における短編『砧』の問題―熊野および春夫父子の『大塩事件』と『大逆事件』とをつなぐ心性―」、『日本文学』二〇〇四

年九月
高橋世織「南方熊楠と佐藤春夫―大逆事件前後」、『解釈と教材』二〇〇五年八月
河野達也「「自我」の明暗―佐藤春夫の〈詩〉と初期小説」『国語と国文学』二〇〇四年一月

「田園の憂鬱」「西班牙犬の家」関連

広津和郎「新人佐藤春夫氏（後、「『田園の憂鬱』の作者」）」『雄弁』一九一八年一一月
河上徹太郎「倦怠の詩人・佐藤春夫」『新女苑』一九三八年一二月
山本健吉「佐藤春夫「憂鬱」の尾澤峯雄」『文芸』一九五五年七月
島田謹二「佐藤春夫「病める薔薇」―推敲過程の一考察」『明治大正文学研究』一九五五年十月
高田瑞穂「佐藤春夫―大正後半期文学の一標識」『文学』一九六四年一一月
村松定孝「佐藤春夫と風流の伝統―「田園の憂鬱」の着想をめぐって」『学苑』一九六四年九月
中里弘子「「田園の憂鬱」の成立」『言語と文芸』一九六六年六月
永尾章曹「佐藤春夫「田園の憂鬱」の文体について」『国文学攷』一九六六年六月
井村君江「佐藤春夫とオスカー・ワイルド―「田園の憂鬱」を中心として―」『大正文学の比較文学的研究』明治書院　一九六八年
山敷和男「「田園の憂鬱」の文体」『日本近代文学』一九六九年五月
藤田修一「「田園の憂鬱」―十七章の意味―」『日本文学論究』一九七二年一一月
大久保典夫「「田園の憂鬱」について」『日本文学』一九七三年四月
藤田修一「「田園の憂鬱」―「彼」の肖像」一九七三年四月
塚本康彦「「田園の憂鬱」と「都会の憂鬱」」一九七五年三月　中央大学紀要
郷原宏「佐藤春夫―文学的亡命者の憂鬱」『詩学』一九七五年九月
山敷和男「佐藤春夫」『解釈と鑑賞』一九七六年四月
菊地宏「「田園の憂鬱」の妻」『解釈と鑑賞』

一九八〇年三月
中村三代司「「田園の憂鬱」への階梯」『国語と国文学』一九八一年四月
高橋世織「「田園の憂鬱」論」『日本近代文学』一九八二年十月
根岸正純「「田園の憂鬱」の文体」『岐阜大学国語国文学』一九八三年一月
林廣親「田園の憂鬱」『日本の近代小説Ⅰ』東京大学出版会　一九八六年
湯浅篤志「佐藤春夫「田園の憂鬱」「都会の憂鬱」『解釈と鑑賞』一九九三年四月
安田孝「「田園の憂鬱」のトポス」東京都立大学人文学部『人文学報』一九九五年二月
河村政敏「『田園の憂鬱』」『解釈と鑑賞』二〇〇二年三月
鳥居邦朗「佐藤春夫にとっての熊野」『解釈と鑑賞』二〇〇三年十月
河野達也「佐藤春夫の詩情とハーン―「田園の憂鬱」と〈詩人〉ハーンのアニミズム」『国文学』二〇〇四年十月
管野昭正「憂鬱とモダニズム―「田園の憂鬱」考」『新潮』二〇〇七年四―六月
「美しい町」関連
河村政敏「『美しい町』試論―憂鬱の精神構造をめぐって―」『日本近代文学』一九六五年一一月
中村三代司「創作と批評の間―佐藤春夫『美しい町』の場合―」『近代文学論集4』一九八一年一月
高橋世織「佐藤春夫『美しい町』について―『倒景』としての東京」『媒』一九八四年一〇月
山崎行太郎「佐藤春夫論十二　建築への意志」『三田文学』一九九四年五月
関川夏央「『美しい町』を思う　武者小路実篤の「新しき村」と大正時代（5）」『文学界』一九九八年
海老原由香「佐藤春夫『美しき町』論―芸術家E氏の修行時代―」『東京女子大学学会』一九九九年
信時哲郎「佐藤春夫『美しい町』論―「かはたれ」の物語り」『神戸山手短期大学環境文化研究所紀

要』一九九九年
桜井啓一「『美しき町』の夢想家たち―『美しき町』考―」『文芸と批評』二〇〇〇年五月
櫻井啓一「「美しき町」の夢想家たち―「美しき町」考」『文藝と批評』二〇〇〇年五月
中島国彦「二科展の出発、春夫の出発―その背後に隠れているもの」『国文学』二〇〇〇年七月
佐久間保明「夢想の好きな男とは誰か―佐藤春夫「美しき町」の由来―」『国文学研究』二〇〇一年一一月　早稲田大学
岡田浩行「〈地上〉にある〈美しい町〉―佐藤春夫の演技的自己露出」『文芸言語研究』二〇〇六年　筑波大学大学院
南明日香「まちづくりのエクリチュール―佐藤春夫『美しき町』をめぐって―」『国文学研究』二〇〇七年三月　早稲田大学

初出一覧

第一章　第二章

二〇一一年九月「〈日本人ならざる者〉の葛藤――大逆事件前後の佐藤春夫」『初期社会主義研究』第23号

二〇一二年一月「佐藤春夫と大逆事件」『大逆事件の真実をあきらかにする会ニュース』第51号

第三章

二〇〇七年一月「佐藤春夫「美しき町」に表現された水景の〈異空間〉」『芸術・メディア・コミュニケーション』第4号

二〇一二年七月「文学による〈革命〉として――佐藤春夫『美しき町』とホイッスラーの芸術観」『欧米言語文化研究 Fortuna』第23号

第四章

二〇一三年六月「無垢という《アイロニイ》――『近代思想』以後の仲間・大石七分」『大杉栄と仲間たち「近代思想」創刊一〇〇年』ぱる出版

二〇〇七年二月「明治四十年前後の新宮――大石誠之助の啓蒙活動を中心に」『藝文攷』第12号

二〇一五年三月「『美しい』と彼は言った」『大杉栄全集　月報』第一巻、ぱる出版

二〇一五年十月「無名時代の佐藤春夫と大杉栄の周辺」『佐藤春夫読本』勉誠出版

山中千春（やまなか・ちはる）
1976年、東京都品川区生まれ。日本大学大学院芸術学研究科博士後期課程修了(芸術学博士)。日本大学芸術学部研究員。専門は、文学・美術。主な編著に、『大杉栄と仲間たち「近代思想」創刊100年』（大和田茂、冨板敦、飛矢崎雅也共編、ぱる出版、2013年)、『グローバル・アナーキズムの過去・現在・未来〜現代日本の新しいアナーキズム〜』（田中ひかる、飛矢崎雅也共編、関西アナーキズム研究会、2014年）などがある。

佐藤春夫と大逆事件

2016年6月25日　初版第1刷印刷
2016年6月30日　初版第1刷発行

著　者　山中千春
発行人　森下紀夫
発　行　論 創 社

〒101-0051 東京都千代田区神田神保町2-23　北井ビル
tel. 03（3264）5254　fax. 03（3264）5232　web. http://www.ronso.co.jp/
振替口座　00160-1-155266
印刷・製本／中央精版印刷　装幀／宗利淳一＋田中奈緒子
ISBN978-4-8460-1531-2